Auteurs en scène

THÉÂTRES D'OC... ET D'AILLEURS

Bernard Manciet : La voix d'une œuvre

DÉCEMBRE 1997 - N° 2

Directeurs de publication Jacques Nichet, Jean-Claude Fall, Jean Lebeau.
Directrice de la rédaction Marie-Hélène Bonafé.

REMERCIEMENTS À :

Guy Latry

RÉDACTION

Marie-Hélène Bonafé
Comédienne, chargée du projet « Théâtre d'oc »

Guy Latry

Professeur agrégé, Université Bordeaux III

Philippe Gardy

Historien de la littérature occitane, directeur de recherches au C.N.R.S.

Jacques Nichet

Directeur du Théâtre National de Toulouse, Midi Pyrénées, metteur en scène

COLLABORATEURS POUR LE NUMÉRO

Jean-François Blanc
Bernard Lubat
Félix Castan
Yves Harté
Jacques Durand
Serge Pey
Hermine Karagheuz
Alain Viaut
Gilbert Tiberghien
Marcel Cortiade
François Pic

DIRECTEURS DE LA PUBLICATION
Jean Lebeau
Jacques Nichet
Jean-Claude Fall

PHOTOGRAPHIES
A. Hampartzoumian

MAQUETTE
Atelier Michel Bouvet

I.S.B.N. 2-909014-07-X

Presses du Languedoc
I.S.B.N. 2-85998-184-5 C.E.D.-P.D.L

MONTPELLIER 1997

Ce numéro de la revue AUTEURS EN SCENE est publié avec le concours : du C. N. L., Centre National du Livre et du Centre Régional des Lettres Aquitaine.

Le projet « Théâtre d'oc », - édition, formation, rencontres - est soutenu par : les Régions Languedoc-Roussillon et Midi-Pyrénées, la D. R. A. C. Languedoc-Roussillon et le conseil général du Gard.

THEATRE DES TREIZE VENTS
CENTRE DRAMATIQUE NATIONAL LANGUEDOC-ROUSSILLON MONTPELLIER
Directeur Jean-Claude Fall

Domaine de Grammont,
34965 Montpellier cedex 2
Tél. 04 67 99 25 25. Fax 04 67 99 25 29

e. mail [mh.bonafe@hol.fr]

LES PRESSES DU LANGUEDOC
Max Chaleil éditeur
17, rue Rigaud. 34 000 Montpellier
Tél. 04 67 06 18 20 - Fax 04 67 58 79 96

" ELARGIR LE CERCLE DES CONNAISSEURS "...

En inventant cette revue, nous avons pour projet de partir en reconnaissance, de redécouvrir le répertoire du théâtre occitan, de se retourner sur son passé et de rendre compte de son actualité.

Ce qui nous réunit dans cette publication s'appelle la passion du théâtre, l'amour d'une langue et d'un pays, l'esprit d'ouverture. La plus grande place sera donnée aux auteurs contemporains de langue occitane, les auteurs dramatiques en premier lieu, mais aussi aux poètes ou aux romanciers qui pourraient défendre, un jour ou l'autre, la cause de ce théâtre. Certains numéros pourront être thématiques et dans chaque édition de la revue, nous publierons de larges extraits de textes (en langue originale et/ou en traduction française). Chaque fois qu'il sera possible, nous éditerons une pièce dans son intégralité.

Mais il n'y a pas d'actualité sans mémoire : de nombreuses études, dispersées çà et là, constituent les éléments épars d'une histoire du théâtre occitan (qui reste encore à écrire). Nous pourrons profiter de chaque livraison pour éclairer, d'un coup de projecteur, un pan de ce patrimoine, inconnu du grand public. Il y a sans doute là beaucoup à apprendre : que sait-on du théâtre de Béziers ou du théâtre carnavalesque aixois au XVIIe siècle ? Et du théâtre de Cortète de Prades, à la même époque ? Comment pouvons-nous apprécier aujourd'hui le répertoire du XIXe siècle, celui de Mistral ou d'Aubanel par exemple ? Il ne serait sans doute pas inutile de rassembler des informations éparses, de donner des références d'articles ou d'études, de recenser les éditions de textes et de reproduire des documents iconographiques.

Par ailleurs, ne serait-il pas passionnant de comparer, de confronter la situation du théâtre occitan avec celles du théâtre catalan, irlandais, flamand, de tous ces artistes qui ont choisi la scène pour affirmer avec éclat leur identité et leur différence ? L'art dépasse les frontières : c'est parce qu'il est profondément irlandais que ce théâtre-là ne se limite pas à l'Irlande. Le théâtre occitan, de la même manière, ne se cantonne pas à l'Occitanie. C'est sans doute, ensemble, dans une réflexion à plusieurs voix et dans plusieurs langues, que nous pourrions contribuer à défricher les nouveaux chemins de la création théâtrale d'oc.

Nous chercherons à soutenir toutes les initiatives qui seront prises pour le théâtre d'oc : encouragement à l'écriture, à la mise en scène, à la redécouverte de textes qui pourraient être portés à la scène. Mais nous ouvrirons aussi le débat, laissant une place à la critique ainsi qu'aux différentes réactions de nos lecteurs.

J. Nichet, M. H. Bonafé, Ph. Gardy, I. François, J.C. Forêt

Tout a commencé par beaucoup de curiosité. Il était une fois un auteur dont le nom résonnait fort dans la République des Lettres, Bernard Manciet, qui entretenait de mystérieux rapports avec la scène et le spectacle. Des milliers de spectateurs venaient, disait-on, écouter ses textes en gascon, proférés dans des lieux insolites, tels que les forêts landaises, des étangs, le port de Saint-Jean de Luz, le tout en compagnie de singuliers musiciens...

C'est à cet aspect étonnant et peu connu de Bernard Manciet, à cette relation que l'homme et l'œuvre entretiennent avec la scène que nous nous sommes plus particulièrement intéressés dans ce numéro. Depuis une quinzaine d'années, Bernard Manciet écrit des textes destinés à être représentés. Il se produit lui-même en public, aux côtés de musiciens tels que Bernard Lubat, Beñat Achiary, Michel Portal ; au théâtre, avec Gilbert Tiberghien ou Hermine Karagheuz. Les textes à découvrir dans les pages qui suivent n'ont d'autre ambition que de parler de ces liens entre l'auteur et la mise en scène de sa parole, d'attirer l'attention sur la très forte incitation à « dire » que peuvent contenir ses écrits, de tisser un fil rouge jusqu'aux portes de son œuvre et de donner envie de se perdre dans ses mots, avec gourmandise.

M. H. B.

Sommaire

AUTEURS EN SCENE / Théâtres d'oc... et d'ailleurs

Décembre 97. N° 2 : BERNARD MANCIET : LA VOIX D'UNE ŒUVRE

La voix de Manciet

GUY LATRY

© André Hamnartzoumian

Bernard Manciet

C'est trop dire, ou trop peu, que de rappeler que Bernard Manciet est né à Sabres (Landes) le 27 septembre 1923. On aurait pu affirmer tout autant que Sabres est né pour Manciet : de ce village dans les marais, terreur des curés qu'on envoyait là en terre de mission, le poète a fait, dans *L'Enterrament*, un lieu entre ciel et terre, une autre Jérusalem où le peuple des Sabrots côtoie les figures bibliques et d'où l'on peut, sans truchement, interpeller Dieu, le houspiller, et même le plaindre. Dans un autre registre, familier, pathétique ou railleur, les brèves nouvelles de *Casau perdut* résument en Sabres l'humanité tout entière - du moins, cette humanité-là, gasconne et landaise, née, non du sang ni du sol, mais de siècles de survie commune, de liens indéfiniment retissés. Dans l'un et l'autre cas, Manciet nous donne à entendre, dans les lamentations de la *Dauna* comme dans les réparties de Marilis, ce qu'il appelle les "mélodies du marché": les inflexions de ces voix qu'on entend, le jeudi matin, sur la place de Sabres. Qu'à ces mélodies se mêlent le souffle des grands mystiques et l'éloquence rugueuse de Bossuet est le propre de Manciet, la marque d'une écriture sans équivalent dans la littérature contemporaine, une parole faite Verbe, prête à l'épreuve de la chaire, de la scène, du feu.

Eysines (Gironde), 20 avril 1985. Couronnant une journée radieuse de printemps retrouvé, la soirée avait réuni la fine fleur de la chanson occitane des années 70 : Rosina de Peira, très en forme, et un Claude Marti innovant : pensez, un synthétiseur ! A l'entracte, changement de décor, et d'époque. De chaque côté de la scène, on laisse pendre de grands draps, tandis que la Compagnie Lubat installe son hardware (instruments, cloches, gongs, enclumes). Un piano égrène comme un glas, puis une voix s'élève: *"Dimenge de hen negue e blu..."* Et s'enfle. Minuscule support de brosses aux manches interminables, Pierre Venzac se met à peindre, à grands gestes, sur les draps tendus. Stupeur. Quelques sifflets, des fauteuils qui claquent. Derrière la scène, à genoux sur l'escalier métallique, un petit homme aux cheveux blancs, à la lueur d'une lampe de poche scotchée sur la main courante, profère son texte, hésite ("J'arrête ? Non, non, continuez"), reprend son souffle, puis tient tête à la musique qui, maintenant, gicle, cogne, éclabousse, meurtrit, et transporte.

À vrai dire, de Bernard Manciet, on aurait dû savoir qu'on pouvait tout attendre. De l'étudiant frêle adressant ses ronsardises à la vieille revue *Reclams* étaient venus, sans préavis, la verve insolente de *l'Òda a Luis Miguel Dominguin*, la suffocante grandeur de *l'Òda a Cornalis*. Or, qu'y a-t-il de commun entre la course folle d'*Accidents* et le récit à bout de souffle du *Gojat de noveme*, sinon le grain râpeux, tout hérissé de consonnes, d'une voix qui gifle plus souvent qu'elle ne caresse, dit « je » et « tu ». *"Deishuda-te. Liva-te"*. L'écriture de Manclet ne semble pouvoir se déployer qu'une fois posée - aussi virtuel, muet, abasourdi, béat, que soit l'interlocuteur - une relation dialogique d'où le verbe tire son énergie ; qu'une fois dressée - fût-ce en pur trompe-l'oeil - l'estrade d'où marteler la harangue ; la chaise, au coin du feu, où chuchoter la confidence.

Quelque extravagante qu'ait paru la prestation de 1985 (attendrait-on cela d'un monsieur respectable, soucieux de donner une situation à ses cinq enfants, et déjà titulaire de la carte Vermeil ?), elle n'était que l'expression ultime, comme un passage à l'acte, d'une pulsion à l'oeuvre dans le texte même de Manciet. Elle n'en a pas moins été le point de départ d'une invraisemblable série de performances où Bernard Lubat, bien loin "d'accompagner" Manciet, le traite et - le rudoie - comme la première guest star venue. Mais le "Vieux" n'est pas né de la dernière pluie : il peine à suivre, croit-on, se perd dans ses papiers, mais glisse son solo à la seconde qu'il faut. Il ruse, et, l'air de rien, impose son tempo. De certaine soirée à Pessac, en 1991, où trouver l'équivalent sinon dans ces sessions de la fin des années cinquante où le jazz franchit ses propres limites ? A l'opposé, dans la moiteur de l'été 96, à Bourideys, une pyrotechnie réglée au dixième de seconde sur le texte du *Huec*, où les mots de Manciet mettent pour de bon le feu au lac : loin de Coltrane, les Plaisirs de l'Ile Enchantée, avec Lubat en Lully déperruqué.

© André Hampartouzian

Guy Latry

Il faut le croire, pourtant, puisqu'il le dit : Manciet, dans son écriture, ne doit rien à cette expérience de la joute sans filet. L'épreuve du gueuloir, il connaît, lui qui ne considère un texte comme achevé qu'une fois scandé et remâché jusqu'à ce que, selon ses termes, il "tombe juste". *Ut musica poesis*. Il lui est d'ailleurs déjà arrivé de dire ses textes devant un public : entre amis, au mois d'août, sous les chênes de Trensacq. Alors, le jazz... La musique et le rythme étaient déjà là, qui attendaient leur heure. Dans la dernière décennie, Manciet a aussi uni ses mots à la flûte de Christian Vieussens (peut-être, dans sa délicatesse pataude, le plus subtil de tous ses partenaires) et à la voix immense, incroyablement puissante et nuancée de Béñat Achiary. Rencontre, avec ce dernier, de deux cultures qui se mesurent depuis plus longtemps que la musique, jusqu'à cette acmé, une nuit de juillet 1997, sur les hauteurs d'Itxassou : un *Guernica* de fin du monde porté par trois géants. Au Basque et au Gascon s'était joint en effet, l'homme de l'embouchure, le bayonnais Michel Portal. Au dessus de la succession des collines, jusqu'aux lumières de la côte et, au-delà, jusqu'à la fantasmagorie du couchant, le Verbe s'était fait Clameur.

© André Hampartzoumian

Conversation avec Bernard Manciet, propos sur le théâtre

Quels sont vos premiers souvenirs de théâtre ?

Lorsque j'étais enfant, ma grand tante Ilia me faisait jouer des pièces de Césaire Daugé, le félibrissime... Ce sont des pièces gasconnes, du théâtre populaire qui attire encore les foules. Césaire Daugé était un vieux curé, un homme qui avait quatre-vingt-dix ans même à vingt ans et qui faisait rire les gens avec un théâtre simple, animé de bonnes intentions. Une de ses comédies la plus célèbre s'appelle *Lou Bartè*. C'est une sotie. Il y a trois ans, on l'a rejouée et redécouverte. Dans le Sud-Ouest, c'est un succès permanent...
Je le qualifie de félibrissime parce qu'il écrit très bien, qu'il est très moral, mais sans imagination. Il reprend les vieux thèmes des fabliaux et des farces du Moyen Âge. Il écrit dans un langage extrêmement savoureux, très proche du peuple et très élégant. C'est cela qui fait son succès. Il fait rire d'un éclat de rire général. Même en français je ne connais aucun auteur qui soit capable de faire rire comme lui. C'est un amuseur public !

Vous avez écrit, enfant, et selon vos propres termes : "un magnifique *Carmen Saeculare* en vers gascons, en rivalité avec Sénèque et Horace".

Oui, lorsque j'avais treize ans. Dans la famille on nous faisait apprendre le latin très jeune. Le chant séculaire d'Horace m'avait irrité au plus haut point, parce que je trouvais cela très beau. Et j'ai voulu en faire autant. J'avais écrit en latin et en gascon. Nous avons toujours été bilingues. Je ne sais pas ce qu'est devenue la pièce. Je suppose qu'un de mes cousins, par jalousie, l'a faite brûler.
J'avais une prédilection pour les tragiques grecs. J'ai eu en Sorbonne, comme professeur, l'illustre Séchan. Ce grand maître nous lisait de l'Eschyle, comme ça, en grec. Avec une exquise délicatesse, il nous faisait tout comprendre, de façon naturelle. Puis j'ai joué avec le Groupe de Théâtre Antique de la Sorbonne. J'avais dix-sept ans et j'interprétais les vieillards dans *Les Perses* et *Antigone*. Mais mon père m'a dit qu'il ne fallait pas que je devienne un théâtreux. Il avait une autorité indiscutée dans la famille et je l'aimais beaucoup. J'ai donc abandonné le Groupe de Théâtre Antique.

Vous aviez du plaisir à être sur scène ?

Je ne peux pas dire... En tout cas je m'en suis passé sans souffrir. Mon grand regret c'est de ne pas être allé en Grèce avec le groupe qui devait y aller jouer. Je n'ai découvert la Grèce que très récemment.

Je vous cite : "Mon père, bien que voltairien, m'avait donné quand j'étais parti son Lemaistre de Sacy, sa Bible". Que représentait votre père pour vous ?

Mon père, c'est tout pour moi encore. Figurez vous que je n'ai jamais eu envie de tuer mon père ni envie de coucher avec ma mère. J'ai été désorienté lorsqu'on m'a parlé de choses si bêtes et si inutiles. Mon père était très admirateur de l'Ancien Testament. Peut-être y trouvait-il une puissance poétique qu'on ne trouve pas dans les Evangiles ? C'était un

© André Hampartzoumian

Bernard Manciet et Marie-Hélène Bonafé

fonceur. Il se peut que Josué lui ait plu, plus que la douceur du samaritain. Moi aussi j'ai été plongé dans la Bible très tôt et je dois beaucoup aux Psaumes et aux Prophètes. Mon père était entrepreneur de travaux publics. Il avait commencé à reconstruire brillamment les territoires dévastés par la guerre de 14. Tous les hommes de notre famille étaient morts à la guerre, sauf lui. Il lui a fallu assumer tous les enfants. Lui c'était un des fidèles socialistes, un grand admirateur de Jaurès. Même nos proches qui étaient prêtres étaient de grands admirateurs de Jaurès. Ma mère ne partageait pas du tout ses convictions. Elle allait à la messe tous les matins. Elle priait pour que mon père se convertît. Le fait que mon père soit socialiste pour elle c'était l'enfer ! Mais elle restait silencieuse.

Comment vous est venu le goût des lettres ?

C'était assez naturel, courant, dans ma famille... Mon père était un grand lecteur, ma tante Ilia m'a fait apprendre par cœur l'*Athalie* de Racine, ma cousine Annie, dirigeait les conférences “ Rive gauche ”, avant la guerre. Ma grand-tante Marie commettait des poèmes en français et le chanoine Coureau, frère de lait de ma mère, en gascon...

Etes-vous souvent allé au théâtre ?

Oui, beaucoup. J'y allais d'autant plus facilement, que j'avais un ami qui m'y traînait souvent, quand je faisais mes études à Paris. Nous allions à l'Opéra, au Sarah Bernhardt, qui s'appelait le Théâtre de la Cité à l'époque, nous allions au Vieux Colombier, à l'Atelier. Je me souviens de l'*Antigone* d'Anouilh. On grelottait, il faisait un froid de canard là dedans !.. Je me souviens aussi de la première des *Mouches* de Sartre. “ Ils sont libres, ils existent... ”. J'aime beaucoup le théâtre. Je pleure, je sanglote, je ris très facilement, je suis très bon public.

J'étais allé à la première du *Soulier de satin*, au poulailler. A l'époque, j'étais partagé entre Paul Valéry et Paul Claudel. J'allais religieusement écouter les conférences de Valéry au Collège de France. Je ne comprenais pas grand chose à son écriture rigoureuse. Maintenant, je commence à entrevoir. Il se trouve chez lui des “ trucs ”. On le reconnaît à tous les coups. Mais à l'époque cela paraissait une écriture très sévère, très exacte. Il se ruait dans les mots, dans les phrases, il en faisait jaillir de partout. Il avait de belles images, mais qui me gênaient. Je ne savais pas de quel côté aller. Je préférais Claudel, parce qu'il était moins intelligent. Quelquefois c'est très bête ce que raconte Claudel ! De plus il était l'ami de ce type épouvantable, Francis Jammes. Vous savez, les ânes qui vont en paradis, ce naïvisme paysan systématique qui me sortait par les yeux et qui plaisait tellement aux dames qui montaient dans le train en première classe !

Et puis il y en a un que j'adorais, mais je n'ose pas le dire... C'est Gabriele D'Annunzio. Il habitait à Arcachon. Il courait sur lui des tas de légendes qu'il entretenait soigneusement. On disait que Sarah Bernhardt était venue le voir, et, qu'en descendant dans une petite gare des Landes, elle aurait dit : “ Conduisez-moi dans la forêt vierge ”. On se moquait d'elle... Une de mes vieilles amies, qui l'aimait beaucoup, l'avait vue dans *Phèdre*. Elle était très émue. “ Vous vous rendez compte, Sarah Bernhardt se roulait par terre en bavant ! ”

Des acteurs, actrices, vous ont particulièrement marqué ?

Charles Dullin, Jean Vilar, Jean-Louis Barrault, Alain Cuny qui est le premier à avoir lu mes poèmes, en 60/65, à Montauban. Il broyait mon texte. C'était en français, mais

à gauche Bernard Manciet enfant.

il avait gardé le suc du gascon. Serge Pey, lui aussi se déchaîne sur mes textes. C'est un phénomène, un énergumène, je l'aime beaucoup. C'est un brut, il sort de la glèbe. C'est une sorte de banlieusard dans sa façon de parler. Il est enthousiaste, brouillon, violent, il cogne dans tous les sens et il ponctue ses déclamations de bambous de pluie du Mexique qui m'horripilent ! Mais c'est un bon déclamateur pour moi. J'aime aussi beaucoup Anne Castan, qui dit mes textes avec force.

Il ne reste malheureusement qu'un brouillon en français, d'une pièce que vous avez écrite, *Aliénor d'Aquitaine*, pouvez-vous nous en dire quelques mots ?

C'est un personnage que je porte dans mon cœur, à cause de la grandeur de son histoire et de ses origines...Un immense diplomate, la grand-mère de l'Europe !... Il y a un autre personnage historique féminin pour lequel j'aimerais écrire : Dolorès Ibarruri, la Pasionaria. Même aujourd'hui, je parle d'elle à voix basse !

***Un hiver* a été mis en scène ?**

Un hiver est un poème écrit comme ça, par inadvertance. Il a été mis en scène par Gilbert Tiberghien, avec la musique de Jean-Claude Audouin. Il y avait un haute-contre. C'était réussi. Ca ne bougeait pas, c'était immobile. J'aime beaucoup ce qui ne bouge pas...

Comment s'est passé le montage théâtral de *L'Enterrement à Sabres* ?

C'est une œuvre élaborée en vingt-cinq ans qui a été adaptée pour le théâtre par Hermine Karagheuz. On ne pouvait dire les cinq mille vers de l'ouvrage... Le spectacle aurait duré huit heures. Elle a fait un découpage et a gardé une gradation dans ce qu'elle fait, elle. Elle s'est mise à la place de la *Dauna*. Et surtout, elle est arménienne. Elle sait ce que c'est que les pauvres gens, la misère et la grandeur du peuple. Je suis très content de ce qu'elle fait. Elle a compris l'essentiel et elle a retrouvé la tradition gasconne.

Sur scène, dans *L'Enterrement à Sabres*, vous faites une lecture, parfois presque murmurée. Pourquoi ?

Je parle comme on parle dans la rue. Ce n'est pas fait pour être compris par ceux qui ne connaissent pas le gascon ! C'est la parole de tous les jours, le quotidien au ras du sol, le gascon noir... Je ne suis pas acteur, c'est ma langue et je la dis. Je ne fais pas d'effet.

En quoi consiste votre collaboration avec des musiciens tels que Bernard Lubat ou Beñat Achiary ?

Bernard Lubat me dit que, tel jour prochain, il y aura un spectacle, au bord d'un lac, dans un bois, sur une scène. Il y aura un feu d'artifice... Il jouera une partition peut-être ancienne, pour faciliter les choses. Il me dit : " tu écriras sur le feu, ou sur les indigènes du Mexique ", ou n'importe quoi !.. Dès lors, il s'agit d'écrire très vite. C'est de la littérature engagée. C'est drôle ! J'aime bien être comme ça, à l'état foisonnant et, avec Lubat, c'est merveilleux. Il improvise sur son piano, et moi, il faut que mon texte soit aléatoire, parce qu'en cours de route il faut parfois tout changer. J'ai comme une sorte de partition de textes dans laquelle je pioche, suivant ce qu'il fait. Il dépend de mon texte et mon texte dépend de sa musique. Nous sommes de connivence. C'est un pas de deux mais improvisé à chaque fois. Nous nous rencontrons dans les sonorités. Celles du gascon comme celles du piano sont très heurtées. Je retrouve naturellement avec Lubat ou Achiary la tradition gasconne et asturienne des déclamateurs accompagnés de joueurs de sanza, de tambours, une tradition du Moyen Age. Notre poésie occitane, du moins celle de Gascogne, qui est la plus ancienne, repose essentiellement sur la déclamation et le rythme. Achiary, lui, en rajoute dans la douleur. C'est un hurleur des montagnes !

Aimez-vous être sur scène ? Quelles sensations vous procure la présence du public ?

J'ai horreur du public... (un temps)... Horreur non, mais on ne me voit pas. Je sens bien le public. S'il y a du monde je le sens. Les sonorités ne sont plus les mêmes. Lorsqu'il y a des jeunes, je le sens. C'est agréable. Lorsqu'il y a des gens fatigués, on le sent. Et pour les réveiller, c'est autre chose ! Le public qui n'a pas payé est plus disponible. Il est plus heureux. Le public qui a payé se sent obligé de rester jusqu'à la fin. Il veut en avoir pour son argent. Il y a échange de respiration avec le public. Le public pour moi, c'est une espèce de magma... Ça bouge, on ne le voit pas. Mais je crois finalement que ça m'indiffère. Je n'ai jamais eu le trac ni le mal de mer. Je suis dépourvu de sentiment, d'honneur, de tout. Mais oui !

Bernard Manciet chez lui à Trensacq

C'est l'expression scénique qui vous convient le plus ?

Je ne peux pas vous dire... Non, c'est l'éloquence. L'éloquence qui n'existe plus d'ailleurs. Le gascon, lui, est toujours un peu éloquent. Il en rajoute aussi bien en sonorités, qu'en redondances, en fioritures savoureuses, moqueries. L'éloquence, la parole, ce sont nos sources grecques, latines et hébraïques, le jaillissement du mythe...

Louis Séchan, professeur de littérature grecque de Bernard Manciet. Portrait réalisé par l'auteur

Quelquefois je me le dis : ils sont là, ces imbéciles, ils sont venus pour me voir !...

N'est-ce pas là un peu de coquetterie ?

Oui ! Mais pourquoi pas !

Vous faites partie d'une " Association de vieillards malfaisants ". Faites-vous beaucoup de mal ?

Oui, nous faisons tout le mal que nous pouvons. Nous sommes quatre. Plus un autre, un juriste qui va demander pour nous la reconnaissance d'utilité publique. Nous sommes perfides... En font partie des gens remarquables. Un grand savant géographe. Des gens dont je tairai le nom, car c'est une Société non pas secrète mais discrète... La réalité, c'est que nous essayons de parer les mauvais coups pour beaucoup de gens. Nous sommes malfaisants contre les malfaisants...

Vous avez écrit *Per el Yiyo*, en hommage à ce matador, une *Ode à Dominguin*, autre torero célèbre. Que représente pour vous la tauromachie ?

La course de taureaux, c'est l'art noble par excellence. C'est fait pour les grands seigneurs. Je parle des grands seigneurs de l'esprit et de l'âme. Il faut un courage énorme. J'ai vu des matadors qui tremblaient. Quand une masse de cinq cents ou six cents kilos fonce sur vous, ce n'est pas une lutte à la vie à la mort entre un homme et une bête, mais une lutte à qui sera le plus grandiose. C'est la " grandeza ". Le mot n'existe pas en français. C'est être un grand d'Espagne. Et je trouve cette espèce de grande dignité tellement belle ! Dominguin a été d'une élégance parfaite. C'était lui le seigneur du sang. J'ai toujours aimé ce mépris du danger, lorsqu'il s'agit d'être grand.

Comment viennent les mots lorsque vous écrivez ?

J'écris parce que je m'ennuie. Je m'intéresse au fuyant, à l'éphémère, à ce qui se transforme. Je fais d'abord un dessin pour y mettre des paroles dessus. Il me sert de repère. Je mets le texte dans les marges des dessins, pour aller plus vite. C'est tellement long d'écrire, de prendre des notes !

Qu'est-ce qu'un poète ?

A un poète de mes amis, Max Rouquette, j'ai dit : " Parlons aussi bien que ces vagues. L'Océan: c'est la pierre de touche. Il faudrait que notre parole tienne le coup face au parler de l'Océan, et à ce moment-là, nous serions dignes d'être poètes. " C'était sur la dune à Biscarrosse. Il soupira. Je voyais qu'il était jaloux de la mer. Je l'ai dit aussi à Lubat. " Ecoute la mer ! Qu'est-ce que c'est à côté de ta musique ! " - " Je ferai aussi bien ! " m'a-t-il dit. Alors j'attends...

Propos recueillis par Marie-Hélène Bonafé.

Beñat Achiary, interprétant en basque, « Le dire de Guernica » « Le hurleur des montagnes », B. M.
Festival d'Itxassou. Pays Basque, 1996.

Dans l'ombre, je n'existais plus. J'étais devenu une voix. Mais pas la mienne. A mon étonnement, j'avais retrouvé l'accent le plus rude et le plus âpre de ma Grande Lande. La respiration de l'auditoire, je la sentais, je la prenais. Je la perdais aussi, avec l'envie alors de laisser tout en plan (...) Mais j'avais pour moi, d'abord l'ascendant de Lubat, et ensuite mon patois. J'avais reconnu ce souffle court et haché, un peu autoritaire des foules de chez moi. Nous étions sur la même longueur d'onde de respiration, qui me portait. Je ne sais plus exactement ce que j'ai fait. Je ne comprenais plus trop moi-même mes textes. Eux non plus, sans doute, mais nous les ressentions avec les mêmes viscères. Entre bêtes de la même race. ...

Bernard Manciet. « Eisinas 85 »

Manciet Démanciet

BERNARD LUBAT

Que se passe-t-il exactement entre Bernard Manciet et toi lorsque vous êtes en scène ?

C'est toujours un conflit, entre la voix et le piano. Ce qu'il y a d'obligé avec Manciet, c'est que je suis obligé d'inventer une musique qui n'existe pas. Avec lui pas question d'ornementation ni d'accompagnement. Sur scène, il se déchaîne, il crie son texte, il chante, il scande. Il est très musicien, il entend la musique du futur. Il est vertical, puis horizontal, puis atonal... Il a une incroyable façon de dire ! Il retrouve à sa façon la scansion des troubadours. On imagine toujours les troubadours bien élevés et toujours délicats, mais je pense qu'il devait exister aussi quelques barbares à l'époque. Les troubadours c'était du blues, du jazz, du rock, du rap avant la lettre. Ce que nous produisons avec Manciet, c'est une sorte de musique contemporaine, vitale, sauvage, mais sans le côté clinique de la musique contemporaine savante écrite, une musique éclatée violente, virulente, complètement coupable. Manciet mélange un fond archaïque très fort et une modernité tonitruante. Il a une façon de dire qui n'est pas prévue au programme, mais qui existe en

© André Hampartzoumian

Bernard Manciet, Trensacq

chacun de nous. C'est ça l'improvisation : on ne peut pas se corriger, donc on est ce qu'on ne connaît pas de soi. Cela n'a rien à voir avec le cliché convenu " dire de la poésie ". Il se rapproche plus d'Artaud qu'autre chose, même si c'est un anti-Artaud. Il dit ses textes en gascon, quelquefois je me permets d'en dire quelques phrases en français. Ça l'énerve, il n'aime pas vraiment !.. Il écrit sur des thèmes que parfois je lui propose. Il a dû écrire comme ça une dizaine de textes, sous la menace, sous la nécessité des actions sur le terrain d'UZESTE MUSICAL...

Est-ce que tu prends connaissance des textes avant de monter sur scène ?

Des fois oui, des fois non. Parfois, je ne connais même pas le sujet. Il n'y a aucune mise en scène, aucune mise en quoi que ce soit. Il y a une confrontation duale. Il nous arrive de tester des choses. La musique n'est jamais écrite, elle est improvisée, elle est en fuite. Elle subit le poète, elle lui rentre dedans. C'est une espèce de joute, de défi, de confrontation, d'anticipation.

Comment vous êtes-vous rencontrés ?

Il y a quinze ans que je travaille avec Manciet. Je l'ai rencontré sur scène, ou plutôt sous une scène... C'était au festival occitan d'Eysines, qui a disparu depuis... un festival de folie. Manciet ne voulait pas se produire sur scène, il était sous la scène, poursuivi par un type qui avait une perche-micro. Ses textes étaient par terre et lui errait à quatre pattes, dans le noir. Il y avait un autre type qui tenait une torche électrique. Je jouais sur scène du piano, il était sous moi, sous scène ! On était un peu alcoolisés... Ca s'est fait dans la violence de l'instant. On s'est auto-rassemblés. C'était une rencontre qui devait se faire. Violemment, en public. On a découvert qu'il y avait urgence à faire des choses ensemble. Au début, il voulait être caché, alors on le cachait avec un paravent, et en même temps on projetait son ombre... (rires). Par la suite il s'est mis sur scène, à sa table. Mais caché pas caché, on s'en fout. On a fait des spectacles dans les bois avec lui, sur des étangs, beaucoup de choses folles... on a joué dans des rivières, des banlieues, des férias... pour les chasseurs... Les identités villageoises, ça me passionne. J'essaie d'être poïélitique, c'est à dire de cultiver cette putain de dialectique entre la poésie et la politique... ce n'est pas possible et tant mieux. Après j'embarque tout ça sur une scène... Sinon, je pense que je n'aurais pas grand chose à dire sinon des conformités " esthétiquement correctes ".
Ce que l'on met en branle est tellement vif qu'il n'est pas question d'être de bonne foi. Parfois le public manifeste, donc on le massacre. Il y a tellement de gens qui s'occupent du public, il y a tellement d'infirmiers parmi les artistes !... Moi je ne pense pas que le public soit malade...

Le public a " manifesté " au cours de la représentation du *Feu d'artifice musicien*?

C'était un moment de folie, à Saint-Jean-de-Luz.... On ne jouera jamais plus à Saint-Jean-de-Luz, parce qu'ils ne voudront plus. Nous étions sur le port, au milieu des touristes suceurs de glace. Ils ne s'en sont jamais remis ! Ni les culturels du coin !... Mais ce sont des choses qui dépassent le fait de plaire ou non au public. Il y a eu un gros orage, on a continué, avec des feux d'artifice, des musiciens, il y avait plusieurs milliers de personnes, qui étaient vraiment hargneuses en face de ce qu'on leur proposait. Le feu d'artifice pétait, ils se sentaient attaqués par des bombes. L'orage était très violent, on aurait pu s'électrocuter. Mais on ne pouvait pas s'arrêter. C'était comme si les éléments jouaient. Ce que j'ai appris là comme à Uzeste : c'est à tutoyer le tellurique. Il est là et on ne va pas se dégonfler. Et puis on a pas le choix ! Et nous avons commis comme ça une dizaine d'esclandres.

Comment qualifier ces événements que vous créez ?

J'appelle ça vivre. Vivre en direct. Propulser un œuvre qui se fabrique immédiatement. Sans sommation, sans protection, sans prendre les gens pour des imbéciles. Ça se joue dans une bataille, comme le rugby. Parfois le texte s'arrête, parce que la musique a décidé que ça suffisait. Puis d'un seul coup, le poète décide que ça suffit la musique, et il se met à gueuler. C'est un rapport de force, critique, chronique, ludique... Le public entend les mots très forts, comme chez David Bowie. La sono est rock, pop... Car dans une histoire comme ça, il y a quatre ou cinq mille personnes en face, qui ne savent ni à qui ni à quoi ils ont à faire, qui ne nous connaissent pas et nous non plus. Donc c'est assez vertigineux. Personne n'en sort indemne. On se fait peur. Puis ça produit des poèmes. Je pense que ça participe à l'écriture de Manciet. Il le dit : il s'est remis à écrire aussi sous cette menace...

Est-ce que tu lis le gascon ?

Le sien difficilement, parce que c'est un gascon littéraire et que je suis un peu inculte en la matière. Je parle le patois. Lui écrit cette langue en entier. Comme il cherche ce qu'il y a de plus profond, il parle l'occitan de l'éternité. Je commence par le lire en traduction française. Puis je le travaille et j'apprends à le dire en gascon. Alors il m'engueule, parce que je prononce mal. J'ai lu toute son œuvre. Sinon, pour les textes qu'il dit avec moi sur scène, on en parle avant, parfois pendant une nuit, puis il écrit de son côté. Ensuite on fait des spectacles pour qu'ils disparaissent, ou qu'ils aillent se perdre dans l'inconscient collectif, ou nulle part... ou sur des bandes d'enregistrement...

As-tu travaillé sur des textes de Bernard Manciet déjà existants ?

Non très peu. Quand je " récite ", je ne me sens pas jouer. Il faut que je me perde, que je m'invente, que je me noie... Il me faut des sensations... *(un temps)*. *L'enterrement à Sabres* mériterait un travail... Cela fait cinq ans qu'on dit que l'on va faire un opéra gascon. Ça va venir !... On est peut-être en train de l'écrire sans le savoir !... L'idée ce serait de le créer dans une forme orchestrale plurielle, avec les timbres classiques de la musique symphonique et de les conjuguer avec ceux de la musique traditionnelle et de la musique électronique. On mêlerait des voix lyriques à des voix pourries, d'aujourd'hui, comme la mienne ou comme la sienne. Moi je joue et je chante, enfin, je gueule, j'éructe... Je chante très mal. Je n'ai pas le choix, mais ça m'a pris beaucoup de temps ! Je n'ai pas une voix travaillée, j'ai la voix qui est travaillée par la musique, par la poésie, par la pensée, l'imagination... C'est ça le blues...

Il t'arrive de retravailler des improvisations ?

Non et je réimprovise encore pire ! Je ne reviens pas en arrière. Je m'arqueboute sur mes arrières, je " starting di-block ". On fabrique un synopsis, qui est immédiatement trahi par sa propre pertinence : si le synopsis est bon, il crée un enclenchement de pas prévisible et donc là, on travaille à se laisser emporter et à maîtriser cet imprévisible. C'est un peu l'écriture automatique. Ça peut être très très bon, ou très très mauvais. Ce sont des processus qui sont lancés et qui sont " inreconductibles ". On ne peut ni rejouer ni répéter un match de rugby ! Ça ne va pas ! Et puis je ne sais pas jouer autrement... Mais l'improvisation, c'est un matériel qui s'accumule, c'est un compost, un substrat, des racines. Il faut poursuivre... Il faut toujours éjecter, jacter... Avec Manciet, c'est d'une liberté insoutenable. Il y a des moments, je suis là, vidé, essoré... On ne peut se raccrocher à rien, ni à une harmonie, ni à un rythme, et il y a un geste qui doit jaillir... Un geste de survie, de distance brute. Tout ça produit de l'esthétique. C'est une auto-provocation. Ce que je joue l'énerve ou le calme. Et lui c'est pareil. Tout ce qu'il dit me réveille ou m'insupporte ou me ravit, je ne sais plus, tout est mélangé... C'est d'une subjectivité torride. Cela aboutit à des choses qui nous dépassent... Par contre lorsqu'on écoute les bandes enregistrées, ça nous donne confiance et conscience pour aller encore plus loin. Quand on joue dans ces conditions, il n'y a pas de compositeur, il n'y a pas de metteur en scène. C'est nous qui composons, c'est nous qui mettons en scène, c'est nous qui écrivons, c'est nous qui disons nos textes, c'est nous qui nous mettons en joute, en je !... en jeu !

Tu joues contre qui ?

Je joue contre l'histoire, contre le passé, contre le futur, contre le public, contre tout le monde et avec tout le monde. On joue tous. Je reviens au rugby. On n'est pas au

Bernard Lubat

dessus de la mêlée, on est dedans, et parfois sans trop de protection, en particulier dans des endroits non consacrés. Les gens ne savent pas ce que nous faisons là. Ce n'est pas prévu au programme. Ceci dit au théâtre ou ailleurs c'est pareil, on joue sans filet... et sans " filer " !

Il y a un perdant et un gagnant ?

Quand on sort de scène effondrés parce qu'on a mal joué, on a perdu le match. Quand on sort, qu'on est démolis et qu'on a envie de poursuivre et de faire encore mieux, on pense qu'on a gagné le match.

Et lorsque tu joues sans Bernard Manciet ?

Il est là quand même. Avec son écriture, avec ce que j'ai joué avec lui. C'est un démon... *(un temps)*... Manciet Démanciet... Quand il écrit, c'est un problème, pas une solution. C'est un emmerdeur, un déménageur... Manciet a ses Landes -mes Landes- gasconnes dans la viande : les grands incendies d'ici, le feu de l'être, le feu de la langue, un pays d'eau, de mer, de pluie. Manciet est tellurique. C'est un grand cosmique ! Il est Dionysos et Apollon à la fois... Le beau c'est le commencement du terrible, disait un autre poète... Et moi je suis trucidé à vie par la poïésique de Manciet le Démanciet !

Propos recueillis par Marie-Hélène Bonafé

Lo huec/

Inédit 1996

Le feu

Texte pour la scène, interprété par Bernard Manciet et Bernard Lubat. Créé en 1996 sur le lac de Bourideys (Gironde) dans le cadre du Festival d'Uzeste.

Traduction Bernard Manciet.

- I -

je viens sur skating-board
je file sur les soleils des houles
je soulève des cendres des papillons de nuit

je viens comme un voleur à trois heures du matin
avec ma lampe Wonder je viens comme un loulou
avec ses phares sanglotants

je m'appelle napalm je m'appelle phosphore
je m'appelle pétrole et gaz de Lacq
et lampe à iode derrière les pins noirs

pareil aux éclairs de chaleur on les a vus
et on ne les a pas vus
et on ne sait qui je suis

je cours j'élastique sur la crête des dunes
je change de chemins changeant je me repose
on ne veut pas savoir qui je suis

je siffle longuement doucement par les rues
des banlieues mal éclairées
les jeunes gens ont des visions

Je souffle parfum de grillade lourde
sur les villages les quartiers et ils ouvrent grand la bouche
les vieillards rêvent odeur de grandes cuisses

le foin chauffe déjà dans les étables
où j'ai renversé ma lanterne
le bétail est voyant

I

Que vieni de skating-board
Qu'eslissi aus sorelhs de las memèras
Que livi cendes parpalhòlas deu ser

que vieni com un volure a tres òras deu matin
dab la mia Wonder vieni com un mangane
dab sons fares de saumucs

que m'apèri napalm que m'apèri fosfòre
que m'apèri petròli e gas de Lac
e lampa de iòde darrèr los pins

com eslombrics de calor e los an vists
e los an pas vists
e que saben qui sui

galòpi eslastiqui a la cresta de la duna
camini descamini e cambiant me repausi
vòlen pas saber qui sui

que shiuli long doç a las carrèras
aus vagaraus esclairats magre
los gojats qu'arreboran causas

que bohi sent-bon de carboada
los borgs los quartiers que badan
los vielhs saunejan aulors de grans cueishas

lo hen que cauha a las estaulas
ont m'èi trabucat la mia lanterna
lo bestiar veid

au raz des bruyères des halliers on voit bien
brûler mes orteils - ne dites rien à personne -
j'ai enlevé mes sabots j'arrive

par les portes entr'ouvertes s'aperçoivent mes rayons
les portes vont s'ouvrir - ne dites rien à personne -
j'ai retiré mes gants vous allez voir

lavez-vous les pieds nous allons piétiner la vendange
pieds de pauvres pieds de minables pieds de brai
ne dites rien on va rire

car je suis la plus jeune des flopées de fleurs
de la création l'esclandre des fleurs je suis le soc
des massacres de floraisons

je suis l'égorgeur au sacrifice des hymnes
leur graisse s'écoule brûlante
leur graisse comme de la térébenthine

je suis le rire qui provoque les rires
des fenêtres sur les rivages au soleil couchant
des Michols par milliers pétillent

- II -

Silence et rire ! ils ont ri
les escalators montants et descendants lorsque
j'ai posé un bouquet devant les magasins de lumières
et de lustres qui ont vacillé ne m'ont pas dénoncé

ni vu ni connu lorsqu'en gerbe
j'ai renversé la mercédès ventre en haut
avec le ministre ! tout ainsi qu'une femme
et elle se démène sur le dos comme un hanneton

elles ont ri sans même chuchoter mon nom
les dégringolades de pièces des juke-box
des usines à faire de l'argent
lorsque j'allumai les sabotages

ils n'entendirent pas rire les poiriers
quand je marchais sur les poiriers à Rafaïm
les houilles dans les mines ne les ont pas assourdis
lorsque moi la taupe j'ai bondi
moi le pilote des rires extraordinaires

a ras de bròcs e broishòcs i crema pas sonque
los mons artelhs - diditz p'arren en digun -
que me sui tirat los esclòps qu'arribi

a las pòrtas miei alandadas mon ajor
las pòrtas que se van obrir - diditz p'arren -
me sui tirat los guants vatz véder aquò

boishatz-vos los pès vam pehorar la vrenha
pès de praubes pès de chètres pès de brasilh
diditz p'arren que vam arríder

car sui lo mèi joen deus foalhs de flors
de la creá lo calahar sui lo vòme
deus massacratges d'eslors

car l'escanaire au masèth de las imnas
sa grèisha que chòrra burlenta
sa grèisha com òli de gema

sui l'arríder qui hei adarron se'n arríder
las frinèstas de las còstas a só-coc
Micòus a milèrs que petrilhan

- II -

Chó hòu ! e se'n arríder
los escalators entà haut entà bas jo quan èi
pausat un flòc au pè deus magasins de lutz
e de lustres - qu'an hombejat m'an pas escusat

an pas digun sabut quan èi jo a bèra gèrba
virat la mercedès de vente en haut
dab lo ministre ! atau com ua hemna
e qu'arpateja dab l'esquía com un barbòt

Se'n arridèn shens de medish me vedossejar
las arriulejadas de las monedas au juke-box
de las usinas a har moneda
quan avitèi los sabotatges

entienón pas los perèrs se'n arríder
quan marchavi suus perèrs a Rafaïm
los esmonèn pas los carbons de la mèna
quan jo la boha èi hèit lo saut
jo lo pilòte deus estihalhars

- III -

Ils devraient faire attention ! les coqs brûlent partout ce
[minuit
déjà les îles flamboient comme des punchs
et aussi les furoncles endocrines
et les touffes des femmes
les crinières de leurs juments éternuent des lueurs
et les hauts-fourneaux par exclamations de coulées
font la nuit rose

ils ne sont pas tranquilles dans les Mac-Donalds
dans les abattoirs de ketchup
les arc-en-ciel prometteurs font de la soudure à l'arc
les terroristes de toute beauté sont sur les toits
à dilapider les pamplemousses de T.N.T
leurs brandons c'est comme ébrancher des arbres
la colère se répand à toutes nations - joyeuse et rose

mes jardins de loin en loin se mettent à craquer
favelas mes jardins ! - c'est la Saint-Jean - enflammée
les roues descendent des montagnes
mes jardins mes tribus terroristes
- c'est le 14 juillet - jaillissent en laitues
grésillants - et c'est Pentecôte c'est langue
en Pamphilie en Cappadoce à New-York à Bacalan

laitues montées de tout acabit les anges de terreurs
échevelés et les âmes filent haut et droit comme les lampes
[à pétrole
des anges par foules se battent
avec les édifices les innombrables de néon et de comptabilités
jusqu'au 44e étage - le compte y est - des cimes
les vitres se brisent en chantant
et chômage immense dans les ampoules démontées
ne suis-je pas l'ange l'archange des braises par giclées ?

- IV -

Moi le Boiteux je fais boiter l'incendie - faites vite
le pillage a commencé splendide à Atlanta
hâtez-vous hommes de rebut moitiés d'hommes
les manchots les pourvus de crochets au lieu de mains
l'incendie a commencé
les infirmes les femmes à barbe ceux
qui naquirent avec trop de doigts - trop de doigts dans les yeux

- III -

Mès chau ! los hasans que creman tot d'aqueste miei-
[nueit
dijà que flambejan las isclas com punchs
e los esloroncs endocrines
e las tufas de la hemnalha
las crinhèras de sas eguas esternudissen eslams
e los hornèus-hauts a esplams
que hèn la nueit ròsa

son pas tranquilles dens los Mac-Donalds
aus masèths de Ketchup
las arcas de bèth tèmps que sodan a l'arc
los terroristas gènces que son suus tòules
que sémian pamplamossas de T.N.T.
sas halhas ua espalancada
l'ira que s'esparia adarron gaujosa ròsa

mons casaus lunh e lunh se botan a crascar
favelas mons casaus - qu'èm a Sent-Jan - a flams
que virolejan de haut 'tà bas de las montanhas
mons casaus mas gentalhas de terrorisar
- qu'èm lo 14 de julh - que chisclan a sescar
gresilhan e qu'es Pentacòsta qu'es lenga
a Panfília a Capadòça New-York e Bacalan

sescas de tota managalha los anges de terrors
espeluhits e las amnas que tiran au dret hòra de las
[tutas
anges a regiments que hèn au peu
dab los edificis de neon e de comptabilitats
dinc au quaranta-quatau estatge dinc au cim
los carrèus de vitra s'esluigalhant que cantan
e caumatge gran a las lutz
que sui l'ange l'arcange d'esbrasocar

- IV -

Lo Tòrt jo que tortegi l'abranèira hètz viste
l'aubareish qu'a començat lo bèth a Atlantà
destrigatz-vos los òmis de rebuc meitat òmis
los shens de bras los manats de guirp en hèr
l'ahuecada qu'a començat
los aflijats las hemnas barbudas los
vaduts dab tròp de dits tròp de dits dens los uelhs

Soleil dans les pins.
Mimizan

ceux qui grandissent en dedans les femmes
grosses-caisses ceux qui cognent leurs omoplates les andro-
[gynes
les irrécupérables les désolidarisés
les rats humains
voici l'aube de votre beauté
qui se recourbe se recroqueville s'ensoupire s'enfume
les stades se recourbent se recroquevillent s'enfument
leurs tumeurs musculaires crèvent
car votre beauté hydrocéphale
a déconnecté le barbecue la chaudière
de leurs rêves publicitaires
et les reins de leurs illusions

los qui creishen en dehens las hemnas de tambars
bombs los de paletas-trucs los hemnòmis

los de pas recuperar los dessolidarisats
los arrats d'òmis
la vòsta beautat qu'aubeja
s'ahocha s'encorcochona s'ensospira s'ahuma
los estades s'ahochan s'encorcochonan s'ahuman
sas tumors d'arms que s'esgabornan
la vòsta beautat idrocefali
qu'a deconectat lo barbecue la caudèra
dens sons sauneis publicitaris
de sas illusions los ronhons

des reins qui s'exagèrent au soir du monde
en plis décortiqués de langoustines
et ce soir ils ne sont plus rien
s'exagèrent vers rien
moi je secoue mes cornes vivantes - hâtez-vous
les vieux de dessous terre les puissants
les voleurs de boeufs
il commence à faire chaud la brume monte
hâtez-vous avec les soufflets et les calendriers d'âmes
avec tout votre Purgatoire
avec vos fleurs de colophane
souvenez-vous les vieux morts des incendies
solennels
en 43 en 47 en 49 à travers la forêt ensemble
sur des centaines de kilomètres du grand serpent
rutilant de feux et de contre-feux
de fumée et de contre-fumée
hâtez-vous ! on nous vole tout le pays le bois la résine
les papeteries sur les rivières et sur la mer
puent elles ne pueront plus
elles rayonnent brume brillante elles ne brilleront plus
cette brume vous l'avez sucée comme de la moelle
et cela sent la charbonnière et le résine d'août dans les pins
vous inclinez les feux source après source
il n'est plus au ciel brûlant qu'une araignée
en fleur

Je suis ce Taureau que l'on dévore vif
je meugle cette nuit une foire au ciel
un grand-huit - hâtez-vous avec vos chiens
vos blessures et tout le sang
hâtez-vous ils vont s'échapper
vous les égorgés sur le désert
vous les sept et les septante dix fois sept
les écorchés les percés de coups
les chaises électriques
les fous
et sortez enfin de vos prisons à Gijon
les grandes villes sont superflues
avec leurs gouvernements les Dresde
les ports de rivière ou de mer -
ils vous avaient dénudés jusqu'à l'âme
ils ont dénudé vos os
et les abeilles s'en sont envolées
abeilles et martyrs vous les nouveaux maîtres
saignez de vos feux saignez tout

dont s'exagèran au desser deu món
a plecs descorticats
e arren son anueit de d'òra
ent'arren
que me segoti los còrns vius hètz viste
los vielhs de devath tèrra los poderós
los volures de buus
qu'i comença de har calor lo brum que praba
hètz viste dab bohets e calandèrs d'amnas
e l'Espurgatòri tot
dab vòstes flumes d'arrosia
brombatz-vos los vielhs los mòrts de las burlas
solemnaus
en 43 en 47 en 49 a la sega sancèra
a centenats de kilomètres la gran sèrp
estiglanta de huec e de contra-huec
de hum e contra-hum
hètz viste ! que nos panan lo païs la lenha la gema
las papetas d'arriu e de mar
que pudissen e pudiràn pas mèi
que lusissen brum e lusiràn pas mèi
que l'atz chucat com mèussa
e qu'i sent a carboèira e gema d'aost a la sèga
los huecs que los aclinatz pè de huec e pè de huec
i a pas mèi au cèu burlat qu'ua aranha
d'eslor

Que sui lo Taur dont se lo chapan viu
qu'esbrohi anueit ua hèira au cèu
un gran-8 - avançatz-vos dab vòstes cans
vòstas blèishas la vòsta sang sancèra
hètz viste se van escapar
nacions e estats e presidéncias - estancatz-los
vosautis los escanats au hèrm
los sèt los setanta dètz còps sèt
los escorjats vosautis los traucats electrocutats
los hòus
e vos desentútitz de las carças a Gijòn
las ciutats son de rèsta
dab sons govèrns las Drèsdas
los pòrts d'arribèra e de mar -
vos avèn despolhats dinc a l'amna
e desaprigat los òs
las abelhas que'n sortín
vos martiris vos los mèstes naus
sagnatz dab huec sagnatz me tot aquò

doucement de miséricorde
allumez une fournaise fraîche au crépuscule d'été
sur les mers
mon nom c'est : "Hâtez-vous!"
vous tous derrière le ciel le plus lointain couleur de groseille
où le Taureau Blanc - moi

doçament de misericòrdia
avitatz ua hornèira fresca au sombruste d'estiu
sus las gran mars
lo mon nom qu'es "har viste"
vosautis hòu de darrèr l'arrecèu de colindra
ont lo Taure Blanc - jo

- V -

terroriste d'avril moi
qui embrasse mes brassées de branches blanches
d'éclairs de printemps tisserand d'éclairs
moi qui n'ai d'ombre que moi seul
moi résurrection avant toute vie
et je me joue à la vie à la mort
sur ma cime de balancement
avec la lune au jardin d'Oliviers
je me retourne vers moi
vers moi me ressuscite
je me disperse me rejoins me dégringole
je disparais d'autant me voir
vêtu et dévêtu comme autrefois David
je m'environne de larmes d'huile
je me langue de langues
m'abrège en bleu
je suis tout ce qu'on ajoute
je m'ajoute je fourche je m'encroche
je fais âme - âme ma peau âme ma lèvre
et voile marine
mes pieds : mon élégance

- je te pétris
je te retourne comme foin
- je te cuisse en rose
je passe dans ton coeur comme une aile de corbeau
- je t'amygdale
je te mitraille de glandes et de glands
- je te cherche à tâtons dans la lumière
je retourne vers toi sans toi
- je te sale
je te sue par volées
- choc de bleu
- panne de coeur
- je suis ton coeur souvent
- je suis ton coeur plus d'un

- V -

Jo lo terrorista d'abriu
que m'abraci braçat de brancas blancas
d'eslombrics de prima teishenèir d'eslombrics
jo dont d'ombra èi pas que jo
arrevitar jo de davant nada vita
e que me jògui mòrt o viu
au mon cabelhèr de balandada
dab la lua deus Olivets
entà jo m'arreviri
enta jo m'arreviti
me dessepari m'amarroqui me baribondi
despareishi d'atau me véder
nud e desnud com lo David
m'amiroi de lèrmas d'òli
e me lengui a lenguits
blu que m'abraqui
e sui tot çò que hornissen
m'ahornissi m'ahorqui m'ahinqui
m'amni pèth m'amni pòth
e vela marina
mons pès mon elegança

- Que te mauti
que te viri com lo hen
- que te cueishi ròse
que te passi dens lo còr com ua ala de cotèth
- que t'amidali
que te mitralhi de glandas e d'aglans
- que te cerqui a paupas dens la lutz
que me'n torni a tu shens de tu
- que te sali
que te shudi a foalhs
- truc de blu
- pana deu còr
- que te sui còr mantun còp
- que te sui còr mantun

- je te désastre
- je t'effraie de joie
- tu m'éclaires le coeur
- tu me fends le long de mes vertèbres
- chou d'âne tu grimpes
- chou frisé tu frises
- j'ouvre grand tes jambes - rose!

la mer n'est plus qu'un pavot
le ciel un pétale
un pétale une étincelle
autour de la nuit
le ciel n'est qu'un éclair
un pétale tombé
une lassitude
de lumière
ciel de rosée

les étamines les étincelles
se bataillent en roses
les roses se bousculent
sauvages de sang noir
leurs cils tremblent en soleil de phosphore
qui entame la terre
la broute avec des dents de mule
au bruit de sel
la rose en feu nous broute
nous sommes salés de feu

le vin de rose le pain de rose crue
amour cru nous mangeons la rose
chair de sève des vignes
chair de clarté des flammes
et d'apparition
le feu ruisselle de jeunesse
nous prend aux hanches des dunes
aux épaules de la mer
" il me tarde que tout soit incendié
et soit déjà en flamme "

" de paroles simples "
mais pourquoi le feu maintenant nous abandonne-t-il ?
et le ciel une branche?

- que te desastri
- que t'eishenti de gai
- que m'esclarís au còr
- que m'espartís suu miei com un òs bertran
- caulet d'ase arrusplas
- caulet frisat que frisas
- te m'escamalargi arròsa

un pavòt que vien la mar
e cèu un petale
un petale ua eslasía
autorn de la nueit
lo cèu hèi pas qu'un eslombric
un petale cadut
ua laishèra
de lutz
cèu d'arrós
d'arren

las sensenas las buas
se pelejan en arròsas
las arròsas se hèn plaça
sauvatjas de sang negue
cilhan perperejan un sorelh de fosfòre
dont entàmia la tèrra
la brosta a dènts de mula
dab brut de sau
l'arròsa a huec que se nos brosta
e de huec qu'èm salats

lo vin d'arròsa lo pan d'arròsa cruda
amorosa que nse mínjam l'arròsa
carn de sapa de vinha
carn de flam clar
e d'aparéisher
lo huec qu'arriula de joenèir
que nos gaha a las ancas de las dunas
a las umbas de la mar
"çò me tarda que tot flambi
sii dijà flambat"

de paraula simpla
mès pr'amor lo huec adara nos dèisha ?
e lo cèu ua branca?

Entre Stockhausen et Pharoah Sanders : Bernard Manciet, le «machineur»

PHILIPPE GARDY

Bernard Manciet au café « L'Estaminet » à Uzeste, Landes, chez Bernard Lubat

Tout, ou presque tout, a commencé avec des autoroutes — *autostradas*, une selle de moto — *la toa sèra de motò* —, des explosions de moteur et des coups de klaxon. Jusqu'à perdre le souffle. Jusqu'à cet appel pressant : *Es lo men hrair au miei de la carrèra ? Te'n suplegui, passa dessús. Passa dessús e klaxona a la mòrt, a la vita !* C'est mon frère au milieu de la route ? Je t'en prie, roule dessus. Roule-lui dessus et klaxonne à mort, klaxonne à vie.

C'était dans un petit livre de proses poétiques et de poèmes violemment prosaïques, jamais réédité et devenu, entre autres pour cette raison, mythique. *Accidents*, 1955. Deux fois une vingtaine de pages, en occitan et en français. Remplies de klaxons stridulants, de sifflements de train, de tirs de D.C.A., d'usines, de rails, de poteaux télégraphiques et de navires en partance pour l'ombre ou la lumière absolues.

Un entrelacs d'êtres déchiquetés par la peur et de ferrailles, de mécaniques déchaînées et de ruines encore luisantes de leurs vigueurs éventrées... La machine Manciet était désormais en marche. Née du désastre premier, elle méditait ses écrous et ses boulons, ses bielles et ses ressorts, pointes d'acier ou roues hérissées d'aiguilles et de dents aiguisées jusqu'à plus soif.

© D. R. : La Photothèque. S.D.P.

On a voulu faire ces dernières années de Manciet un poète vaguement bucolique en sabots, un " Virgile de la Gascogne " *(Le Monde)*, un sanglier (ou un renard) solitaire tapi dans sa bauge gasconne, landaise, sabrote. Pourquoi pas ? La critique — la même ? — avait déjà fait le coup au pauvre Mistral il y a un peu plus d'un siècle, quand parut *Mirèio*, poème apparemment champêtre dans lequel, il est vrai, les machines " modernes " étaient singulièrement absentes.

Or le monde de Manciet est peuplé depuis l'origine de machines, de toutes sortes de machines, bruyantes et actives, d'objets tranchants, pesants, tonnant et détonants et ces clameurs n'en finissent d'y résonner, de s'y heurter et d'en dicter la musique, les images, les rythmes et les clash. Il suffit d'ouvrir le grand livre des *Odes, a la caucia e au ciment* (à la chaux et au ciment, telle est leur dédicace), soigneusement triées, sélectionnées et recueillies tardivement (en 1984) par les éditions Tribu à Toulouse, pour rencontrer presque à chaque reprise du souffle poétique ces mécaniques implacables. On relèvera bien sûr que sur les vingt-quatre odes réunies, quelques-unes se parent dès leur intitulé des mouvements complexes et des voix multipliées de la machine qui a impulsé leur élan : odes *deu masèth* (à l'abattoir, machine à tuer et dépecer), *a l'apric*, au couvercle, *au motur*, au moteur, *a l'arròda d'aubas*, à la roue à aubes, ou encore *deu naviu*, au navire, la machine à naviguer. Mais on notera surtout comment tous ces poèmes proférés sont parsemés, ou plutôt articulés, comme autant de moteurs ou d'horloges en parfait état de fonctionner, d'aiguilles, de machines à coudre, de ventilatrices, d'ouate thermogène, d'électricité, de paratonnerres, de chaudières, de glacières, de fours crématoires, de fusils, de lance-pierres, de tuyauteries, d'engrenages, de marteaux-compresseurs (un poème de Manciet publié en 1978 chez le typographe Alain Sanchez porte le titre de *Compressor*, compresseur), de forges, de hauts-fourneaux, de diesels, de soupapes et de vrombissements...

Ce cortège ininterrompu de machines et de machineries en tout genre porte l'œuvre jusqu'à ses moments les plus forts et les plus incandescents. En prose, *Le Jeune homme de novembre (Lo Gojat de noveme*, longuement mûri et enfin publié intégralement pour la première fois en 1964). En vers, *L'Enterrament a Sabres*, épopée-monde, bâtie et débâtie au fil des années comme une tapisserie de Pénélope jusqu'à sa publication " définitive " en 1989.

En apparence, *le Jeune homme de novembre*, récit d'une fin

inéluctable au cœur obscur de la lande, est placé sous le signe des seuls éléments naturels : la pluie, la nuit, les lumières, le vent, les bruits... Et tel est bien le cas. L'évolution fatale de la tuberculose du personnage principal et narrateur, Bernard, rassemble et disperse, dans un seul mouvement, la mort des êtres, des familles et des fortunes, sous le signe de la plongée dans la saison la plus triste et la plus longue. Mais cette lente symphonie d'apparence funèbre et nocturne — on songe à *l'Enterrament* — se trouve elle-même soumise à d'autres sortes de pesanteurs qui la précipitent : celle des trains, qu'on entend au loin, celle des avions (des aéroplanes), qui lézardent le ciel nocturne, celle de l'autobus, désespérément attendu par le narrateur, et plus encore sans aucun doute celle des machines qui ont pris possession de la lande. Les scieries, les lampes à acétylène qui les éclairent (*las lampas-carbur*), les locomobiles au souffle rauque (on lira le début du chapitre XI). Toute une population de *maquinaires*, de " machineurs ", logés dans des roulottes, maîtrise ces mécaniques. Parmi eux, un autre Bernard, dont la présence un peu étrange va peupler les derniers moments du narrateur et permettre au livre de se prolonger dans un deuxième récit, *La Pluja* (la pluie) dont il devient à son tour le narrateur.

Bruyants, provocateurs parfois, les machineurs et leurs scieries font exister autrement que dans le seul souvenir de l'autre Bernard, le narrateur du *Jeune homme de novembre*, le monde de la lande. Ce monde qui à la fois meurt et se renouvelle et que *L'Enterrament a Sabres*, à son tour, prend dans les filets de sa parole-fleuve. Mais, *l'Enterrament*, poème, épopée ou opéra de la lande, comme on l'a souvent dit et écrit, nous saisit lui aussi d'abord par ses machines, ses engrenages, les fragments innombrables d'outils et de mécanismes en fonctionnement qui lui donnent sa vie, son mouvement, ses saccades ou ses grandes envolées de paix retrouvée. Le ton de cette étrange mais fondatrice alliance est donné dès le premier moment du poème, autour du corbillard de la *Dauna* : le texte occitan, plus encore que le texte français, qui comme toujours chez Manciet arrondit, adoucit et recherche l'élégance y compris dans les images, nous fait entendre les clameurs d'une extraordinaire machinerie en action : *digadangada* (elle cahote), puis les roues, *las arròdas*, et ce *14 e 18 e los arrats mac-cullòcs devath tèrra* (littéralement : " 14-18 et les rats Mac-Culloch ", ce dernier mot devenant un nom commun, une sorte d'adjectif quotidien) que la version française efface d'un trait de plume (la guerre de 14 et sous terre les forces qui...). Puis ce seront, au rythme du pas des gens et de la voix du poème, les autos, l'acétylène, les avions, le trop-plein des phares, les enjoliveurs, et encore le Seigneur Concasseur *(tu Concassaire)* de toutes ses machines-outils *(de tas maneitas per tas maneitas)*...

Machinerie, la lande de l'*Enterrament*, la voix qui accompagne de sa vie haletante et mécanique la mort de la vieille femme. Usine à gaz, moissonneuse, batteuse, scie et carcasse de voiture le poème. Usine à sons, à images et à cris. Usine à mots. La musique de Manciet, depuis *Accidents* au moins, est un art de la dissonance, de la discordance aussi. Et de cette recherche heurtée du choc, de la collision, du clash, naît l'incomptable harmonie de la voix. Entre, disons, Stockhausen et Pharoah Sanders, la voix mancietienne traverse cette seconde moitié de siècle de ses zébrures klaxonnées. Les rats mac-culloch des premières paroles de *L'Enterrament a Sabres* donnent le ton. Celui de la déchirure à l'intérieur même des mots et des sons.

Dans son essai sur *Le Triangle des Landes* (Arthaud, 1981, pp. 154 et suivantes), Manciet consacre quelques pages amusées mais ferventes à cet Albert Nodon, de Sabres, qui s'intéressa au début des années 1900 à la radio-activité. " Il fit sortir des anges de la matière ". Il y a là, finalement, une belle et exacte approche du poète Manciet, et des voix inouïes qui jaillissent de ses machines à éclairs.

Extraits

Accidents

1955, Ed. Messatges.

Poèmes de Bernard Manciet

A propos de l'apparition de ce livre, devenu depuis mythique dans la littérature occitane, Jean-Marie Auzias a dit : " Manciet, avec *Accidents*, dans les années cinquante, apportait un écho historique : l'Allemagne est au cœur de cette poésie, dont la moindre originalité n'était pas le mélange de prose et de vers, charriant des mots comme autant de brûlots, poésie des bombardements, des explosions, des éclatements. (...) Dès *Accidents*, Manciet apparaît comme un écrivain de la brisure, du scintillement, de l'éclatement, de la cassure, de la rupture. "

(*Le feu est dans la langue*, actes du colloque Manciet, C.E.L.O./William Blake, 1996)

Traduction Bernard Manciet

Les projecteurs de D.C.A, colonnes, les nuées de cuivre, là-haut, les croix qui tintent, croix en fer, et parmi eux je jette des chenets, les engrenages, les têtes, je jette les têtes, les journaux, je vends, je jette au vent les journaux, les milliers d'anneaux et d'astres, les chocs, les entrechocs d'anneaux, de croix, d'astres et de constellations, je marche, arbre de veines, de nerfs, parmi les colonnes de D.C.A, et la cathédrale s'éventre comme un abîme, et les hosties montent, montent entre les projecteurs, et les roses de vitrail tournent comme des engrenages, et mes pas sont des cris d'horlogers, l'ombre de mes doigts compose dans le ciel un bouquet

Sept lampes pendues au ciel
sept fois sept lampes en suspens dans la cathédrale
et l'ombre de ma main au milieu, debout,
tu restes debout, toi, Sainte Marie

Ma main me fait peur, Notre Dame de la Peur, tenant le ciel entre ses doigts, le ciel bloqué entre deux courants d'air, désarticulé, détraqué entre deux, trois fenêtres en ruines, cage thoracique, cage à espace, les ruines, les fenêtres, les portes, les chevrons, les barreaux, les balcons, les croisillons, les profils, les doigts, les escaliers se tricotent et s'entre-courent, mêlent les ombres aux ombres, les fenêtres aux fenêtres, et la lune dégringole de l'une à l'autre porte et de l'autre à l'une, les têtes tombent par les fenêtres, rebondissant dans les échelles,

Los fars de la D. C. A., colonas, los cèrcles de coire aquí en haut, las crotz tindantas de hèr, e au miei geti los landèrs, los engranatges, los caps, que geti los caps, las gasetas, que veni, que geti au vènt las gasetas, los milas d'anèths e d'astres, los trucs, los patatrucs d'anèths, de crotz, d'astres, e d'astradas, que marchi, aubre de venas, de nervis, au miei de colonas de D. C. A., e la catedrala s'esbaria com un trauc, e las ostias pujan entre los projectors, e las arròsas deus veiraus viran com engranatges, e mons pas son crits d'arrelòtges, l'ombra deus mons dits hè suu cèu un flòc

Sèt lampas penjadas au cèu
sèt còps sèt lampas penentas dens la catedrala
e l'ombra de la mia man au miei, dreta,
demoras dreta, tu, Santa Maria

Ma man que me hè paur, Nòsta Dauna de la Paur, que ten enter sos dits tot lo cèu, lo cèu blocat enter dus corrents d'aire, desclicotat, destracat enter duas, très hrièstas en arroïnas, peitrina de còstas, gàbia d'espaci, las arroïnas, las hrièstas, las latas, los cabirons, los barrons, los balcons, los crotzilhons, los profils, los dits, los escalèrs se bròcan e s'entergalòpan, mesclan las ombras a las ombras, hrièstas a hrièstas, e la lua sauta de l'ua a l'auta pòrta e de l'auta a l'ua, los caps caden

cathédrales cage à ciel ! et du ciel dans les barreaux l'affolement des ailes

per las hrièstas, sautan dens las escalas, catedrala gàbia de cèu ! e lo cèu dens los barrons s'esparvòla pèc e hòu

toi Notre Dame tu restes debout
te frappe chaque coup de ton coeur
te blesse chaque étoile de la fusillade
souffle le vent, souffle sur les lampes

tu Nòsta Dauna que demòras dreta
que te truca cada truc deu ton còr
que blaça cada estela de la fusilhada
boha lo vènt, boha a las lampas

Passager du ciel il y avait un jeune homme
avec un verre de bière
et un appel dans ses yeux verts

E suu cèu qu'i avè un gojat
dab un veire de cervesa
e un aperar dens sos uelhs verds

il y avait la pluie et la nuit
et un verre de bière
et un jeune homme tout seul

qu'i avè la ploja e la nueit
e un veire de cervesa
e un gojat tot sol

sur le monde, ce pont basculant de navire
les larmes montent à chaque tangage
il y avait un jeune homme sur le monde
et un verre de bière

suu món aqueth pont basculaire de vaishèth
las lagremas pujan a cada tangar
qu'i avè un gojat suu món
e un veire de cervesa

Il y avait de grands verres de bière comme des ampoules qui valsent au vent des rues, il y avait des trains mitrailleurs de lumière, il y avait des lunes qui changent de couleur, il y avait des trains poursuivis par la lune, lune qui saute sur eux comme un chat

Qu'i avè grans veires de cervesa com amporas valsairas au vènt de las carrèras, qu'i avè trens mitralhaires de lutz, qu'i avè luas qui càmbian de color, qu'i avè trens perseguits per la lua, lua qui sauta sus eths com un gat

et le train siffle et piaffe et va

E lo tren shiula e trepa e va

lune dans la cheminée, flamboyante dans la fumée,
Sainte Marie aux yeux crevés, deux grands trous
tristes dans la fumée

lua dens la chaminèia, flamejanta dens lo hum,
Santa Maria deus uelhs crebats, dus grans traucs
tristes dens lo hum

je te mettrai dans les bras un train de perles
un train de déportés qui aboie à la lune
train dans la nuit paraphes de lumière

te metrèi dens los braç un tren de perlas
un tren de desportats qui laira a la lua
trens dens la nueit, parafs de lutz

Les trains éclaboussent d'éclairs toute la nuit, de bouquets d'éclairs au-dessus des montagnes, par derrière une moto, de son phare, nous coupe en deux, et la samba universelle s'allume, plus vite les manivelles de l'orgue de barbarie, plus vite les violons, c'est la samba universelle qui croise et qui entremêle les jambes de toute la peuplade, et le jazz de

Los trens hèn eslambrècs clars dessús tota la nueit, flòcs d'eslambrècs sus las montanhas, per darrèr ua motò nos trenca en dus dab lo son far e la samba universala que s'avita, mèi viste las maniclas de barbaria, mèi viste los violons, qu'es la samba universala, qui crotza e qui mescla las camas deu pòple sancèr, e lo

milliers de locomotives emballées, et la courbe (freine!) du miaulement en pleine course pour te composer un arc-en-ciel, Notre Dame, tes auréoles te cherchent, errantes dans le ciel, une volée de verres d'absinthe s'est posée en cercle autour de ton front

Et je t'incendierai de colliers, incendierai ta couronne
de rubis, gare, ne brûle pas ta jupe
à la ronde, à la ronde des fours crématoires

jazz de milèrs de locomotivas descabestradas e la corba (frena !) miaulaira de la corsa per te har ua arcada, Nòsta Dauna ! Aureòlas te cercan, viatjairas dens lo cèu. Ua volada de veires d'absinta s'es pausada en cèrcle autorn deu ton cap

E t'alucarèi de colars, botarèi a huec ta corona
de rubís - suau, burles pas ton cotilhon
a la ronda, la ronda deus horns crematòris

Dessin de Jean-Louis Fauthoux

Le cahier consacré aux poèmes de Bernard Manciet est le quatorzième de la collection poétique *Messatges*, fondée par Ismaël Girard et René Nelli et dont la direction littéraire était assurée par Henri Espieux. On peut lire sur la page de garde de l'édition de 1955, aujourd'hui introuvable :
" Composé en caractères bodoni, il en a été tiré vingt-cinq exemplaires sur vélin pur fil B.F.K. de Rives et trois cent exemplaires sur papier d'Alfa constituant l'édition originale. Achevé de tirer le 28 février 1955 sur les presses du maître imprimeur Aubanel. Publié par Oc, revue des lettres occitanes, Félix Castan en étant le rédacteur en chef. Sous les auspices de l'Institut d'Etudes Occitanes, président, Max Rouquette, secrétaire général, Robert Lafont, 1, rue Lafaille, Toulouse. "

Lo díder de Guernica

1946 Ed. Tribu. Òdas.

Le dire de Guernica

Ce texte, écrit pour la scène, est interprété par Bernard Manciet et Beñat Achiary. Il a également été joué avec Bernard Lubat, Michel Portal. Il est " scandé " par l'auteur en occitan gascon, repris et chanté en basque par la voix sans limite de Beñat Achiary. Mêlé aux improvisations des musiciens, il porte avec pudeur et grandeur tout le drame de Guernica, la cité sainte du Pays Basque.

TRADUCTION BERNARD MANCIET

- Avez-vous beau temps à Guernica ?
- Beau temps nous avons nuages souples et arbres fleuris comme des fiancés

- N'avez-vous pas de neige à Guernica ?
- Les acacias neigent sur la mer à Lequeitio
A Bormeo la mer est un printemps

- Avez-vous un joli matin une aube froide ?
- Nous avons l'haleine tiède du Sud à Guernica
et nos soldats couvrent de matin les montagnes

....

- Vous n'entendez pas tonner de chez vous ?
- Nous avons orages de fleurs les montagnes en frisent
le chêne de Guernica n'est qu'une fleur

- De chez vous les éclairs vous ne les voyez pas ?
- Nous voyons des anges de colère sur la montagne San Miguel et les Basques sont frères des éclairs

- Allô ! Vous autres ceux de Guernica vous ne voyez pas venir la peur ?
- Nous avons deux mille ans de peur et d'effroi

1

- E atz bèth tèmps a Guernica ?
- Bèth tèmps qu'am crums escarps
E aubres d'abriu eslorits com nòvis

- E atz pas niu a Guernica ?
- Los arcaciàs que nivan a la mar de Lequeitio
A Bermeo la mar qu'es ua prima

- Atz un beròi matin ? atz auba hreda ?
- Qu'am lo halar doç de mieijorn a Guernica
Soldats a nos qu'aprigan las montanhas de matin

....

- Entenetz pas los tròns a vòste ?
- Qu'am auratges de flors las montanhas que'n frisan
Lo cassi de Guernica hèi pas qu'ua flor

- Vedetz pas los eslombrics a vòste ?
- Que vedem anges d'ira suu piòu San Miguel
E los Bascos que son hrairs deus eslombrics

- Vosautis hòu los Guernicas vedetz pas viéner la paur

- Qu'am dus mila ans de paur d'eishent

Guernica, de gauche à droite : Michel Portal, Beñat Achiary, Bernard Manciet, Festival d'Itxassou, Pays Basque 97

et depuis bien plus les montagnes sur nous battent des ailes

- Est-ce vrai ? Vous ne voyez pas arriver le sang ?
- Les montagnes ont fondu en cascades sur la Mundaca
les plaies de Jésus-Christ se sont rouvertes de joie

E de mèi pausa avant las montanhas sus nos qu'alabatan

- Es vrai vedetz pas arribar la sang ?
- Las montanhas qu'an honut a chorrèiras a la Mundaca
Las plagas de Jesus-Crits se son obèrtas de gai.

2

- Allô ! ceux de Bilbao! Non, nous ne manquons pas de vin
le vin nous a fait polker tout d'hier soir
le petit des Gardoqui jouait de la flûte

- Nous ne manquons pas - Allô ! - de vivres
les chats miaulent en fuyant et les chiens chialent

- Allò hòu ! Bilbaos ! nani màncam pas de vin
lo vin que nos a hèit dançar polkà tot ier desser
Lo chicòi de Gardoqui que ripataulajava

- En màncam pas - allò ! - briga deu dequé
los gats que miaulan en s'escapar e los cans que nhaulan

l'âne s'est mis à s'esclaffer devant l'abattoir

- des mitraillettes nous en avons : tambourins secs
et articulations de l'usine Unceta à plein rendement
et tout au long du jour la crécelle des chapelets

....

- des avions des Stukas nous en avons à Guernica
Allô Bilbao ! Nous avons sur le toit deux carmélites qui
[étendent les bras
C'est plein de martinets et de semences ailées

- des bombes sifflantes - Allô Bilbao ! - nous en avons à
[revendre
Vous devriez entendre la trompe du boulanger
et mille poumons percés au Monte Oiz

- Ils soufflent des roses ils sifflent du rose
nous n'avons pas besoin à Guernica de bombes éclairantes
nous avons la mise à feu - ave rosa mystica *- de Notre*
[Dame de Gardenia

- Allô ! nous ne manquons pas de terre
ni de tranchées de pelles et de pioches en choeur
nous avons établi nos demeures dans les tombes

L'ase s'es metut a s'estihalhar davant lo maset

- Mitralhusas que'n am : tambars secs
E las tenelhas de l'usina Unceta a plen rénder
E la mitralha tot lo jorn deus comptèrs

....

- Avions e Estukas que'n am a Guernica
Allò Bilbao ! qu'am suus teules duas carmelitas braç-
[eslargadas
Qu'es plen de martinòts e de sensena alada

- Bombas de las qui shiulan - Hòu Bilbao ! - que'n am
[sèi pas que tant
Diuretz enténer la trompa deu hornèir
E mila paumons traucats au Monte Oiz

- Que bohan arròsas que shiulan ròse
N'am pas dau a Guernica de bombas de har lutz
Qu'am l'ahuec - *ave rosa mystica* - de Nòsta Dama de
[Gardenia

- Hòu Bilbao ! allò ! màncam pas de tèrra
Ni de trencadas ni de palahèrs ni de picas a ua
S'èm estats las emparas dens las tombas

3

- Avez-vous beau temps à Guernica ?
- Soleils sombres arrivent du Nord
ils font chanter toutes les cloches de nos clochers en rond

- Allô ! chez vous fait-il temps calme ?
- la grand-mère de Juan Plaza descend avec son panier
[d'oeufs
et la vieille dans la rue Dontello épluche la soupe pour
[demain

- Auriez-vous de la pluie ? Allô ! Guernica !
- Nous avons une pluie d'argent sur des lueurs sucrées
les ouvrières du confiseur meurent dans le sucre

- E atz bèth tèmps a Guernica ?
- Sorelhs negues qu'arriban de bisa avant
Que hèn cantar las campanas totas aus campanèrs
[adarron

- Hòu ! Allò ! A vòste s'i hèi atau gran patz ?
- La mairia deu Juan Plaza que derava dab son cistèth
de uòus
E la vielha dens la carrèra deu Tello que porga la sopa
[entà doman

- E auretz pluja ? Hòu Guernica !
- Qu'am ua pluja d'argent dessús lustrors sucradas
Las obrèras deu bombonèir que mòren dens lo sucre

- Dites ! dites ! Est-ce chez vous ce bruit de tempête ?
- Ce ne sont que les boeufs en flamme du marché qui
[courent
ils passent sur les gens

- Vous avez enfin le printemps à Guernica ?
- Les grappes de merisier font des bonds de sept mètres
nos merisiers portent des grappes d'enfants

- Est-ce enfin le soir en haut de votre Chêne ?
- C'est l'aube dans l'enfer et le Chêne s'agite
pour saluer l'aube de ce siècle

nous avons vu - c'est temps de Pâques -
bondir d'entre les morts le cheval mort d'Armageddon
comme un ressort et retomber sur tous nos morts

- Allô ! Ici Paris ! Guernica ne répond plus

- Dídetz ! dídetz es a vòste aqueth bataclan de ventena ?
- Son pas que los braus ahuecats deu marcat dont
[galòpan
Que passan sus la gent

- Enfin qu'atz prima a Guernica
- Las gaspas de l'amerisèir que hèn sauts de set mètres
Nòstes amerisèirs pòrtan gaspas de còishes

- S'es enfin lo ser au cim de vòste Cassi ?
- Qu'es l'auba dens l'in.hèrn e lo Cassi fernís
Per saludar l'auba deu sègle

E nos qu'am vist - es tèmps de Pascas - chisclar
Deu miei deus mòrts lo chivau mòrt d'Armaggedon
Com un ressòrt e tornar càder suus nòstes mòrts

- *Allô ! Ici Paris !* Guernica respon pas mèi

«J'ai la pluie dans la peau»

Le jour de ma naissance, m'a-t-on assuré, il y avait le diable, c'est-à-dire le cylindre à pétrole qui aplanissait la route, les tirailleurs sénégalais qui se trouvaient en manoeuvre dans le village, noirs comme le péché, et surtout ce prodige : il a plu toute la journée à torrents. Je suppose n'avoir pas été dépaysé, puisqu'à mon avis, l'enfant recroquevillé dans le sein de sa mère entend comme une mélodie de pluie. Aux litanies à la Vierge - Tour d'Ivoire. Maison d'or. Mère Aimable... - j'aimerais ajouter une invocation : Pluie de l'Aube. Est-il plus suave plaisir, à la pointe du jour, que d'être réveillé par le bruit et la fraîcheur de la pluie, pour s'y rendormir paisiblement ?

Plus d'une fois, j'ai été surpris par mon entourage à dire : "Enfin, il pleut !" je me surprends moi-même, en marchant sous la pluie, à chanter. Mon ami Blancho, de la Rochelle, prétend que j'ai alors une voix d'escargot. A La Rochelle ou à Bordeaux, à Bayonne ou à Oviedo, il pleut beaucoup, et c est pourquoi je m y trouve à l'aise au point d'avoir l'impression de m'y être rencontré moi-même. J'ai la pluie dans la peau. Mon enfance de galopin s'est passée dans les ruisseaux et les barades, été comme hiver. Mon village est envahi par la forêt, assurément, mais à la moindre pluie d'orage, l'eau remonte sur les routes, court dans les chemins, et la forêt n'est qu'une succession de grandes respirations par vagues. Toute la Grande Lande est parsemée d'étangs, de lagunes, de marais, de *braus*, de *taringàs*. Les traînées d'herbes blanches ou jaunes me paraissent des hérissements d'eau, et la lune elle-même, par ciel un peu couvert, une touffe d'eau. Il me semble, quelquefois, dans les vasières, avoir comme les sangliers, des sabots fourchus. Sortant des halliers détrempés, d'instinct, je me secoue comme les chiens.

Revenant de la Lande, ruisselants, il nous est habituel de nous sécher devant l'âtre, à un grand feu de bois de pin. C'est l'une des plus fortes voluptés de ce monde. On fume comme la terre au soleil. Notre moelle épinière se met à fumer.

Le pin des Landes, selon les spécialistes, se nourrit d'eau et de lumière. Lors des grandes sécheresses, il meurt exténué par les insectes. Par grands froids, au-dessous de 23°, il meurt. A l'ombre des chênes, les jeunes pins s'étiolent. Mais la pluie fait vibrer la lumière, et les cimes des pins la font vibrer aussi. Odilon Redon errait volontiers dans les ciels du Médoc qui écument de nuages. Derrière ces ballots de laine, il découvrait une "nouvelle lumière". Castan m'a reproché avec raison d'abuser du mot soleil, du « só ». Mais ce n'est pas le soleil qui m'intéresse. Ce sont ses mouvements de lumière, ses pollens lumineux ou sombres. Là, il me semble grainer moi aussi. Il existe une respiration, des halètements de soleil, sur les houles de l'Océan, surtout l'après-midi.

Bernard Manciet

Entretien avec Jean-Luc Pouliquen. Extrait.
Entre Gascogne et Provence. Edisud.

Casau perdut/

Récits en prose

Jardin perdu

En 1986, vingt et uns de ces brefs récits ont été publiés sous ce titre, puis une quarantaine d'autres dans les revues *Reclams* et *Oc*. Bernard Manciet aime à qualifier ces courtes nouvelles de " dictées pour les écoliers ". La toile de fond en est la Lande et le village de Sabres, le ton est souriant : une sorte de récréation pour l'auteur.

" Il y a du paradis perdu dans *nòste casau* et l'on constatera que ces nouvelles, écrites ou en tout cas publiées à une date récente, nous ramènent souvent à l'avant-guerre, à l'époque où l'auteur lui-même était enfant.(...) On y découvre des manies, des secrets, des drames familiaux, des abandons - des pertes comme l'indique le titre - qui nimbent la plupart de ces évocations d'une nostalgie sous la dictée de laquelle ces textes semblent souvent avoir été écrits. ".

Jean Salles-Loustau.

TRADUCTION GUY LATRY

"ON VERRA, ON VERRA..."

- Regardez-moi ça, si mon dindon a vilaine allure... Il aura attrapé quelque maladie... Je vais aller le vendre demain matin au marché de Tartas...

- Vous n'avez pas peur, Marilis, que quelqu'un s'en rende compte?

- On verra bien...

- Cet imbécile de Chiroc, le ramoneur, je ne veux pas le payer...

- Vous ne craignez pas le juge ?

- On verra... On verra...

"VEIRAM, VEIRAM !..."

- Espiatz m'aquò, s'èi un polòi que hèi lèd... Se serà gahat quauque mau... Lo vau anar véner au matin suu marcat de Tartàs...

- Atz pas paur, Marilís, quauqued'un se n'avisi ?

- Veiram, veiram...

- Aquetz liròi de Chiròc, lo ramonur, lo vui pas pagar...

- Atz pas paur au jutge ?

- Veiram, veiram...

Et le jeudi de l'audience :

- Madame, j'ai moi-même payé 9 francs pour ma cheminée.

- Mais, monsieur le juge, votre cheminée est plus haute que la mienne.

E lo dijaus de l'audiéncia :

- Madame, j'ai payé moi-même 9 francs pour ma cheminée.

- Mès, Monsur lo jutge, vòsta chamineia qu'es mèi hauta que la mia...

Une fois pourtant, au Tribunal de Mont-de-Marsan :

- Monsieur le juge, je ne comprends pas le français.

- Monsieur le greffier, voulez-vous traduire.

- Madame, vous avez vendu du lait coupé d'eau.

- Que voulez-vous que ce soit, une goutte d'eau ? il faut bien que je nourrisse mon enfant...

- Avec du lait mouillé ?

On se mit à rire. Elle ne fut pas condamnée.

- Vous avez vu ?

Un còp totun, au tribunau deu Mont :

- Monsur lo jutge, compreni pas lo francés.

- Monsieur le Greffier, veuillez traduire.

- Madama, qu'atz venut lèit molhada.

- Qué vòletz que sii, un chòt d'aiga ? que cau totun norrissi lo mon còishe...

- Avec du lait mouillé ?

Se'n arridón. Estó pas condamnada.

- Atz vist ?

- Monsieur le Docteur, je suis contente que vous soyez venu. Pouvez-vous m'écrire le constat de décès de mon mari ?

- Je vais aller le voir dans sa chambre, le pauvre homme.

- Oh que non, n'y allez pas, cela n'en vaut pas la peine.

- J'y vais quand même.

- N'y allez surtout pas! Il est contagieux.

Le médecin alla dans la chambre :

- Mais votre mari est vivant !

- Oh Monsieur, si peu... C'est comme s'il était mort.

- Et vous n'avez pas peur, Marilis, d'aller un jour en prison ?

- On verra, on verra...

Monsur lo Doctor, sui contenta que siitz vienut. E podetz m'escríver lo constat de decès deu mon òmi ?

- Lo vau véder a la crampa, lo praube gent.

- O nani, i anitz pas, se'n vau pas la pena.

- I vau totun...

- N'i anitz pas au mens ! Qu'a la contagion.

Lo medecin se'n anot a la crampa :

- Mès lo vòste òmi qu'es viu !

- O monsur, tant chic...Parièr com s'èra mòrt.

- E atz pas paur, Marilís, d'anar quauque dia en preson ?

- Veiram, veiram...

- Tiens, Monsieur le Maire, tu vas me donner une pension pour mon fils. Il ne peut plus tenir debout...

- Mais je l'ai vu ce matin, il courait après les vaches...

- Tè, Monsur lo Maire, me vas har balhar ua pension per lo mon còishe. Pòt pas mèi se tiéner dret...

- Mès que l'èi vist aquest matin, que galopava las vacas...

Le lendemain, Marilis fit brûler les pieds de son fils sur la barre rouge du foyer.

- Tu vas voir, maire à la gomme, s'il peut marcher mon pauvre fils !

- Et si j'écrivais au Procureur de Mont-de-Marsan ?

- Essaie un peu, essaie ! on verra ça...

L'endoman, la Marilís que hadó cremar los pès deu còishe a la barra roja deu larèr.

- Vas véder, maire de las cacòlhas, se pòt marchar, lo mon praube còishe !

- E s'escriví au Procurur deu Mont ?

- Saja, saja un chic ! Veiram aquò...

Une fois, pour estropier son drôle, Marilis, qui gardait chez elle le taureau de la commune, enferma l'enfant avec la bête, qui ce jour-là était déchaînée et cassait tout.

Mais quand il vit devant lui ce gamin tremblant de peur, le taureau le lécha, sans lui faire le moindre mal.

- Vous n'avez pas peur, Marilis, que le bon Dieu vous punisse ?

- On verra, on verra...

Un còp, entà estropiar lo son coishic, la Marilís qui tienè a soa casa lo brau de la comuna, que lo barrè dab la bèstia, dont aqueth jorn se'n dava e ac copava tot.

Mès quan se vedó au pè d'eth aqueth nin estramolit de paur, lo brau que lo lequè, shens de li har briga domau.

- Atz pas paur, Marilís, que lo bon Diu vos castigui ?

- Veiram, veiram...

Marilis était marchande des quatre saisons et allait aussi dans les foires vendre des gâteaux, des bonbons et des chewing-gums. Elle mettait la chambrière sous sa carriole, juste à côté du "pousse-pousse", un de ces manèges dont les sièges, suspendus à des chaînes, s'envolent haut, en tourbillonnant comme un parapluie ouvert.

- Qui veut des gâteaux? Qui veut de la fougasse? Ici la marchande de fougasses ! Ici la marchande de gâteaux ! Ici la bonne Marilis !

A cet instant, le pousse-pousse se mit à tourner, et emporta dans les nuages la carriole, les gâteaux et le reste. C'était nous, ceux de Sabres, qui le lui avions, hélas, attaché à une chaîne du carrousel, et notre châtiment tomba du ciel : des gâteaux, des bonbons, de la réglisse et des chewing-gums.

La Marilís que hasè de la recardèira e qu'anava tanben a las hèiras véner garfes, bonbons e chin-chin-gòms. Que metè la chambrèira a la soa carriòla, just au pè deu possa-possa, un d'aqueths carrossèls dont los siètis, en pindant dab cadenas, s'envòlan haut, en bèth virar com un parsòl obèrt.

- Qui vòu garfes ? Qui vòu hogassa ? Ací la hogassèira ! Ací la cocassèira ! Ací la brava Marilís !

En aqueth moment, lo possa-possa se metó a virar, e se miè entaus crums la carriòla, dab los garfes e tot. Eram nosautis, los Sabròts, dont li avèm estacada, malaia, a-n-ua cadena deu carrossèl, e lo castigament que cadó deu cèu : garfes, bonbons, regalissa e chin-chin-gòms.

"...AINSI PARLAIT DURBAN"

"Comme le disait le Dr Haza...", "ainsi parlait Durban..." De la sorte, je pense, naissent les dictons. Il y a des prophètes qui savent faire résonner les formules, pour dire des évidences stupides : "Cogito ergo sum" ou "Il ne faut pas manger de la cruchade avec du pain,

"... ÇÒ VA DÍDER LO DURBAN"

"Com ic didè lo Dr. Haza", "çò va díder lo Durban"... Es atau e'm pensi que se hèn las causas verdiusas verdausas. Profètas i a dont saben har sonar las formulas, per díder evidéncias estupidas e belhòias : "Cogito ergo sum" o "Cau pas minjar curshada dab

sinon on n'y voit plus quand on est mort». Les Allemands jouent eux aussi les gens sérieux avec leur "ainsi disait Gœthe", comme nous avec notre "ainsi parlait Durban".

Le Dr Haza, notre cousin de Luglon, avait tout dit. Il avait proclamé que nous devions ouvrir les portes après un coup de tonnerre, "parce que l'air est saturé d'ozone". Il avait eu ce jugement : "la grippe au lit, vite guérit". Il avait dit pour l'éternité : "J'ai arraché la dent qu'il ne fallait pas, mais demain j'arracherai l'autre". Il avait hérité de la clientèle d'un vieux médecin qui parcourait la lande à cheval en compagnie d'un La Fontaine.

Je n'ai pas connu Durban plus que Monsieur Haza. Durban s'y prenait autrement, paraît-il. Il commençait ainsi : "J'ai entendu dire..." et aussitôt entrait dans le temps de l'apocryphe. "J'ai entendu dire que Jésus, un jour que la foule le poursuivait pour lui jeter des pierres..." Mais si Durban l'avait raconté, c'était vrai. "Tu demanderas à Durban, si ce n'est pas vrai...", s'exclamait-on bien après sa mort. "Jésus alla se cacher dans un champ de froment... Et soudain le froment devint très haut et on ne le vit plus ". Durban assurait qu'on trouverait bientôt le secret pour obtenir une croissance du blé et du froment à la même vitesse. "Jésus savait des choses" que nous n'aurions plus qu'à découvrir. Si je crois, moi, à l'Ecole libérale , et à Frédéric Bastiat, de Mugron, c'est à cause de Durban, qui était charron et qui ne voulait connaître que le troc.

"Tu me donneras trois sacs de maïs en paiement de la brouette.

- Mais le maïs est cher cette année...

- Eh bien, la brouette le sera aussi".

Si je crois à la lutte des classes, je le dois à Durban : "les maîtres de Poursiouguères ne valent rien, rien, rien... Et leurs métayers encore moins..."

Sous la mare qui recouvrait la place de la Mutuelle, Durban avait imaginé des caves où - tu le lui demanderas - les boulangers faisaient cuire le pain. Plus tard, Germaine Fargues, qui était devenu folle, criait aux souterrains. Les archéologues, c'est sûr, finiront par les découvrir, et c'est Durban qui passera pour n'avoir

pan, autament i veden pas quand son mòrts". Los Germans que hèn parièr deus seriós per son "Wie Gœthe es sagt", com nosautis per lo nòste "çò va dìder lo Durban".

Lo Dr. Haza, nòste cosin de Liglon, qu'ic avè tot dit. Avè prononciat que divem obrir las pòrtas après lo tròn, "pr'amor l'aire es saturat d'ozòne". Qu'avè jutjat : "La gripa au leit, viste e's guareish". Avè dit per l'eternitat : "Qu'èi darrigat lo caishau dont caliva pas, mès doman que darrigarèi l'aut". Qu'avè erterat la clientèla d'un vielh çurgent dont galopava la lana a chivau dab la companhia d'un La Fontaine.

Ei pas mèi vit coneishut lo Durban que Mossur Haza. Lo Durban s'i gahava autament, a çò que pait. Començava atau : "Ei entenut dìder..." E autanlèu que rentravan dens un temps apocrife. "Ei entenut dìder que Jèsus, un jorn que la horra li èra au darrèr per li gitar pèiras..." Mès se lo Durban l'avè racontat, qu'èra vrai. "Ic demandaràs au Durban, s'es pas verai", çò s'esplamavan pausa après qu'estó mòrt. "Jèsus que s'anó estujar dens un camp de hroment... E còp sec lo hroment vadó dehèt gran e vedón pas mèi digun". Lo Durban qu'ic assegurava que trobarén lèu lo secret per obténer la vadença deu blat e deu hroment a la medisha rapiditat. "Jèsus que sabè causas" dont n'aurem pas mèi qu'a las descobrir. Se credi jo a l'Escòla liberau, e au Frederic Bastiat, lo de Mugron, qu'es pr'amor deu Durban, dont èra charron e dont volè pas conéisher sonque lo tròc.

"Me balharàs tres sacas de milhòc en pagament deu carriòt.

- Mes lo milhòc es car enguan...

- E ben, lo carriòt que'n serà tanben".

Se credi a las lutas de las classas, ic divi au Durban : "Los mèstes de Porsiuguèras valen pas arren, arren, arren... E los sons meitadèrs enquèra mèi chic..."

Devath lo maresc dont cobriva la plaça de la cotisa, Durban que s'avè inventat cavas ont - l'ic demandaràs - los hornèrs hadèn còier lo pan. E mèi tard, la Germana Fargas, dont èra vienuda hòla, cridava aus sobterrans. Los arqueològs, ic veiram, feniràn per las descobrir, e qu'es lo Durban dont passarà per

Collection
Guy Latry

jamais existé. On en fera un mythe solaire, parce qu'il folâtrait avec Marichon, avant d'aller l'aider à sonner l'Angélus du matin. De même pour Germaine Fargues, dont le fils mourut aux Indes Occidentales, après qu'elle se fut, la pauvre, éternel recommencement, mariée deux fois, dans des noces identiquement célébrées, avec le même fiancé. «Tu n'as qu'à demander si ce n'est pas vrai.»

pas jamèi aver existat. Que lo haràn mite solari, pr'amor que hadè a la jòca dab la Marishon, davant de l'anar ajudar a trangar l'angèlus de l'auba. E parièr la Germana Fargas, dont lo hilh morí a las Indias Occidentaus, après que s'estossi la prauba, eternau començament, maridada dus còps, a nòças identicament hestejadas, dab lo medish nòvi... As pas sonque a demandar s'es pas vrai.

SIMIN PALAY

Le temps était mauvais , comme ce jour il y a longtemps - je ne sais même pas si j'avais vingt ans à cette époque - où j'arrivai, à pied, trempé, à la Balée Urouse.Triste vallée heureuse, où l'on tremblait de froid. C'était pendant la guerre. Un grand vieillard enveloppé de noir descendit l'escalier, lentement. Il avait l'œil rusé et une barbe très longue, comme Moïse.

Je ne me souvenais plus de cette petite place devant la maison. Les contrevents étaient fermés. Je tirai la sonnet-

SIMIN PALAY

I hadè maishant tèmps, com aqueth jorn d'i a pausa - sèi pas s'aví vint ans quan arribèi, a pè, trempe, a la “Balée Urouse”. Trista valea urosa, ont i tremblavan de hred. Qu'èra la guèrra. Un grand vielh amonacat de negue devarè l'escalèr, lentament. Qu'avè lo uelh rusat e ua barba hòrt longa, com Moïse.

Me sovienı́ pas mèi deu plaçòt davant l'ostau.
Los contravents èran barrats. Tirèi la soneta. Rentrèi.

te, entrai. Une femme guillerette, tout en repassant du linge, caquetait sans arrêt. "Monsieur Palay ? le pauvre ! Il est mort. Cela fait déjà quelques jours... Il savait beaucoup de choses. Il était intelligent. Il avait créé la Revue Gastou Febus. Il lisait beaucoup. Il avait pas mal d'amis. Vous êtes peut-être poète, vous aussi ?... Vous l'avez connu ?... Il parlait souvent d'un certain Frédéric Mistral. Ce n'est pas vous, au moins ?... On ne sait jamais, quelquefois... C'est un nom qu'on se rappelle facilement..."

La petite dame repassait avec légèreté, vite, en ponctuant son geste de coups de fer. Et elle pliait, et elle empilait... "Allons bon! je vais avoir le fer trop chaud..."

- Ainsi Monsieur Palay est mort...

- Eh oui, le pauvre... C'est moi qui m'occupais de lui...Je lui disais de ne pas trop lire..."ça va vous fatiguer"... (Je vais avoir mon fer comme il faut...). Dans les derniers temps, il restait dans son fauteuil, sans bouger. Il me racontait un tas de choses qu'il avait faites. Mais pensez si j'avais le temps de l'écouter. Et il était devenu orgueilleux, vous ne pouvez pas savoir... C'est comme la fois où ces messieurs ont tenu leur réunion de Gastou Fébus, cette année, à Pau...

Et de frapper avec le fer à repasser, pif, paf. Elle tendait les serviettes, aplatissait les mouchoirs, tirait sur les cols et la pile de linge grandissait.

- C'est le linge du pauvre monsieur... J'étais en retard... Pensez. Le jour de cette réunion, il fallait que je l'habille avec ses habits du dimanche, et la cravate, et la chemise à petits plis... "Il vont venir me voir...". Moi, j'ai fait tout ce qu'il me commandait. Il les a attendus toute la journée. "Ils ne vont quand même pas me faire ça ! " Le pauvre monsieur les a attendus jusqu'à dix heures du soir. Le lendemain, j'ai essayé de le consoler : "Les jeunes, surtout ceux d'aujourd'hui, ne pensent plus aux vieux..." Et j'ai dû une fois encore lui mettre ses habits du dimanche. Et même lui tailler un peu la barbe. Il s'est assis là, sur le fauteuil, et il a attendu tout le jour...

Ua hemna esmerida, en bèth lissar, charrava de contunha. "Mossur Palay ? Lo praube ! Qu'es mòrt. Que hèi dejà quauques jorns... Que sabè dehet de causas... Qu'èra intelligent... Qu'avè hèit la Revista Gaston Fèbus... Que legiva dehèt... Qu'avè frem d'amics... Etz benlèu poèta, vos tanben ? ... E l'atz dehèt coneishut ? Que parlava tostemps d'un Frederic Mistrau... Etz pas eth benlèu ? ...Sàben pas jamèi, a bèths còps... Es un nom se lo brómban adaisa..."

La hemnòta que lissava, leugeirament e viste dab ua escansion de trucs deu hèr. E que plegava, e qu'apielava... "Alòm ! vau aver lo hèr tròp caud..."

- Atau Monsur Palay es mòrt...

- E òc, lo praube d'eth... Sui jo qui lo sonhavi... Li disí de pas tròp legir... "aquò va vos estadir"... (adara lo vau aver com cau...). Dens los darrèrs tèmps, que demorava au fautulh, shens de se remudar. Me disè un gart de causas qu'avè hèitas. Mès pensatz s'avi lo temps de l'escotar... E qu'èra vienut gloriós, podetz pas créder... Qu'es com aquest còp, quan los mossurs hadón la lor assemblada de Gaston Fèbus, aquest an, a Pau...

E trucs deu hèr de lissar, e bum, e bum. Qu'estirava las servietas, qu'esplatuishava los mocadèrs, tirava suus còths, e la cussa deu linge que haussava.

Qu'es lo linge deu praube mossur... Qu'èri en retard... pensatz. Lo jorn d'aquera assemblada, lo devoi vestir dab la soa harda deu dimenge, e la cravata, e la camisa de pichòts plecs... "Me van viéner véder..." Jo qu'ac hadoi tot com me comandava. E los a atenuts tot lo jorn. "Van pas totun me har aquò ! " Lo praube mossur los a esperats dinc a dètz òras deu ser. E l'endoman, que sagèi de me lo desconsolar : "La joenessa, susquetot la de uei lo dia, pensan pas mèi aus vielhs..." E caloi enqüèra lo vestir dab la harda dau dimenge. E medish li talhar un chicòt la barba. S'es metut aquí au fautulh, e qu'a esperat tot lo dia...

Lettres à mon gendre

1987. Ed. Ultreïa

Bernard Manciet sur le seuil de sa maison natale. Sabres

Ces trois lettres fictives de Bernard Manciet constituent la préface du livre réédité par les éditions Ultreïa en 1987, aujourd'hui épuisé : *Le Cuisinier landais* suivi de *Les bons domestiques.* “ S'il n'était qu'un simple recueil de recettes, *Le Cuisinier landais* mériterait déjà d'être lu, savouré, pratiqué comme doit être pratiquée cette cuisine simple et savante, robuste et somptueuse, où les gestes et les heures, comme les truffes ou le vieil armagnac, sont dépensés sans compter, jusqu'à la perfection du plaisir gustatif. Veaux, vaches, cochons, couvées, gibiers et poissons, légumes et aromates sont sollicités de toutes les manières, mis à toutes les sauces, pour parvenir à ce but en vertu d'un principe moral incontournable : “ les bonnes choses sont faites pour les bonnes gens ”. Car *Le Cuisinier landais* n'est pas un livre de cuisine comme les autres. Paru pour la première fois en 1893, il constitue un véritable manifeste régionaliste, un appel à la mobilisation des énergies landaises pour sauver le meilleur d'une tradition locale menacée de disparaître ou, tout au moins, de s'abâtardir, et de céder, peu à peu, la place aux recettes cosmopolites, ce qui, reconnaissons-le, serait désastreux pour l'estomac. Tel Jean-François Bladé recueillant les contes populaires de l'Armagnac, ou Arnaudin ceux de la Grande-Lande, le mystérieux auteur du *Cuisinier landais* se présente comme un simple collecteur de secrets familiaux et de manuscrits séculaires, qu'il n'aurait fait que “ fondre et réunir ”. Comme ces grands folkloristes, il aime le “ patois ” cette belle langue gasconne dont il note les termes “ techniques ” avec délectation. Livre à succès, *Le Cuisinier landais* est augmenté en 1922 d'un manuel qui explique aux bourgeois landais comment "dresser" leurs domestiques, et comment se conformer eux-mêmes aux normes universelles du savoir-vivre (ce qui n'allait peut-être pas sans difficulté)... Un document étonnant qui en dit long aussi sur les rapports entre maîtres et serviteurs à cette époque.

Guy Latry

Au commencement était la Lande

Ferme des Landes. D. R.

Mon Cher Fils,

Vous vous êtes hasardé à prendre ma fille pour épouse, vous l'enfant du Septentrion, et vous apprêtez maintenant à venir dîner sous notre vieux toit un peu comme chez Philémon et Baucis. Prenez votre courage à deux mains. Vous aurez appris toute l'aridité, la misère et le dénuement des Landes de Gascogne. Les vieux guides de pèlerinage vous l'ont déjà dit : nous manquons de pain, de chair, de vin et même d'eau, pour nous sustenter seulement, faute même parfois de sauterelles, de taons. Tout notre art culinaire consiste à les bien accommoder sans doute, mais je ne saurais trop vous recommander à cet effet d'apporter votre sucre, puisque nous ne disposons que du miel de nos anciennes ruches, et votre provision de Contrex, tant l'eau de notre puits, jaunâtre, moirée de quelque filet de pétrole, paraît suspecte pour la santé des humains. Munissez-vous aussi de bougies. Ausone mettait déjà en vers la fumée de nos chandelles de résine, qui l'incommodait, et qui vous induirait à tousser jusqu'aux larmes, ce dont pour notre part nous avons contracté l'habitude. Notre cheminée tire à peu près, où nous cuirons les repas, à cette condition que vous en apportiez les éléments.

Nos dîners consistent surtout, sachez-le bien, en conversation et en esprit, dont en revanche nous avons à revendre. J'ai même là, à la hauteur où les autres peuplades accrochent leurs jambons, un Bossuet presque complet en trente deux volumes, un Saint-Evremond à peu près en état, un Montesquieu de même, qui parlent à ravir de pâtés, d'huîtres et de vin des Graves. J'en ai marqué les pages à votre intention. Montaigne, vous le savez, appréciait les beaux verres et les larges serviettes de table, aussi déplierons-nous les unes et disposerons-nous les autres dans tout l'éclat de leur vacuité. Quant aux écuelles, préférant pour notre part à la très noble vaisselle plate les faïences anglaises ou bordelaises, et plutôt celles de Samadet, dont il importe de toujours voir le fond, orné de chinoiseries, de poires ou de pâles bouquets, dont il convient aussi de garder intacts les marlis, nous les emplissons, comme vous pouvez le déduire aisément, avec modestie. Ne vous en inquiétez outre mesure ; je vous lirai le plus savoureusement du monde des morceaux choisis de nos traités de cuisine : La Cuisine Bourgeoise, *Bordeaux 1914 ;* La Cuisine d'Alcide Bontou, *Bordeaux, 1921 ;* Les Meilleures Recettes de Paul Saint-Martin, *Mont-de-Marsan 1936 ; le sublime* Cuisinier Landais, *Dax 1893 ; le tout arrosé du plus exquis catalogue de vins de Bordeaux, que vient de publier notre voisin, le philosophe Michelena. Je vous régalerai même de la récitation en litanie de quelques menus, mis au point par le traiteur Lassus, de Pissos, les conjoints Castaing, de Lesperon, ou le meilleur maître-queux Gustave Labat, à Villandraut : un potage, cinq hors-d'oeuvre de table, un hors-d'oeuvre chaud aux truffes, deux relevés, en tortue ou à la hollandaise ; sept entrées, quatre rôts, deux légumes, quatre froids, dont les jambons glacés, quatre douceurs, dont les fromages à la glace, plus quelques insignifiantes pièces montées, plus enfin quelques desserts qui ne sont jamais superfétatoires.*

Sur ce, venez, et choisissez plutôt le mercredi des Cendres. Non que nous fassions pénitence ce jour-là plus que tout au long de l'année, tant le climat, les miasmes de nos marécages nous imposent une diète sévère et continuelle, mais de manière à fêter avec nous l'essentiel de notre cuisine, je veux dire les cendres. Fi des fourneaux à l'électricité, au gaz ou quelque autre diablerie moderne ! Mais quelques châtaignes entaillées d'une croix, quelques pommes de terre sans apprêt glissées dans la cendre du foyer, ah mon cher fils, quelles délices ! Un oeuf, un seul oeuf tourné et retourné devant les braises juste au moment où il suinte, nous vaut un festin. Nos jambons, lorsqu'il nous arrive d'en dérober quelques-uns à la misère des temps, ou à je ne sais qui, doivent longuement mûrir dans la cendre de notre coffre. Jetez seulement devant l'âtre une poignée de moules, que vous ensevelirez sous une touffe d'aiguilles de pin où vous mettrez vivement le feu, et vous les retirerez chaudes, ouvertes à point, assaisonnées de cendre ce qu'il faut. Ai-je à prononcer l'éloge de notre vieux gril, un peu gondolé par l'usage, et du calendrier des P.T.T. ? Alignez sur les braises soit de fines tranches de lard, soit quelques sardines de coque, agitez avec énergie le calendrier pour activer la cuisson - le parfum, au seul énoncé de ce mot : calendrier, m'émeut les narines - et laissez-les comme par inadvertance choir juste un peu dans la cendre, vous saisirez alors l'importance du proverbe landais d'après lequel tout chrétien de ce pays doit avoir avalé neuf sacs de cendre avant de mourir. Aussi mourons-nous jeunes. Mais s'il est vrai que les cendres en font la consistance, le feu demeure l'âme de notre cuisine. Les dangereux brouillards et les maléfices de nos déserts nous mettent dans l'obligation d'entretenir été comme hiver l'ardeur de notre foyer. Et qu'il ne s'agisse pas de ces feux ensommeillés de Chalosse, de ces "braves" feux de chêne du Quercy, mais d'une flamme guillerette, vive, alerte et jeune. Nos pères ne considéraient-ils pas le feu comme la plus jeune créature de l'univers ? Nous ne lésinerons ici ni sur le bois de pin, ni sur les pignes ou les gemelles, que d'autres appellent galips, ni sur les courants d'air. De beaux entrechats de flammes hardies conviennent en effet à l'apprêt de la bécasse, que nous avons soin, lorsqu'un rare destin nous la procure, de suspendre au manteau de la cheminée, par le bec, pour la faire tourner au bout de la ficelle, jusqu'à son pur écoulement. Pour nos maigres agneaux embrochés, le feu doit s'étirer et sinusoïder sans nul embarras sur toute la largeur du contrecoeur, et à hauteur décente. Or la réussite d'un tourrin blanchi tient d'une à la fois superficielle et profonde science du feu, d'abord léger puis clair et fourchu, puis modérément complice, et nous promènerons la poêle çà et là sur ses caprices, avant de la renverser sur les plus authentiques reliques de pain, dues à notre sens inné de l'économie. Quant aux confits, lorsqu'aux temps jadis nous en avions l'aubaine, je soutiens que la matière première y entrait pour un tiers et un tiers le feu : sous le trépied, il n'est pas à la portée de tout un chacun de savoir l'instant d'ajouter du bois, ou d'en retirer, de judicieusement déplacer le tison, ce qui suppose l'autre tiers, celui du bavardage gascon. Car tout en parlant, fort honnêtement, de choses et d'autres, nos femmes se conseillent entre elles à l'envie : "Selon moi, voilà qui bout trop fort - A mon avis, c'est assez cuit de ce côté - Si je ne me trompe, nous devrions diminuer la flamme d'à peine un peu... Non, par là." Ou encore: "Attends, tu vas voir ... là ... bien ... même très bien..." Au feu lui-même, en effet, elles savent parler.

Eté comme hiver, vous disais-je. Non que nous ignorions entièrement les saisons et les jours. Nous scandons l'année aux bruits de nos batteries de cuisine, avec leurs louches de cuivre gravées, armoriées en quelque sorte, leurs spatules de fer torsadées, leurs écumoires passées au Miror, leurs poêles à longue queue, leurs grandes fourchettes à deux ou trois dents, les chaudrons de cuivre battus de leur anse ; que nous appelons grasals, d'où vient le fameux graal. Nous reconnaissons les lundis à la préparation craquante d'une "sauce du pauvre homme", cette mixture vinaigrée des rebuts de pot-au-feu; le jeudi aux "fricandilles", ces boudins d'oie dégraissés que nous faisons grésiller et légèrement brûler sur des charbons ardents ; le samedi soir à la pomme qui se boursoufle et qui crache sur la fonte de l'âtre - " vendredi chair ne mangeras, ni le samedi mêmement" ordonnait le vieux catéchisme. L'humble mélange de la tomate qui ploufe et du piment qui grince rappelle que voilà le plein été, et le bruit flasque de l'esplene dans la cruchade, vulgaire bouillie de millet ou de maïs, que l'hiver est arrivé. Quelle plus exquise disette en effet, qu'un ragoût de chichons, excroissances et débris du cochon écartelé, s'il est dégusté brûlant, auprès de la cheminée, et mêlé à la cruchade glacée que la brise, au dehors, aura solidifiée ? Vous saurez encore reconnaître le temps de la grippe au bouillonnement que soulèvent les pincettes rougies au feu dans un grand bol de lait ferré. Tendez seulement l'oreille, et vous serez diversement rassasié en tous temps et surtout aux quatre temps de jeûne et d'abstinence.

Vous êtes donc attendu, mon Cher Fils, dans de piètres conditions, et les Landes n'ont pas fini de vous surprendre. Venez seulement vous asseoir à notre foyer, prenant garde toutefois, assis à califourchon, à nos dossiers de chaises.

Au commencement était la Lande

Bernard Manciet aux fourneaux, Trensacq

Mon Cher Fils,

Il m'a semblé que vous tardiez beaucoup à découvrir nos usages landais. C'est peut-être que je ne vous ai pas encore parlé de l'excellence de nos liqueurs, qui soutiennent mieux que les bruits et les dégringolades de vaisselle, la saveur de nos mets. Je ne vous ferai pas grâce, mon Cher Fils, des Médoc, des Pomerol, des Saint-Emilion, des Château Yquem ou des Haut-Brion très aimés du grand Locke. Ces produits d'importation, capables de ruiner l'équilibre commercial de notre maison, prennent toute leur valeur à l'état de souvenir, un souvenir que je vous ferai partager de bon coeur. Leur réalité présente moins d'avantages, alourdissant l'esprit, le teint, les traits du visage, et la démarche. Sobriété et salubrité resteront notre règle. Il n'est rien de plus exaltant que de vous souvenir d'un Armagnac, un Bas-Armagnac de préférence, luxurieux, venant de chez le vieux Boingnères du Frêche, en humant à longs traits nos eaux de pluie. Sachez que, retenues par nos pots Hugues, parfumées à souhait de résine, elles revigorent nos systèmes internes. D'aucuns assurent même que de respirer un flacon d'essence de térébenthine, nos poumons se débarrassent à tout jamais du kyste hydatique. Je vous eusse même offert un doigt de goudron des Landes, bonne composition apéritive distillée à Labouheyre, si depuis longtemps les alambics n'avaient cessé de fonctionner. Il me reste cependant à emprunter à mon voisin quelques pintes de son vin de grives, je veux dire cette production à faible degré d'une vigne virgilienne, nommée " viracler ", qui couronne de festons ses chênes et ses ormeaux. Ravagée par les oiseaux du ciel et les rats des ruisseaux, ses grappes aux petits grains bleus et serrés fournissent un vin aigrelet qui ne monte pas à la tête et dont le principal mérite revient à colorer les eaux bizarres de nos nappes phréatiques. Il atteint son meilleur goût à l'état de vinaigre. Aussi nombre de nos plus dignes familles l'emploient-elles sous cette forme spirituelle dans la confection des salmis à la Jean Bonnat et des civets à la royale, dont le souvenir reste présent à nos mémoires comme il le restera à la vôtre, si vous avez la patience de m'écouter en disserter point par point.

Le goût relevé d'un mets efface le plus souvent sa médiocrité, vous ne l'ignorez pas. Nous non plus. Combien de nos préparations ne tiennent-elles que par nos aromates ! Encore les épices exigent-elles un usage mesuré et discret. Nous poivrerons peu. Cette denrée, le poivre, par suite des frets, vient d'atteindre des prix exorbitants. Nous ne ferons, s'il vous plaît, qu'effleurer de la lame une noix de muscade sur les débris de nos palombes. Trop de cannelle égare nos palais. Dans nos brouets, toujours étendus, un demi-clou de girofle, planté dans la moitié d'un oignon suffira. Du citron, c'est la râpure qui compte. Il serait de la dernière impropriété de travestir notre cuisine indigène en exotisme. Les herbes de Provence sont, pour les mêmes motifs, à proscrire, à plus forte raison cet immoral céleri dont les Toulousains gâtent leurs poulets rôtis. Contentons-nous du sel de Dax ou du Béarn, d'un prix abordable, mais qui déjà, vu la hausse des charges sociales dans les salines, prend une allure de produit de luxe.

N'hésitons pas non plus à consommer, comme les paysans de La Bruyère, des racines : oignons, échalote, ail...
Nos jardins s'en montrent prodigues, et nous en comptons cette année plus de vingt cordes qui se balancent au grenier, au milieu des bouquets de fougères qui, la tête en bas, servent à l'agglutination des mouches. L'oignon convient davantage au lièvre, l'échalote à tout autre gibier. La purée d'oignons se marie mieux à celle des tomates si nous y introduisons, comme en fraude, quelques gousses d'ail. En notre monde, mon Cher Fils, tout est ail. Les anciennes chroniques nous vantent ses vertus curatives, comme antidote à l'humidité et à la moisissure de nos climats. Une farce ? De l'ail. Un tourrin blanchi ? De l'ail. Un vieux croûton de pain ? De l'ail. Un homard ? Encore de l'ail. Une gélatine ? De l'ail toujours, parmi les rognures de veau. L'ail, perle de nos fourneaux. Et pourtant rien ne vaut en somme le foin produit par nos maigres prairies, pour entre autres le glaçage des jambons et des jambonneaux, et le laurier qui abonde dans nos haies, pour les marinades, pour l'échaudage des boudins, d'autant plus précieux que ces arbustes de gloire ont tous gelé l'année dernière.

Pardonnez-moi d'insister de la sorte sur les épices et les aromates. Mais qu'est donc un faisan ? Du faisandé. Qu'est-ce enfin qu'une poule au pot ? Un fumet. Que le mouton ? Une divine odeur de graisse qui s'enflamme sur les braises. L'alose en fin mai ? Des volutes de fumée qui courent sous les arbres. L'espagnole ? La conquête de la maison par les parfums à petit feu de l'oignon, du beurre, du jambon, du madère, haletants et pénétrants. Vous revenez, les dimanches matins, de la messe, et tout le village respire la garbure, qui émane des vapeurs par la cheminée et les portes entrouvertes ; elles se promènent, elles se baladent plus exactement, à travers les jardins. A peine rentré chez vous, vous voilà d'avance comblé d'un repas qui n'est même plus à entreprendre. Lorsqu'un simple chou-fleur mijote dans le voisinage, les relents des pins à résine s'y mêlant par temps chaud, nous touchons déjà à la dégustation. Tenez, un seul cèpe, cueilli auprès de la maison, chanterait-il dans la poêle, que ses effluves nous valent une satiété de basidiomycètes. Il arrive parfois qu'en période de chasse prohibée nous parvient, d'on ne sait où, le fumet d'une bonne venaison qui s'exhale en enthousiasmes culinaires : vous jouissez alors non seulement des saveurs des viandes, mais des émotions de la forêt, des douces frayeurs et du péché des autres mieux que s'ils vous appartenaient en propre. Dès longtemps j'ai appris l'importance primordiale des notes au bas des pages, qui valent

D. R.

souvent mieux que le texte lui-même, soit d'un Oppien chasseur ou d'un Virgile mijotant son moretum. Ainsi en va-t-il des parfums du mets qui nous dispensent en somme de lui, vous le constaterez. Vous dirais-je toute la vérité sur l'Armagnac ? Sa seule vertu tient dans ce qu'il embaume, soit la prune, soit l'abricot. Je veux parler bien entendu de l'Armagnac de notre département, que je ferai glisser, savamment réchauffé de la paume, sous vos yeux.

Moins que les papilles, moins que l'odorat, le temps et la patience servent de base à notre gastronomie. Songez donc à nos longues marinades qui prennent plusieurs jours. Songez à ces huit jours qu'un faisan doit passer, au courant d'air, accroché à une solive. Calculez les heures de nuit qu'une pintade, ivre morte d'alcool, doit subir accrochée au contrevent. Il vaut mieux composer la sauce du homard la veille, et plutôt l'avant-veille, de sorte que l'armagnac dont elle fut flambée ait réussi à imbiber la moindre de ses molécules. C'est dès l'aube, et sans à-coup, que le pot-au-feu doit commencer dans l'âtre à "tirer des épingles", puis à frémir, puis à bouillonner finement, pour s'engager ensuite dans les gros bouillons qui le feront parfois déborder. Supputez les années d'un bon vin de Léognan, d'un suave alcool de Saint-Gein ou de Perquie, ou mieux encore d'Arthez, mettez-vous, comme l'enseigne la méthode d'Ignace de Loyola, en composition de lieu. Dites-vous que la grâce vous guette, qu'un festin vous attend. Et qui sait ? Sous mon escalier vous attendent peut-être les confits, de porc, les plus modestes, d'oie, les plus hauts en couleur, de canard, les plus délicats, de dinde, les plus raffinés, de chapon, les plus charmeurs. Faites des gammes de confit, des préludes d'illusion. Imaginez qu'il vous suffit d'étendre le bras - fecit potentiam in bracchio suo *- pour atteindre la porte de nos cachots, où sommeillent les vieux flacons empoussiérés, les Sauternes à droite, les Médoc de Viaut en haut et à gauche, les Saint-Emilion et les Montagne Saint-Emilion dans le bas, à côté des ultimes vins de sable, ou du moins pour atteindre la lanterne qui vous mène jusqu'à eux. Ne sentez-vous pas leur merveilleuse présence ? Ne vous enflamme-t-elle pas de torrents de grâce ? Ah - pour s'exclamer comme les oratoriens d'autrefois - ah présence d'absents ? Disputons sans nous hâter, et sans fin, selon la méthode dialectique du grand Abélard et de nos marxistes : opposons, dans le style ralenti et nombreux des exordes, les mérites du Madiran, au sud, et du Pomerol, au nord ; du cornichon de Sabres et de la sauce de tomate de Trensacq, pour l'accompagnement des poules farcies ; de la volaille blanche, que l'on achetait à Bordeaux "de l'autre côté de l'eau", à la Bastide, et du poulet jaune des Landes ; faisons rivaliser la lamproie aux poireaux de Quinsac, source de poèmes en alexandrins, avec la lamproie de Dax, renforcée de raisins secs, de pignons et que sais-je ? Ainsi, voyez-vous, l'heure passe agréablement, et aussi l'heure du repas. Vous n'y perdez pas grand' chose.*

De surcroît, vous aurez appris chez nous l'approximation, vertu trop délaissée en ce siècle de sciences exactes. Je prise peu

ces conversations où l'on ne parle jamais pour ne rien dire, toutes en ordres du jour style napoléonien. La conversation me plaît en méandres, en tours et retours, comme on arrose dans sa cuisson un poulet. Ne pesons pas en chimiste le sel, le poivre, mais choisissons parmi eux les blancs ou les gris, ou rouges. Ne disons pas 300 grammes de farine, 210 grammes de sucre, et 185 grammes de beurre. Allons hardiment, c'est-à-dire avec circonspection, au coeur du problème, à l'âme du pigeon rôti, au vif de l'araignée de mer, coléreuse parce qu'on l'ébouillante. N'allons pas trop vite aux secrets intimes du Médoc. Nous dégringolerions au département de l'Aude. Laissons faire la main. Qui pourrait casser un oeuf scientifiquement ? La main, merveille de l'univers, qui aime le rond de la pelote de fil à ficeler le rôti et la poularde, et qui inventa aussi la rotondité de la terre. La main toujours vive, parfois gourde comme un pouding, que nous appelons "étouffe-vieille", souvent preste à mettre sur le feu l'omelette aux truffes, ou somnolente aux longues mixtures ; la main contient à la fois le coup d'oeil et le coup des papilles gustatives. Elle sale d'une jonchée de gros sel, singe à petits coups de farine, égrène des raisins secs, en rajoute un, deux, puis recule. Elle a gardé l'esprit hésitant de Montaigne, sachant où elle va. Sa danse de phalanges, de doigts, de lignes de vie et d'amour enchante les récipients. Vous vous rappellerez en l'occurrence la danse des petits pains de Charlie Chaplin. Bref, elle ne s'ouvre, cette bonne main landaise, que pour refuser, ou du moins retenir.
Vous le verrez. Accourez, venez donc à nos bons procédés.

Enfin, mon Cher Fils, vous arrivez !

Certes, l'heure du repas est passée depuis longtemps. Il est vrai que nous n'avons jamais pu nous faire, peuplade dite arriérée, non sans motif, à cette heure d'été qui nous civilise. Nous en restons à l'heure du soleil, et attendons midi à son signe, au plus haut de sa course céleste. Parfois même, parfois nous nous rangeons à l'heure d'Escoursolles, un hameau de nos parages, et de la plus haute antiquité. Allons, aidez-moi à me lever douloureusement de mon siège bancal. La carafe d'eau suinte à point. Le pain rassis est devenu à peu près dur, grâce à la sécheresse de cet été. A point. J'aurai bien aussi à vous offrir, en toute saison, quelques nèfles ramollies sur la paille, mais vous leur trouverez un je-ne-sais-quoi de trop farineux, et vous aurez raison. Quant aux châtaignes, elles dépérissent dès la Saint-Sylvestre, et il n'y faut plus penser. Nous comptons bien pourtant quelques pruniers aux branches accablées de reines-claudes, et vous aurez tout le loisir de l'aller secouer. Ainsi que je vous le décrivais, nos agapes ne resteront pas dépourvus de poivre - saviez-vous à ce propos que Montaigne devait sa fortune au poivre de S.M. le roi du Portugal ? - mais ayez l'obligeance, je vous en supplie, de mettre à côté de votre assiette chaque grain découvert par votre perspicacité. Notre servante est rompue en effet à cet usage, de le recueillir afin de le remoudre ensuite. Ayez aussi la bonté de caler la table : ces verres-dentelle, s'entrechoquant, courent des risques de fêlure dispendieux. Encore un point : n'abusez pas de laitue, nos volailles dévitaminées en raffolent. Merci.

Permettez-moi encore, en guise de hors-d'oeuvre, une circonlocution : voici un foie gras de canard frais, bien fendu, raffermi, épicé à la diable ; il est gorgé du vin de Germaine, qui grapille sa vigne entre Villandraut et la Garonne. Les brumes des Landes, les matins d'automne, font de ses grappes une regrettable moisissure parfaitement adaptée à l'hypertrophie, toute aussi maladive, de nos oies et de nos canards de l'Adour. N'hésitez pas à vous servir avec modération à chaque fois. Prenez votre temps, macérez à votre tour dans ces sucs, jusqu'au moment où vous vous surprendrez à vous savourer vous-même, à vous-même truffe, à vous-même bouquet de Sauternes, à vous-même hépatite. Vous voudrez bien me le pardonner, mais en fait de foies de volaille, c'est tout ce dont nous disposons. Nous pourrions en rester là, si je n'avais reçu ce matin une ou deux huîtres du Cap-Ferret, peu laiteuses malgré la saison, et vastes. Surtout resservez-vous, et resservez-vous encore, de manière à tempérer par leur fraîcheur charnue la brûlure des crépinettes, hautes en goût, qui les accompagnent, juste sorties du gril, relevées de pignons et d'un peu de truffe du Bas-Médoc, qui craque comme du carton. Toutes nos richesses, vous le constatez, viennent du pourtour des Landes, et le moment serait venu de clore ici le repas par une page de Monluc, lui aussi produit de pourtour, si mon ami Latry, un humaniste de Blaye, ne m'avait fait parvenir au dernier moment des œufs d'esturgeon de la Garonne - prenez-en un ou deux - que nous recouvrons, par esprit d'économie, d'un œuf frais de poule à peine poché. Rendus à ce point, nous devons bien nous arrêter, pour commenter le vin blanc d'Entre-deux-Mers que j'obtins à bon compte de mon cousin de Targon, un brave homme. Nous aurons à le comparer à cet autre vin pâle : sachez que M. le Curé de Jurançon s'adonne sur nos bruyères à la transhumance de ses abeilles et de son vin de messe, qui s'adapte tant bien que mal au homard. Vous en prendrez bien, si j'insiste, un bout de cette patte, ravigotée de carotte, de tomate, de cayenne et d'un soupçon de cognac flambé. C'est le trompettiste de la Teste qui me l'a procurée entre deux fausses notes. Vous aurez remarqué, pour en terminer une fois pour toutes, que notre table résulte d'un certain esprit de famille et d'une manière de réseau d'amitiés, l'un et l'autre bien entendus, qui raccordent l'Adour et ses gaves à la Garonne et ses marécages, tel le bassin d'Arcachon.

J'avais oublié - ne m'en veuillez pas de cette absence due à l'âge - ce lièvre en civet qui devra bien faire suite. Cette pauvre bête sera morte accidentellement dans une saison indue, sur quelque route touristique. Ce que vous prendrez pour des plombs ne seront que des grains de poivre, dont je vous ai bien averti que vous les mettiez soigneusement de côté. La sauce vous en devra sembler lisse et onctueuse, épaisse et légère, où l'échalote le dispute à l'oignon, et le sang au vin vieux, par une catalyse de jambon assez épais. Même si le plat ne fait que paraître sur la table, vous réfléchirez à ceci, qu'il exigea deux ou trois jours de cuisson à feu menu, et dans un récipient de grès habitué à cette opération chimique. Vous devrez tout de même à son expérience d'y goûter, ne fût-ce que du bout des lèvres, et malgré votre répugnance éventuelle pour son odeur sauvage, un peu molle, un tant soit peu femelle. Un doigt de vin âpre et encore vigoureux de Saint-Vivien mettra bon ordre à votre haut-le-coeur, ou peut-être le ragoût de cèpes qui viendra aussitôt après. Les intempéries de fin juillet les multiplient autour de chez nous et les prix dès lors en baissent tellement que vous n'avez pas à vous en priver. Soyez seulement prévenu que le cèpe dans son ragoût au jambon et à l'ail passe en général pour plus lourd et affaissant l'esprit, de sorte que vous pourrez ne prélever que quelques grains de raisin et vous en satisfaire. Nous conclurons là-dessus, persuadés s'il en était besoin, qu'un trou de ciron ou une coquille donnent seuls tout son prix à un vieux livre rare.

Grands dieux ! J'allais distraitement applaudir, alors que le concerto - mais aussi, quelque chose me disait que - n'en était qu'à la fin du second mouvement. Mais bien entendu, les voici, ces grives de Lacanau, de Labrit, chutées des buissons à baies. Les voici chaudement enveloppées dans leurs feuilles de vigne croustillantes... Allons, mon Cher Fils, nous verserons là-dessus quelque pleur de Saint-Emilion au goût beurré. Une grive, deux grives, ce ne sont que des brimborions qui ne tirent pas à conséquence. Quoi, salées ?... Tendez-moi donc votre verre : une larme encore, et il n'y paraîtra plus. Le sel, dans nos contrées, éloigne les mauvais esprits. Si le vin de Gironde ne vous paraissait pas concluant, nous essaierons ce Bordeaux venu de Californie. L'ami Coulon vient de me le rapporter de ces lointains climats. Quant à cet ortolan, dont la capture nous est fort à propos interdite, il nous parvient d'Espagne, et plus précisément de Saint-Sébastien. Un jeune journaliste de Sud-Ouest *nous l'a ramené en toute légalité. Je vous sais suffisamment de religion pour que vous apportiez à ce mets toute votre attention. Autant me plaît le discret brouhaha d'une conversation à table, autant me tient à coeur le silence qui convient à l'ortolan . Tenez-vous, tenons-nous cois. Que les frêles os craquent dans nos bouches. Baissons les yeux afin de ne pas rire irrespectueusement de nos grimaces. La pruderie s'impose à l'ortolan. Luisant de beurre, il vous rassasie pour un jour ou deux, et nous jeûnerons dès tout à l'heure, après ce flacon de Bourgogne blanc arrivé d'Australie grâce au même Christian Coulon, voyageur impénitent, et après ce gigot de chevreuil, élégance de nos forêts, après sa marinade où il a virevolté, sommeillé, ruisselé, langui, pâli, doré, après cette dernière liqueur, devinez d'où ? Car de l'Espagne à l'Amérique et à l'Australie notre palais errant, vous ne sauriez plus nous taxer de chauvinisme et de particularisme outrancier. Devinez. Son parfum se répand en nous jusqu'au cœur. La chair un peu spongieuse et un peu ferme du chevreuil le dilate, un goût de jeunesse tendre et de bond le soulève. Devinez. Le continent asiatique ? La vaste Ecosse ou la brune Italie ? Vous ne devinerez jamais : un vin gascon de ce toujours maudit Coulon, un vin humble, effacé, un triomphe dans le recul et la modestie. Cette fois j'abandonne. L'âge m'ensomnole. Poursuivez votre carrière dans les desserts, dans une goutte d'Armagnac, dans le café des lies, fortunes de Bordeaux et de Capbreton, dans un rhum blanc du Cours de la Martinique.*

J'abdique en votre faveur, mon gendre.

Bernard Manciet

Manciet romancier

JEAN-FRANÇOIS BLANC

Si je devais emporter un seul livre sur une île déserte, ce serait *Le Jeune homme de novembre*... Il m'est donc impossible de parler objectivement de l'oeuvre romanesque de Bernard Manciet. Cela étant posé, le reste me sera plus facile...

Devrais-je résumer mon propos, je conclurais rapidement ainsi : les romans de Manciet, c'est un franc désespoir montré, mis en scène, avec toute la démesure du gascon, tout l'art du peintre de sa terre, tous les échos absents de la forêt. Les personnages importent peu. Ils sont là pour que le récit demeure vraisemblable. Toute ressemblance avec le réel ne peut être qu'accidentelle. Le trait physique, le trait de caractère, on les retrouve parfois, souvent, et parfois même jamais, dans le Landais qu'ils sont censés incarner - ou dans celui qui les dépeint ?

Manciet reste prisonnier de la Lande, mais d'une Lande ouverte, où surgissent les personnages venus, revenus, amenés d'ailleurs. Un peu comme les différents éléments qui composent les tableaux de Pèire Venzac, peintre fétiche qu'il décrit ainsi : “ Le Venzac, pour faire court, est un muscle, un ganglion un estomac, un pancréas, un organe qui crache des couleurs en des giclées qui leur ressemblent [...] Un peu comme si le Chaos trépignait pour qu'on en arrive plus vite au tohubohu final, dans les pétarades de bleu et de citron et de mercurochrome, mais tout cela avec l'inspiration, l'expiration et la transpiration, à la mode de Saint Bernard, ne proférant que d'une joie monstrueuse. ”

À Eysines, en 1985, lorsque se conjuguèrent Lubat, Manciet et Venzac, devant un parterre acquis mais forcément, aussi, étonné, j'ai compris, avant même la confrontation avec le roman de Manciet, qu'il était impossible d'enfermer cet auteur dans une oeuvre écrite, fût-ce un long poème, une ode, ou un de ces sonnets qui forment un univers à eux seuls.

Cela, et le choc du *Gojat de noveme*, puisque c'était son titre, sont deux obstacles de taille à l'objectivité que j'excluais au début de mon propos. Le choc du gascon, approché tard, un peu à reculons, avec les conseils d'amis qui sonnaient plus comme des mises en garde, des "défense d'approcher". Dialecte dans le dialecte, parler dans le parler et, ultime avertissement, “ même les gens de son village ne le comprennent pas. ”

Avec le recul, je me dis que ces gens-là n'ont pas lu *Lo Gojat de noveme*, ni son reflet, *Le Jeune homme de novembre*. Ou alors, c'est qu'ils l'ont lu les yeux fermés, et qu'ils se sont réveillés après, fatigués par l'effort fourni, sans songer à la gravité de leur indifférence, arrivés qu'ils étaient avec leur jugement déjà bien tranché.

Le Jeune homme de novembre ne se raconte pas, il se vit. On y perçoit la dimension à la fois poétique et théâtrale portée à son paroxysme de *L'Enterrement à Sabres*. L'irréel d'une bourgeoisie landaise qui n'a pris aucun train en marche, aucun train, même à l'arrêt, et qui meurt dans l'indifférence feinte, dans la terreur de la société qui se souvient encore de sa splendeur et de la peur qu'elle inspirait. La croisée des destins, forcément maudits, du narrateur, de son amour impossible, du jeune homme.

Le style ramassé, sec dans la moiteur de la forêt d'automne, sans concession, ni même, surtout pas, perpétuelle, fait immanquablement penser à Boudou, l'écho rouergat de la prose poétique et de la mise en scène de personnages qui ne sont que vecteurs de destins, d'Histoire, de mouvements qui les dépassent. La mort, omniprésente, la tristesse comme art de vivre, la fatalité sont autant de points communs dans les deux oeuvres. Et, en même temps, le désespoir de vivre. L'acharnement du narrateur du *Jeune homme* dans son

© Christian Ducasse

amour ressemble à celui du cancéreux du *Livre des grands jours* de Boudou. Parallèle curieux entre ce seigneur de la Lande et cet enfariné pétri d'occitanisme et parti mourir en Algérie. La métaphore de l'Occitanie morte ou moribonde serait facile, chez ces deux écrivains, mais n'est qu'inexacte. À l'opposé de la renaissance du XIXe siècle, qui met en scène une société d'autant plus révolue qu'elle n'a jamais existé que dans ses fantasmes, la mise à mort du passé chez Bernard Manciet - comme chez Boudou - respecte le rythme de l'agonie des sociétés, d'une lenteur qui peut durer des siècles. Là aussi, le paroxysme de l'oeuvre de Manciet se retrouve dans *l'Enterrement à Sabres*. Le temps n'est pas arrêté, malgré les apparences, il poursuit, comme dans *le Jeune homme de novembre*, son oeuvre de témoin obligé et désobligeant de la décadence des sociétés et de la déchéance des individus.

Et ce temps est complice, complice de l'auteur dont l'œuvre, à force de mûrir, devient chef-d'œuvre, peut-être, en tout cas lui échappe, sans aucun doute. Mais les lecteurs auront-ils saisi l'occasion ?

Non, on ne peut pas lire Manciet et rester objectif.

Joan-Francés Blanc, legeire de literatura occitana (e d'endacòm mai...), lecteur de littérature occitane (et d'autres choses)

Un ivèrn /

Ed. Ultreïa. 1990. Extrait.

Un hiver

Poème pour voix et guitare, créé à Eysines en avril 1990.
Mise en scène : Gilbert Tiberghien* et Jean-Claude Audouin
Environnement couleur : Jacques Bernar
Chanteur : Lucien Kandel
Récitant : Pierre Bayle

Dans l'hiver glacial d'une plage atlantique, deux personnages se trouvent, se fuient, partageant de leur corps l'épreuve des éléments : la neige, le sable, la pluie et le feu, la lumière et la nuit. Aux marges du monde des hommes, ils côtoient les bêtes de la lande, braconnent, sont traqués à leur tour ; avec autour d'eux, continûment, " le grand cri hilare de la mer. "

TRADUCTION BERNARD MANCIET

Il semblait que la mer, cet après-midi, craquait encore du froid de la nuit. Les vagues parlaient, d'une voix claire et simple, comme si de rien n'était par ailleurs. Là où, à ce qu'on dirait, elle se plaisent, avec leurs écumes allongées, frisées, nous nous trouvâmes par hasard à nous baigner. Nous ne nous connaissions pas. Sortant de l'eau, le froid nous saisit. Nous courûmes sur le sable, assez longtemps. La chaleur revenait. La plage s'étendait au loin, lisse, déserte. Les mouettes nous attendaient, attroupées. A notre approche, elles se soulevaient, pour déménager plus loin. Au soleil, leurs ventres blancs nous furent comme une bénédiction de fleurs.

La mar que semblava, aqueth vèspe, com crascas enqüèra de la torrada fina de la nueit. Las èrsas parlavan clar e simple, d'eras avant. Aquí ont, çò dirén, se convienen, dab sas escrumas longas e frisadas, s'escadèvam a s'i banhar. Tots dus nse coneishèvam pas. A sortir de l'aiga, lo hred que nos sasí, e divom galopar ua bèra pausa suu sable. La calor que vienó. La plaja qu'èra shens digun, lissa dinc a lunh. Los calhòus que nos atienèn, a ligòts. Los i arribàvam au pè, que se livavan e se mudavan un tròç en avant. Au só, los sons ventes blancs nos hadón com ua benedida de flors.

A soi-même absente, de nous aussi, la pluie nous absente. Une absence qui prend dans le dos, nous privant de toute pensée. Puis dans les cuisses, ruisselantes. Quant aux pieds, ils sont morts depuis longtemps. Sans pieds. De la race d'ici, nous ne sommes pas nés pour les larmes. C'est elle qui pleure, qui renifle, qui sanglote avec des sanglots creux et chantants. Plus que nul sable, plus que la neige, elle sait éloigner et couvrir toutes choses d'oubli. Pleurer, c'est cela. Parfois, elle nous réveille : quoi ? de qui me parles-tu ? - Elle épaissit, plus glacée encore,

Absenta, ad era absenta, la pluja que nos tirava de nosautis. Ua abséncia dont se nos gaha a l'esquía e nos arrecapta lo pensament. E après a las cueishas trempas. Los pès, pausa i a son mòrts. N'i a pas mèi. Em pas de'us qui ploran. Era qu'a la moquira, la pluja, era qu'a los saumucs, clòcs e tringlants. Mèi que sable, mèi que la niu era qu'ac dessepara tot, qu'ac cobrís de desbromb. E plorar, aquò qu'es. Nos deishuda, a bèths còps : de qui me parlas ? - Que s'espessís, mèi torrada, mèi lunha. Ua abséncia mèi espessuda dont tira lunh

Dunes de Mimizan.

plus lointaine. Une absence compacte, qui anesthésie très au loin. Elle change de voix, comme en dormant on change de côté. C'est bon, de ne plus rien savoir. Il pleut - du béton - sur nous. Que fûmes-nous jamais ?... La pluie. La forêt.

La lune s'était arrêtée, énorme, lourde, sur la légère brume de la lande. Je faisais le guet, couché par terre. Je relevai la tête. Décembre devenait, pendant la nuit, plus chaud, avec le vent d'Espagne. Je sentis que la lune remuait, comme une source, comme un lièvre pelotonné. Maintenant, elle montait, se dilatait, sur ma hargne. La terre se resserrait, mon cœur aussi, comme un oiseau encore vivant. Je me rendis compte, à la longue, que la lune avait un chant rauque. Je l'entendais de toute ma poitrine amère, et la terre entendait aussi. Elle me donnait envie de tuer, m'y poussait, rauque.

Il me plaît, ton sable. Tu aimes aussi mes pas dans le sable. De petits cris. Et nous aimons aussi les appels longs du vent sur la dune. Ils appellent les houles de notre démarche simple. La mer de nos cuisses, de notre dos, de notre démarche. Le léger sifflement de la brume se continue très loin dans le froid de l'hiver. Noces de pas, noces de patience. De sable, d'oubli. Aller ainsi, sans savoir. Nous sommes rentrés, sans nous arrêter, sans nous dévêtir, très avant dans les vagues, les écumes, les gerbes de la mer.

mer que càmbian de parts. Qu'es quaucom doç, de pas mèi assàber. Qu'i plau - beton - dessús nosautis. Si jamèi estom ?... La pluja. La gran sèga.

La lua s'èra arrestada, granilhassa, pesuca, suu brum prim de la lana. Ajacat a l'espèra, livèi lo cap. Deceme vienè, la nueit, mèi caud, dab lo vènt d'Espanha. Sentii la lua remudar com ua dotz, com ua lèbe. Que pojava adara, màger, suu mon maishantèr. La tèrra que se sarrava amassa. Mon còr tanben, com un auchèth enqüèra viu. M'avisèi a la longa la lua que cantava arrauc. L'audivi dab tot mon pietarau amar, e la tèrra dab jo. Que me didè de tuar, arrauca.

Que me convien, lo ton sable. Que te convienen mons pas au sable. Aüquits. E tanben nos plasen las aperèiras longanèras deu vènt a la duna. Mès qu'apèran mèi lunh, enlà, las ondadas deu nòste anar simple. La mar de nòstas cueishas, de la nòsta esquía, nòste anar. La bruma, lo son fiular que s'estira au tòr de l'ivèrn. Nòças de pas, de paciéncia. De sable. De desbromb. Anar atau, shens assàber. Hadom en hens, shens de ns'estancar, shens de nos despolhar, las èrsas, la graumada, las garbas de la mar.

Lucien Kandel. Spectacle «Un hiver». Eysines. 1990.

D. R.

" La langue de Manciet, on dirait des galets qui roulent dans le rivière, ou plutôt un torrent. C'est une langue luxuriante, drue, imagée. C'est le seul poète que je trouve véridique, après les surréalistes... Il a la force des surréalistes. Il est dans la vie réelle et sa poésie vient de la nature et des individus. Son univers est un mélange d'archaïsme et de modernité. Bernard Manciet donne envie de réhabiliter la poésie et de la dire, en public. "

Gilbert Tiberghien

* Gilbert Tiberghien, directeur du T. N. T., Tout Nouveau Théâtre, est installé à Bordeaux, dans un lieu tout récemment aménagé, une ancienne manufacture de chaussures. Il a également mis en scène en 1986, *Per El Yiyo* en gascon, dans un spectacle avec danseur, voix of et images vidéo, et en 1988, *L'Enterrement à Sabres*, en « lecture bougée », dans une version bilingue occitan gascon français, avec cinq récitants.

© André Hampartzoumian

Gilbert Tiberghien. Directeur du T.N.T., Tout Nouveau Théâtre.

" *L'Hiver* m'a été inspiré par les récits d'un ami bûcheron, dont le mode de vie sauvage et archaïque me séduisait. Il vivait seul sur une plage, pêchait, chassait et n'hésitait pas à braconner pour se nourrir. L'hiver, pour qui sait voir, ce n'est pas la morte saison, mais la matrice du printemps. Tout vit, d'une manière plus occulte, plus intime. La sagesse des Grecs reposait sur cette connaissance de la nature. Les Landes appartiennent à cette Hyperborée antique, qui regroupait de l'Ecosse à l'Espagne tous les peuples côtiers : les Landes, c'est la terre de l'océan. Pour croire, il faut être païen. La nature n'est pas Dieu, elle n'en est que le verbe, son poème, sa prière, voire sa méditation ; le grand Sud-Ouest est aussi une terre de mystiques : Saint François Xavier, Saint Vincent de Paul et même Sainte Thérèse d'Avila. "

Bernard Manciet.

Histoire sans fin

YVES HARTÉ

« Rien ne me prédisposait à aimer et à admirer cet auteur. Ni l'âge, ni l'idéologie. Journaliste à Mont-de-Marsan en 79, j'ai lu Le Triangle des Landes... *L'interprétation qu'il peut faire de l'histoire et de la géographie est un délice du jeu de la pensée. J'ai eu envie de découvrir son œuvre. Récemment, j'ai été très ému par Manciet en scène, dans l'adaptation théâtrale de* L'Enterrement à Sabres. *Je n'aurais jamais imaginé que la langue des pauvres, celle de ma grand-mère, qui ne parlait que gascon, puisse avoir un jour ce statut de langue publique, reconnue dans l'institution théâtrale. Je connaissais l'érudition souterraine de Manciet, son intérêt pour les ombres, j'ai découvert sa puissance d'évocation »*

Yves Harté.
Café de la Havane. Bordeaux, mai 97.

Le premier mot qui vient à l'esprit à l'évocation de Bernard Manciet est celui d'une puissance de feu.

Mais d'où surgit ce langage (et pas seulement celui traduit du gascon) ? Dans quelle contrée est-il né ? Il reste inclassable, rétif à l'esprit français, ou tout au moins à celui communément employé de nos jours, cartonnant contre tout ce qui se présente, mais aussi souple qu'un cheval de monte dès lors qu'il s'agit d'exprimer l'inquiétude et toute la nostalgie de la lande de pins. D'où sortent-ils, ces mots, assemblés comme les charpentes de bois des bordes de l'airial ? A qui s'adressent-ils, à qui parlent-ils familièrement ?

Il est rare qu'un exotique vienne déranger la belle ordonnance de nos lettres. Or voilà que cet exotique est de chez nous. Il vit parmi nous. A Trensacq à deux pas d'un petit clocher double, récemment recimenté, dans une grande maison, couverte de l'ombre de chêne, au milieu de la forêt certes, mais ni homme, des bois, ni « bécut ». On le présente comme un grand poète occitan, alors qu'il est d'abord poète, et que deux au moins de ses livres, directement écrits en français, sont des modèles d'une littérature mise au service d'une érudition renversante, parce qu'elle broie les idées reçues, bouscule l'ordre de l'univers, trace des lignes de forces là où on ne voyait que du vent.

Il existe donc un monde, un autre monde, que Bernard Manciet fréquente à sa guise. Où

Yves Harté

il va. D'où il revient. Un monde qui autorise un phrasé différent, une Histoire différente. Et ce que nous lisons de lui est à la fois tout à fait faux et tout à fait vrai. Il ne s'agit pas de s'émerveiller et de considérer que ces images de la lande sont des trouvailles surréalistes, que les vieilles femmes sur de grands vélos noirs sont de fantasmagoriques inventions. Bien au contraire elles appartiennent à la réalité la plus banale des routes bombées sous l'océan des pins. Mais décrites ainsi, elles deviennent immenses et légendaires, trait d'union entre les esprits messagers et protectrices de la terre.

Ce monde-là est celui d'une histoire sans fin qu'on peut interpréter à sa guise, en se laissant porter par la simple évocation, ou en cherchant des pistes comme pour se rassurer. Mais l'Histoire alors devient poétique et la poésie à son tour se change en mythe qui revient nourrir l'Histoire. Belin-Beliet est le centre d'un monde ancien et on y croit. L'Odyssée ne fut pas méditerranéenne mais atlantique ; il nous le prouve. L'enterrement à Sabres est l'enterrement d'un univers millénaire qui surgit en Chaldée et s'effondre sous nos yeux, et nous ne le voyons pas si Manciet ne nous le fait pas entendre.

Ce pouvoir d'évocation souterraine est celui des poètes visionnaires. A cela s'ajoute autre chose : toute l'œuvre de Bernard Manciet, disparate, semée aux quatre vents d'éditions longtemps confidentielles, est portée par la force de ce qui n'est plus. Manciet est littéralement habité par la lande des temps anciens, celle qui demeure encore au hasard d'une coupe rase, dans le vide brutal que laisse un incendie, la lande des horizons qu'on ne rejoignait jamais, où tous les prodiges étaient possibles, quand trois soleils montaient dans le ciel des Pyrénées, d'un seul coup se soulevaient du sol, du Perthus à Fontarrabie, proches à toucher du doigt. La terre, recouverte voilà moins d'un siècle d'une forêt en ordre de marche, n'est pas morte pour autant. Elle dit toujours ses mystères. Il y a des fontaines que personne ne connaît, des ruisseaux rouges d'alios, des lacs noirs à l'eau comme du mercure, des charges de pluie qui s'amassent au loin et bifurquent sur des chemins célestes. Pour dire cela il faut une langue. Manciet a saisi celle qui s'y accordait le mieux. Ce gascon noir qu'il a lui-même réinterprété comme il le fait pour les songes. Une langue unique, qu'il a faite sienne au point de la rendre universelle dans son étrangeté.

Yves Harté. Journaliste à Sud-Ouest, *Bordeaux.*

Le cœur ouvert comme un livre

Dans la nuit du 29 au 30 août 1985 la Guardia civil recherchait le torero José Cubero Yiyo et son apoderado Tomas Redondo qui étaient sur la route entre Calahorra et Madrid. La guardia Civil les cherchait pour leur dire que Yiyo était engagé le lendemain à Colmenar Viejo, pour toréer à la place de Curro Romero. Le lendemain à Colmenar Viejo, le taureau Burlero tuait Yiyo d'un coup de corne dans la poitrine en même temps que Yiyo l'estoquait. Mort en miroir. Yiyo a juste eu le temps de courir à la barrière et de souffler à son peon El Pali : " Pali, ce taureau m'a tué. " Le chirurgien des arènes dira : " il avait le cœur ouvert comme un livre. " José Cubero Yiyo sera enterré dans son habit grenat et noir au cimetière de la Almudena à Madrid après que son cercueil vitré eut fait, " a hombros " (porté sur les épaules) une " vuelta " (un tour) dans les arènes de Madrid quasiment pleines. Tomas Redondo, de chagrin, se suicidera quelques années plus tard. C'est Yiyo qui, l'année précédente à Pozoblanco, le 26 septembre, avait tué le taureau Avispado qui venait d'encorner mortellement Paquirri dans une corrida dont on apprendra par la suite, avis de décès après avis de décès, qu'elle suait le malheur. Paquirri mort. Yiyo mort. Montoliu bandillero d'El Soro et présent à Pozoblanco ce 26 septembre, mort, tué par un taureau à Séville en 92. Mort le picador d'El Soro, accident de voiture. Mort l'éleveur d'Avispado, assassiné chez lui. Mort l'anesthésiste des arènes et mort le cameraman qui avait filmé l'accident de Paquirri. A Pozoblanco Paquirri avait occupé la chambre 103 de l'hôtel Los Godos. Le 30 août 85 au matin Yiyo dormait dans la chambre 103 de l'hôtel Palmi à Miraflores près de Colmenar. No comment. Yiyo avait 21 ans. Chaque 31 décembre à minuit, les hommes de sa famille, son père, Juan et Miguel, ses deux frères bandilleros viennent déposer une coupe de champagne sur le monument qui lui est consacré devant " Las Ventas " à Madrid...

A propos, ce pseudonyme de Yiyo est la traduction de son gazouillis d'enfant, lorsqu'il essayait de dire son prénom : Joselito.

Jacques Durand.

L'homme, la bête, l'amour, la mort

El Yiyo

“ La tauromachie garde quelque chose d'important qui s'appelle la grandeur. Celle de l'homme et de la bête. C'est un des derniers refuges pour un siècle qui en manque. Le taureau est un grand seigneur et le matador aussi. Je dis matador parce que ce dernier tue. J'ai écrit ce texte après la mort d'El Yiyo. J'ai infléchi le sens : chez les antiques, il y a le destin auquel on ne peut échapper. Après le christianisme, l'amour brise le destin. A ce moment là, la notion d'amour au sens où l'emploie Pétrarque par exemple, brise le sens du mot destin. Dans ce drame, j'ai remplacé la liaison habituelle entre le taureau et le matador par les rapports amoureux. Ce sont aussi les rapports qui existent dans l'arène. Finalement, le destin c'est Satan. Or le destin peut être absorbé par la lumière. ”

Bernard Manciet.

Ode/*Òda* à Luis Miguel Dominguín

1946 Ed. Tribu. Òdas.

Traduction Bernard Manciet

Par vendanges et soleil,
sur le démarrage de l'arène,
taureau noir et soie rose.

Le jour s'ouvre comme un éventail,
le peuple tourne de sol à sombre,
Dominguin se déploie, il est soie.

Dominguin vole sur la main,
danse aux cornes,
Dominguin est le doigt de tous.

Visage de cassis, Dominguin,
un dos de peuplier,
une poitrine, un ostensoir.

Cueilli un jonc sur le ruisseau,
un œillet dans le jardin ;
mon œil cueille Dominguin.

La lame du vent est chant
posées les banderilles comme des jacinthes,
en rayons au cœur de Notre Dame.

L'oreille de la mort pour Dominguin.
La chevelure des destins pour Dominguin.
Pour lui, les couilles du soleil.

La langue d'or à Dominguin.

lo só vrenhar
suu demarratge de l'arena
lo taur es negue e la seda ròsa

lo jorn un esventalh s'obrís
lo puple vira de la lutz a l'ombra
Dominguin se desplega dab la seda

Dominguin vòla dab la man
dança suus corns
Dominguin lo dit de tots

ta cara es cassis de flors Dominguin
ton esquía es un briule Dominguin
lo ton pietarau ostensòri

que copèi la junca a l'arriu
que copèi l'ulhet au casau
mon uelh que còpa Dominguin

e canta lo talh deu vènt
e plantas banderilhas com iacintas
en arrais au còr de la Nòsta Dama

l'aurelha de la mòrt a Dominguin
lo peu deus hats a Dominguin
los colhons deu só a Dominguin

la lenga d'aur a Dominguin

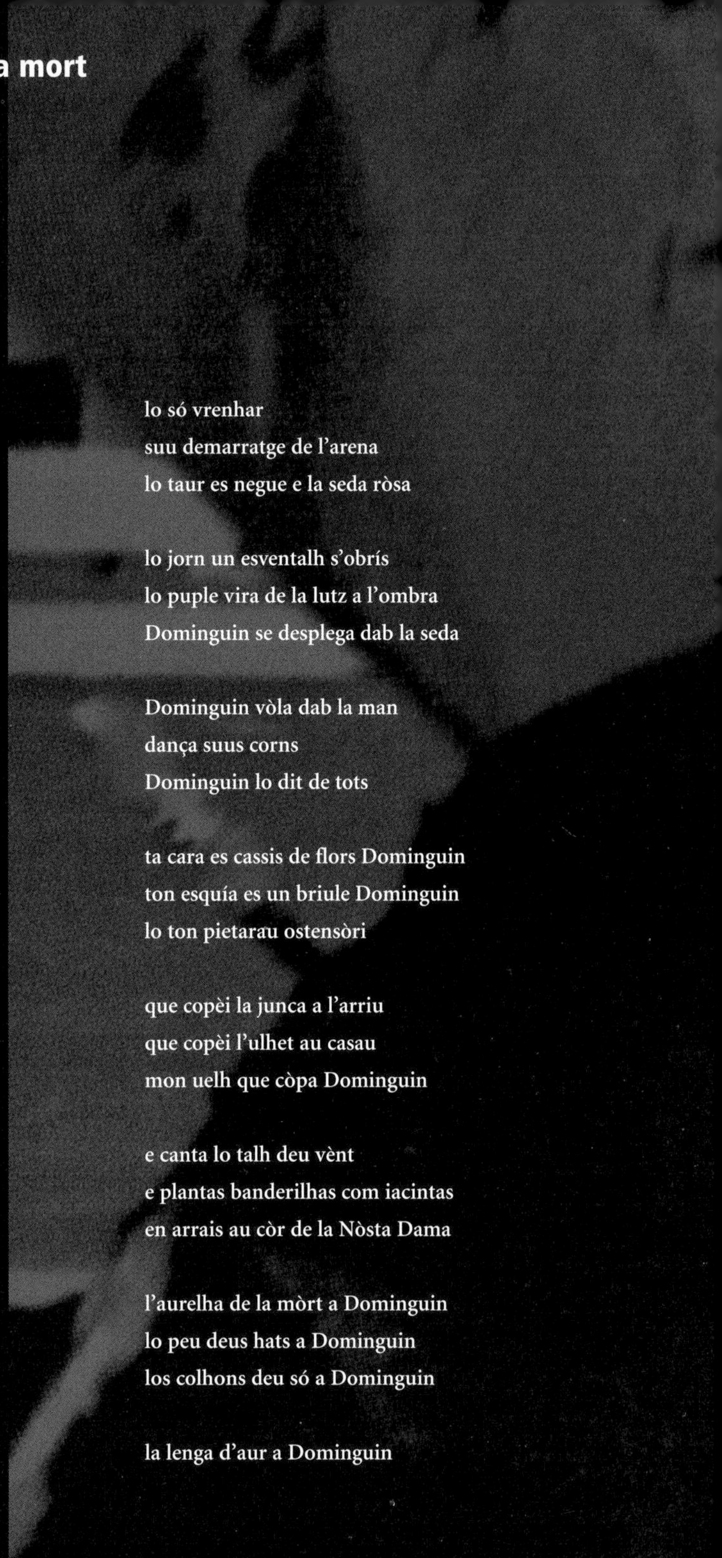

Photos
Louis Migue
Domiguin, D.R

Bernard Manciet et Serge F

Car pour trouver l'homme il faut
d'aigle et de taureau. Pour s'env
quand il dit avec sa langue de

Bernard Manciet n'est pas un homme. C'est une bête contre la Poésie. Car pour trouver l'homme il faut retrouver son ombre d'aigle et de taureau. Pour s'envoler. Pour s'enterrer. Quand il dit avec sa langue de porc il casse une fenêtre sur la Tête de Dieu puis le saoule avec son sexe de bête. Il fait alors manger le verre de la fenêtre cassée aux hommes de la Terre. Jusqu'au sang jusqu'au vin. Bernard écrit avec une main qui est un soc aiguisé pour ouvrir le brouillard des poésies de papier. Il est le ZAOUR occitan de notre vomissure. Car la poésie doit être toujours un vomissement de haricots et de Saintes Vierges, de petits taureaux d'oies de la Banlieue de Barcelone, de chiens éternels, de motos et d'épées. Quand Bernard parle une main sort de sa bouche et tombe dans le feu des mers. Quand nous la ramassons pour la manger elle remplace notre langue et alors nous donnons ensemble un baiser d'ange et de chien. Un jour j'ai rencontré Bernard à quatre pattes dans la terre et qui voulait retenir un mort. Il me dit ma main est la moitié d'un mort qui ouvre le ciel, mes mots sont les petits os de mes doigts que je sème dans les morts. Bernard Manciet est le poète de la pureté de la langue car c'est avec notre sueur et nos respirations qu'il nous fait haleter et qu'il respire pour trouver l'origine du souffle. Comme le diamant dans le charbon. La Poésie du Sabreur, l'habitant de Sabres, nous fait mineur de nous-mêmes. Sa voix, que j'ai partagée avec lui dans toutes les clandestinités et les émeutes du Poème public, est la mise en vie du poème comme dans une corrida inversée. Les duos de bêtes préhistoriques que nous avons sué ensemble sur nos bicyclettes métaphysiques, les rosaces des églises qui nous ont servi de roues pour avancer avec Beñat Achiary ou Bernard Lubat, sont autant de soleils contre les académismes froids des littératures de la vraie mort. Guernica ou l'Enterrement ou les Odas, ou tous les etc.. de la Poésie de Manciet sont une oeuvre d'incarnation fondamentale à l'heure où la Poésie de nos Occidents malheureux a perdu son corps de fête. L'esprit même de sa poésie est celui de notre fête totale. Notre irrémédiable baiser.

[Serge Pey 28 sept. 1997]

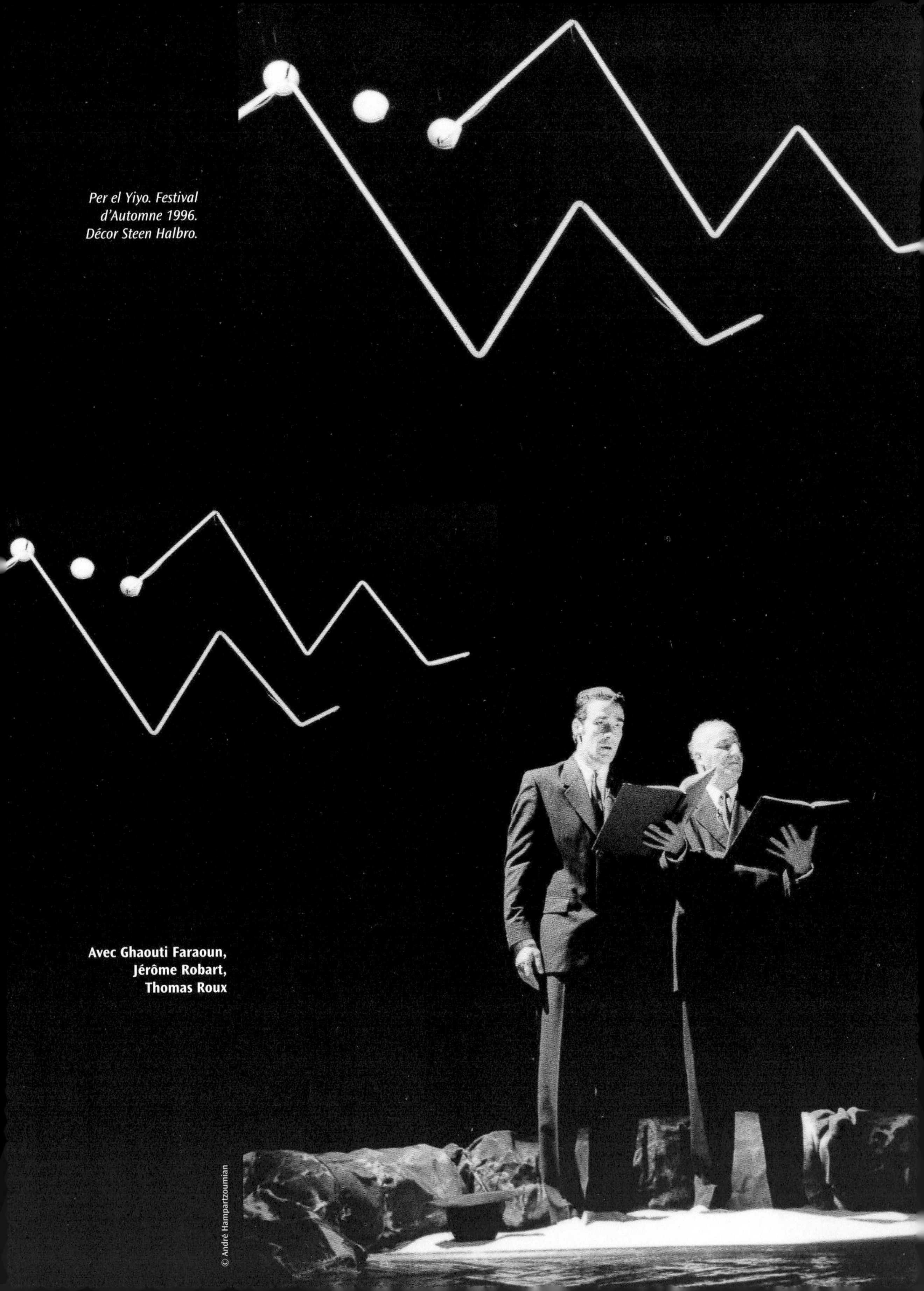

Per el Yiyo. Festival d'Automne 1996. Décor Steen Halbro.

Avec Ghaouti Faraoun, Jérôme Robart, Thomas Roux

Per el Yiyo

1985. Extrait, Théâtre.

Créé à Eysines par Gilbert Tiberghien en 1986, puis mis en scène par Jean-Louis Thamin au Centre Dramatique National Bordeaux Aquitaine/Théâtre du Port de la Lune en 1996 et présenté au Festival d'Automne à Paris en décembre 96.

Traduction Bernard Manciet.

L'ENFANT - *Toi splendide je t'ai bien reconnu - trompeur -*
tu reviens des prairies des morts
mufle à plusieurs tourbillons au souffle fort
et heurt d'un passereau
écroulement accident d'un camion de fleurs
et sel toute la nuit
et larme nue

LE TAUREAU - *mais toi enfant comme la douceur du temps qui fait meugler les prairies*
pur comme une corne
qui fais svelte le clair
île d'azur dans l'odeur des troupeaux
ils tournent la tête vers elle
et clairière dans les étoiles

L'ENFANT - *ma joie au jaillissement de ton oursin*

LE TAUREAU - *ma saveur dans la touffe de ta blessure*

L'ENFANT - *joie par les balancements de fougères sur ton garrot*

LE TAUREAU - *par les ombres de ton oeil droit*

L'ENFANT - *par l'exclamation de ses gésiers*

LE TAUREAU - *par le craquement de ta poitrine glacée*

L'ENFANT - *par l'échevellement de ton coeur noir*

LE TAUREAU - *dans mon pied ton genou*

LO CÒISHE - Hòu esplendent que t'èi autanlèu avisat hòu chicanaire
que tornas deus pradars deus mòrts
mus de mantun estorbalh bohaire hòrt
e truc d'un chicòt auchèth
esbonissa accident d'un camion de flors
sau tota de la nueit
e chòt nud

LO BRAU - mès tu mainatge com la doçor deu tèmps dont hèi borruglar las pradas
mèr com un còrn
dont eslindras lo clar
iscla d'azur dens las shudors de las bèstias
ent'era que viran lo cap
e clara au lugarnèir

LO COISHE - gai mon au sordolh deus orsins tons

LO BRAU - gost mon a tu blaisha sa tufa

LO CÒISHE - de tas heuguèiras au garròt

LO BRAU - de tas ombras au uelh dret

LO CÒISHE - de tons molets lo son esplam

LO BRAU - en ton crascar de pièt torrat

LO CÒISHE - de ton còr negue l'espeluhida

LO BRAU - lo ton jolh dens mon pè

L'homme, la bête, l'amour, la mort

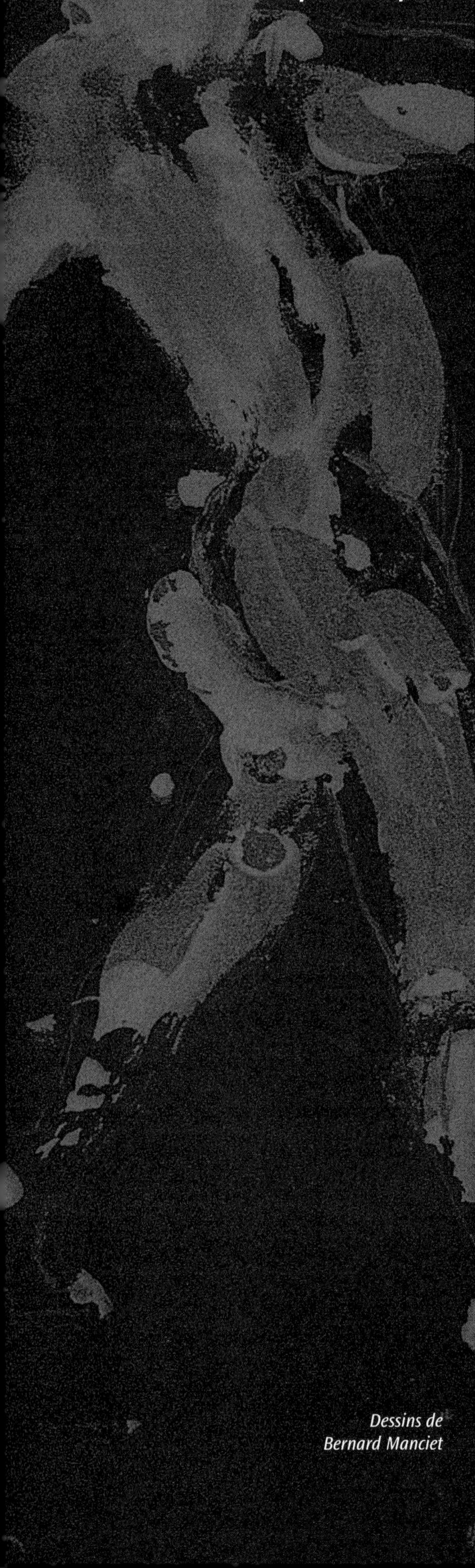

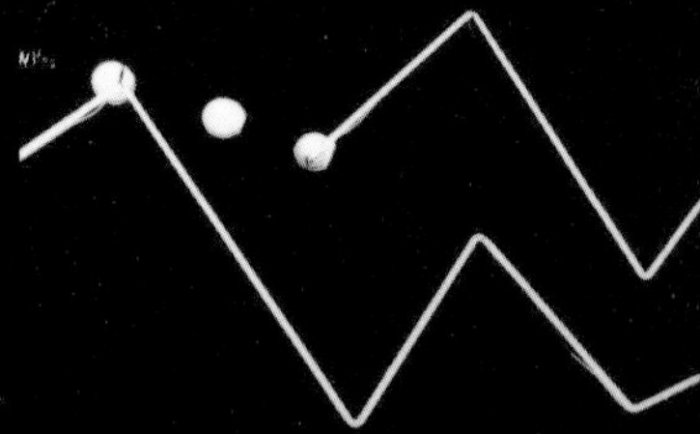

L'ENFANT - *ton souffle dans mon oude*

LE TAUREAU - *tu es à mon coeur une loupiotte*

L'ENFANT - *m'es soudure à l'arc*

LE TAUREAU - *te joue pour l'été*

L'ENFANT - *je te joue pour rien*
je te joue pour personne nul vivant nul mort
pour la splendeur du rien une étincelle de perdreau
pour une herbe qui plie

LE TAUREAU - *tu m'enroules - jardin*

L'ENFANT - *jardin - tu m'environnes*

LE TAUREAU - *ciel empourpré par l'or*

L'ENFANT - *parcelleur de rosée*

LE TAUREAU - *jardin où je me brûle le ventre*

L'ENFANT - *je me brûle les yeux*

LE TAUREAU - *où je me promène dans le feu*

L'ENFANT - *je me promène dans les becquetements*
tout un jardin qui se promène
à son loisir avec ses encombrements d'en haut
ce sont les pas de Dieu

LE TAUREAU - *jardin tout de sources et de jaillirs*
et de partout - écoute-les - fontaines de nuit
qui déménagent ensemble sur tes talons
et tu les fauches d'un geste on dirait
que tu fauches le grand jour de midi
tu les soulèves comme des quintaux
et tu hausses ma soif

Dessins de
Bernard Manciet

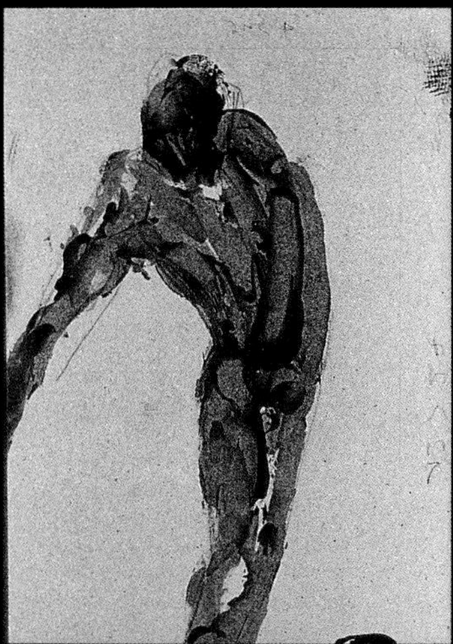

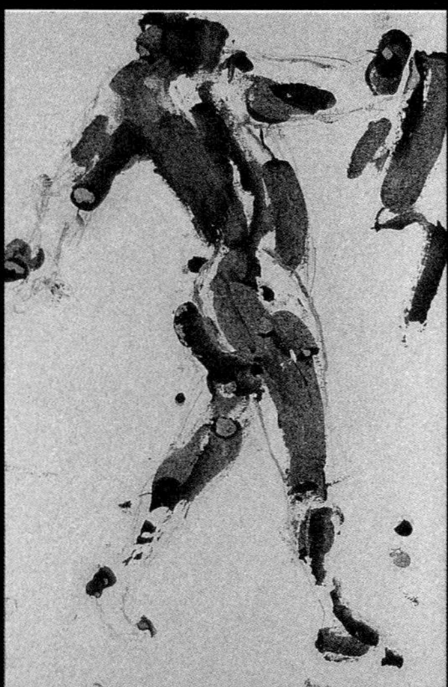

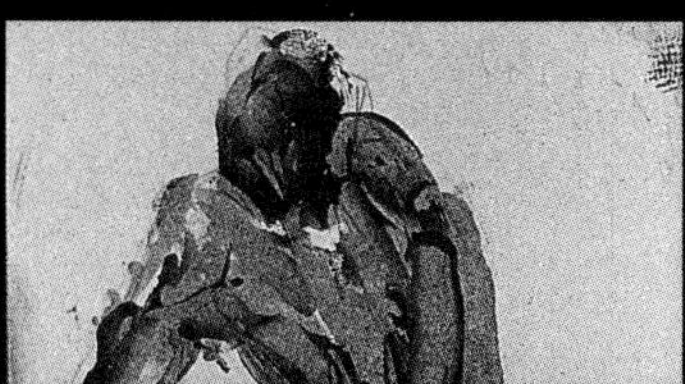

L'homme, la bête, l'amour, la mort

LO CÒISHE - ton bohar dens mon cobd

LO BRAU - ton corbaish dens mon vente

LO CÒISHE - ton raselh a mon ala

LO BRAU - au mon còr lutz Pigeon

LO CÒISHE - que m'ès sodura d'arc

LO BRAU - te jògui per l'estiu

LO CÒISHE - te jògui per arren
te jògui per digun per nat viu e nat mòrt
per la glòria d'arren d'un perlit l'esperlit
per ua èrba dont tilha

LO BRAU - m'atornejas casau

LO CÒISHE - casau t'èi a l'entorn

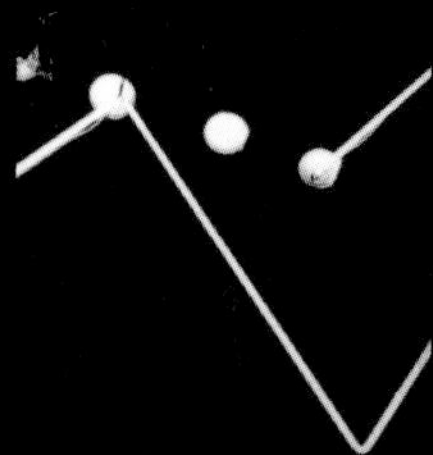

LO BRAU - cèu d'aur embidalhat

LO CÒISHE - vivarolèir d'arrós

LO BRAU - ont mon vente m'i cremi

LO CÒISHE - ont m'i burli mons uelhs

LO BRAU - ont au huec m'i passegi

LO CÒISHE - ont m'i passegi aus prucs
tot un casau dont se passeja
au son plasèr dab sas causas de haut
que son los pas de Diu

LO BRAU - casau tot de dotz tot de uelhs
e de tot bòrd - escotis - honts de nueit
dont amassa mudan dab los tons caucanhs
que las dalhas d'un gèste com
se dalhèssis mieijorn
que las enairas com quintaus
e que hauças ma set

L'ENFANT - *or je suis à genoux devant ton midi sombre*
ainsi à Lugo le midi d'argent sombre éclaire dans toute la cité en cornes et en oreilles mon soc en moi se répand et
devant cette dune que coiffe la lumière du soir -
tu ressembles au Pyla - je me tiens les jambes droites
de ma bouche jaillit une poignée vers toi d'épis de blé
et toi tu hausses ton âme

mon enfant de ce soir

LE TAUREAU - *mon soir qui grandis*

L'ENFANT - *de piques et de dards*
sois mon déploiement
un éventail un feu de broussailles sur
le rien de l'ouest

LO CÒISHE - mès jo de jolhs davant ton mieijorn sorne
com a Lugò lo mieijorn d'argent sorne se l'arraja
de còrns et d'aurelhas ma hèrra en hens que s'espampa
davant tau duna dont lo Só-coc l'encabèra -
qu'ès tu parièr com lo Pilà - jo que m'escamalargi
ma boca t'arreboca cabelhs de blat
tu qu'enhautís ton amna

hòu mon còishe d'anueit

LO BRAU - tu mon desser dont vads

LO CÒISHE - de picas e de chaucs singuis mon desplegar
un esventalh un huec d'arromècs suu nient deu capvath

«Parlons aussi bien que les vagues»

Bernard Manciet sur la gabare «Les deux frères». Port de la Lune à Bordeaux

Sonets/

Ed. Jorn.1996.

Sonnets

Traduction Bernard Manciet.

SONNET I, 4

Je nie et l'herbe et le ruisseau
et les racines emmêlées,
du soleil le fleurir de fèves
aux sauts de mines de l'été.

Je renie et le bois du joug,
la pierre et le galet du mur,
le feu parmi ses âmes neuves
dans le ciel comble de ses neiges

M'ont trompé l'eau comme le vent;
leurres et lumière et beau temps,
je maudis le vin sur l'ormeau,

je maudis la chair et le sang,
puisque maudire dois l'Errant
qui fait mentir le pain lui-même

Jo denègui l'èrba e l'arriu
las veas dens las soas camatravas
deu sorelh l'eslaurir de havas
au desminatge de l'estiu

Jo renegui lo hust deu giu
deus borgs lo peiròc e las gravas
lo huec capvath sas amnas navas
deu cèu sancèr capvath sa niu

enganat m'an l'aiga e l'alet
enganas son lutz e tèmps bèth
maudissi mon vin viraclaire

maudissi la carn e la sang
pus que maudir cau lo viatjaire
qui hèi mentir lo quiti pan

SONNET III, 26

Demain je serai demain une ombre ton
ombre prends garde au bourdonnement des abeilles
au refrain d'une chanson oubliée
au froid soudain sur le chemin du soir

aux cordages qui chantent sans nul navire
aux bêtes du ciel lorsque tristes
elles s'arrêtent - c'est toi qui seras mon ombre -
les morts tu le sais ne connaissent pas la pitié

c'est leur douceur à eux - leur songe
tu seras - ils seront ta jeunesse
pour que tu dormes bien ils rêveront pour toi
je serai ta poitrine calme - plus présent

Doman serèi doman ombra ton ombra
hèi chau - au bronis de l'abelhèra
l'arredíder d'ua canta desbrombada
lo seren sobt au camin deu ser

las còrdas dont cantan shens de naviu
lo bestiar deu cèu quan trist
que s'està - la mia ombra
seràs - los mòrts an pas pietat ac saps

aquò la soa doçor - lo son saunei
seràs - seràn ta joenessa
entà dròmis quiet saunejaràn per tu
que serèi ton pièt calme - mèi

encore - j'en fais mon affaire
lorsqu'enfin tu m'auras oublié parfaitement

present - que sabrèi m'ac virar
quan a la fin m'agis desoblidat com cau

SONNET III, 27

J'ai bu la houille de tes yeux
jusqu'à les décolorer
j'ai bu ton odeur fauve
jusqu'à la saveur de la neige

J'ai bu tes cuisses de pain
jusqu'au vin rouge
j'ai bu ton mortier lourd
jusqu'à ma langue

J'ai bu ton épaule sombre
jusqu'aux mouches vertes
de ma sueur d'agonie

j'ai bu ton dos ton flanc
j'ai bu ton désert
jusqu'au roucoulement

Buvoi lo carboar deus tons uelhs
dinc a sa color pèrder
buvoi ton heramuish
dinc au gost de la niu

buvoi tas tafanas de pan
dinc au vin roi
buvoi lo ton mortièr pesuc
dinc a ma lenga

buvoi ton umba nega
dinc a las moscas verdas
de ma shudor mortala

buvoi ton esquía [buvoi ton estrem
buvoi ton hèrm
dinc a l'arrocorar

SONNET II, 26

L'heure est venue — Bel Été — je suis prêt
je t'ai donné maintenant tout ce que je possède
sans que tu demandes et jusqu'au dernier songe
tu peux donc t'en aller comme passe une lampe

en vain m'as-tu laissé un grenier débordant
de fruits ardents de ces fruits je n'ai cure
ni de tous ces amis qui ne me sont plus rien
il ne me reste d'eux parfois qu'une crampe au cœur

je n'aurai désormais aucun arbre en mon lit
je n'aurai pas non plus pelage dans ma nuit
et je n'aurai plus Nice et n'aurai plus Toulouse

car il faut reprendre haleine à temps
pour lentement apprendre à se chauffer de froid
et savoir oublier la saison bienheureuse

Qu'es òra Aost que me tròbi de campa
que t'ei balhat adara tot ço qu'èi
shens mandis m'ic e mon darrèr saunei
atau te'n anis com i passa ua lampa

que m'as deishat en balas plenha crampa
de hruita ardenta e jo ne'n vui pas mèi
ni deus amics dont me son pas arrei
au vente sonque enqüèra ua garrampa

n'aurèi pas mèi nat aubre dens mon leit
n'aurèi pas mèi nat pelam dens ma nueit
n'aurèi pas mèi Niça e pas mèi Tolosa

pr'amor que cau a tèmps gahà's l'alet
per chic a chic saber cauhà's dab hred
e desbrombà's de la sason urosa

Roland au col de Ronceveaux. Tableau de Louis Guesnet. D.R.

Roncesvals / Roncevaux

1997. Ed Covedi. Pau. Extrait.

Ce texte a été écrit en occitan, à la demande de l'abbé Junès, lui-même auteur de nombreuses pièces, dans la tradition des pastorales basques (au sens de pièce de théâtre jouées par des bergers). La pièce doit être jouée et chantée en basque par Béñat Achiary et par un chœur de voix d'hommes. La scène se passe à Roncevaux. L'armée de Charlemagne a été massacrée par les Gascons et les Basques, l'empereur cherche douloureusement Roland, son neveu.
Les pierres dialoguent avec la lune, Loup-Sanche avec Charles, les bergers avec la pierre...

" J'écris en ce moment quelque chose que personne ne veut faire. Une pastorale basque. Cela peut concerner n'importe quel sujet, mais ce doit être une pièce à la gloire du basque. Toujours ! Dans les pastorales basques, il y a une scène avec à droite du bleu : c'est le ciel. A gauche du rouge : c'est l'enfer. Le blanc on l'a supprimé parce que ça faisait bleu, blanc, rouge, ça faisait français ! Et il y a un banc à gauche. Les acteurs ne rentrent pas en scène, ils sortent du banc et l'un après l'autre, ils racontent leur histoire.
Et on m'a commandé cette année un Roncevaux*, à la gloire des Gascons et des Basques. C'est le devin de la Soule, l'abbé Junès, qui lui-même écrit des pastorales, qui me l'a demandé... Ce sera joué quand ils m'auront payé. Pour le moment, ils m'ont proposé un jambon. Mais du jambon j'en ai ! Et je préfère le jambon des Landes. "*

Bernard Manciet en cours d'écriture.

Traduction Bernard Manciet

LES PIERRES, LA LUNE

LES PIERRES
Bleuâtres, blanchâtres, ou d'ocre çà et là
les pierres d'ici que nos grands morts
soulèvent
vers les lueurs de Leizar-Ateka
et plus pâles les clairières de brouillard
pierres des os du sang séché de nos
pères - soient-ils de Soule ou de Navarre
la souveraine -
le vent du soir soulève notre parole

LAS PÈIRAS
Blurosas blancuishas - o d'òcre los peiròcs -
las pèiras d'ací dont los nòstes grans mòrts
se nos livan entà
los eslèrs de Leizar-Ateka
mèi candes aus eslèrs deu brum
pèiras d'òs de sang hons deus nòstes
pairs - singuin Sola o Navarra
la suberhauta -
lo vènt deu desser se nos liva la paraula

vers toutes ces montagnes qui sont nôtres
vers les bergers et les pauvres
que nous sommes

a totas montanhas dont eras son a nos
e aus aulhèrs e aus praubes
dont som

et vers la lune qui apparaît déjà - frêle
"Quelles nouvelles - lune - nous apportes-tu de chez ta [mère obscure ?"

e entà la lua dijà la fraila enqüèra
"quau novèla nos pòrtas la lua de ta mair escura?"

LA LUNE
j'ai entendu parler d'un splendide carnage
qui se serait carnagé à Leizar-Ateka
les racines de la montagne l'ont bien entendu

LA LUA
qu'èi entienut dìder d'un bèth carnatge
dont se seré carnatjat a Leizar-Ateka
que'n an entienut las radiç de la montanha

LES PIERRES
mais pourquoi - lune - t'être hâtée de la sorte ?
En ce jour saint la Vierge a-t-elle perdu un gant ?

LAS PÈIRAS
e pr'amor t'ès la lua atau destrigada ?
s'aqueth jorn sant la Viergi s'a perdut un guant?

LA LUNE
je me suis hâtée pour contempler
beau massacre de jeunes gens comme des lauriers

LA LUA
que me sui avançada entà m'arreborà'i
bèth massacratge de joenèssa com de laurèrs

LES PIERRES
les chevaux de soleil paissent déjà
sur nos prés d'Hespérie
les montagnes se font ténébreuses
les eaux se sont mises à courir
le jour s'en va le jour baisse mais toi
tu montes - lune - comme un écureuil

LAS PÈIRAS
los chivaus deu sorelh dijà que peishen
a las nòstas pradas d'Espería
las montanhas vienen tenebrosas
las aigas se son metudas a córrer
lo jorn se'n va lo jorn baisha mès tu
que pojas - Lua - com un gat-esquiròu

LA LUNE
afin de voir tant de lauriers arrachés
les puissants renversés
les pauvres portant haut les cornes
à l'aube du Magnificat

LA LUA
entà me véder tant de laurèrs destroncats
los puishents de cuu en haut
los praubes còrn-quilhats
a l'auba deu magnificat

LES PIERRES
blanches bleuâtres - et les rochers sont ocre
nous avons fait se lever la brume claire
des alios de telle mer jusqu'aux mines sauvages
de l'autre mer qui grogne
lever comme parole de nos lignages
ils parlent clair
parole de rocher
qui ruisselle vers midi qui se répand au nord
du haut de Leizar-Ateka

LAS PÈIRAS
blancas blurosas - e d'òcre los peiròcs -
qu'am nos hèit livar lo brum clar
deus labars d'ua mar dinc a las mènas sauvatjas
de l'auta mar hronhosa
livar com paraula deus nòstes liatges
que parlan clar
paraula de peiròc
dont chòrra a mieijorn dont riuleja a bisa
deu haut de Leizar-Ateka

LA LUNE
vous blanches et d'ocre jaune mais roses
maintenant du jeune sang des lauriers
vous savez mon pouvoir sur la respiration de la mer
qui grogne et comme je partage l'élan des chênes
et le beau temps et la pluie sur les cimes

LA LUA
hòu blancas hòu cròcas d'òcre mès ròsas
adara de la sang joena deus laurèrs
que lo sabetz s'èi poder a la len de la mar
hronhosa e com jo desparti lo balanç deus cassis
e bèth tèmps e pluja aus pics

LES PIERRES
nous connaissons le lierre de tes longs éclairs
comme veines et nerfs dans le granit et le marbre
ils fendent leur âme en deux

LAS PÈIRAS
que sabem l'irilha deus tons longs eslombrics
com venhas e nervis dens lo miure e lo marme
e los hèn a l'amna henerclar suu miei

LA LUNE
je fends ainsi les puissants de la terre
les impies et les empires s'attristent
aux fêtes des lignages d'amour
et l'inlassable résurrection de leurs descendances

LA LUA
atau parièr jo qu'esparti los puishènts de la tèrra
los d'impiós e los empèris vienen trists
per la hèsta deus liatges d'amor
e de sas tracas la de tostèmps arrevitèira

LES PIERRES
joie sur nos montagnes toutes nos montagnes
neige de joie ce mois d'août
les étoiles cette nuit vont neiger
ils embellissent aujourd'hui nos refuges nos maisons
à la lumière rose de notre bataille
ils se réjouissent les Basques avec la race gasconne
sur les versants moissonnés les prairies de regain
qui glissent de Bigorre à Navarre et Guipuzcoa
et plus loin - et avec Ebre avec Garonne
règne enfin des pauvres des valeureux
toi tu fais croître nos vaillances lorsque tu t'arrêtes en ton plein et rejaillir nos tribus joyeuses
aujourd'hui grande neige rose

LAS PÈIRAS
gai a nòstas montanhas totas
niu de gai a'n aquest mes d'aost
las estelas anueit que van nivar
tant bèths uei nòstes ostaus nòstes cojalars
a la lutz ròsa de nòsta batalha
gaudís que se'n bascoralha dab gasconaralha
aus costalats segats a las pradas d'arredalh
esloishadas de Bigòrra e Navarra e Guipuscoà
e mèi lunh entà - e dab Ebre e Garona
règne de praubes règne de valents
que hèis tu vàder nòstes valents quan te tiens au plen
e arrechisclar nòstes tinèus tots gais
uei qu'i a grana niu ròsa

tu es - lune svelte - fort pâle
accours te raviver à notre rosée rouge
tu es - lune effilée - fort défleurie
accours te désaltérer à notre floraison rouge
te voilà - lune - bien affaiblie ce soir
viens te revigorer dans nos vigueurs de sang
nous avons bu les chevaux et brouté
chair de France
nous nous sommes enivrées de fleuves francs
prends garde seulement à ne pas te tacher les pieds
prends garde à ne pas y tacher ton âme
accours - lune très pure - viens boire notre vent subtil
et la très pure notre âme de jeunesse

qu'ès - la lua eslindrada - atau hòrt blasida
vien viste t'arrevitar au nòste arrós ròse
qu'ès - la lua atau prima - hòrt eslaishida
vien viste te desassedar a nòste eslaurir roi
qu'ès - la lua - hòrt febla aquest vèspe
vien te cúlher nòstas hortalessas de sang
qu'am buvut chivaus qu'am arrepastat
carn franca
qu'am pintat arrius e flumes francés
mès hèi chau t'i trulhis pas los pès
hèi chau t'i trulhis pas l'amna
vienis - la lua illèsa - búver lo nòste vènt verd fin
e mèra la nòsta nava joenèssa

tu danses - lune enfant - trop lentement
accours à la danse de notre âme profonde
et bleuâtre et blanche et immaculée

LA LUNE
les vallées deviennent profondes et ténébreuses
et les eaux parlent plus clair
la brume du soir monte comme de la fumée noire
mais je connais le chemin du rouge
ne l'ai-je pas suivi autrefois haletante
au temps des rois voleurs les rois du Froid
vous les saignâtes à Ibañeta à Urculu
et je marchais parmi des roses trémières
pierres vous étiez des roses trémières
j'en avais jusqu'aux genoux j'en avais jusqu'au cœur

engeance de Gascons et de Basques quels silences !
le soir caresse l'échine des versants
et les eaux se taisent aussi
un silence qui monte de vos profondeurs obscures
avec le silence de nos vieilles races rejetées
qui sans se souvenir se souviennent
des belles guerres d'autrefois
je vais au milieu des siècles et je me souviens
des belles guerres d'autrefois - engeance de Gascons et
Basques taisez-vous !
c'est moi qui suis l'irrintzina des pierres

LES PIERRES
lune toi qui assaisonnes la mer
et jonches de pétales la montagne
par toi les pierres pétrifient
déjà les jeunes saints de Valcabrère naissent
de la pierre et par toi fructifient
les panses blondes d'Altamira
et les esprits sonores d'Oxocelaia
et se haussent les roses des Mallos de Riglos
descends - ô Lune - et va dire sous terre à nos sources
que c'est l'été qu'il est temps de dresser ses épis
comme nous portons épi à Ibañeta

toi lune souterraine
qui fais rêver les morts
qu'ils songent de nous autres
éclaire-les de nos exploits
qu'ils s'en réjouissent et ne les apaise pas

que danças - la lua gojata - tròp lentament
vienis a la dança de nòsta amna honsa
e blurosa e blanca e blosa

LA LUA
los vaus que vienen hons e tenebrós
e las aigas parlan mèi clar
lo brum deu ser que poja com hum negue
mès que coneishi lo camin vòste roi
dija me brombi l'aver seguit alenaira
au tèmps deus reis volures los reis deu Hred
los avetz alavetz sagnats a Ibañeta a Urculú
e que me'n anavi demiei arrosèlas
èratz totas arrosèlas
que'n aví dinc aus jolhs que'n aví dinc au còr

gasconaralha bascoralha quaus silencis
lo desser que careça l'esquía a las costaladas
e las aigas dab eths que se caran
lo silenci que poja deus vaus escurs e hons
dab lo silenci de las vielhas tracas tracadas
se'n sovienen e se'n sovienen pas
de sas guèrras bèras de d'auts còps
que vau jo au demiei deus sègles e me brombi
deus d'auts còps - bascoralha gasconaralha
caratz-vos mès irrintzinà
que sui jo de las pèiras

LAS PÈIRAS
lua tu lua a la mar espècia
e petalas a las nòstas montanhas
dont hèis las pèiras peirificar
quan dijà los joens sants de Valcabrèra espelissen
de las pèiras avant e fructifican
los ventes saures d'Altamira
e los esperits sonòres d'Oxocelaia
e se hauçan las arròsas deus Mallos de Riglos
devaris lua e didis devath tèrra a las nòstas dotz
qu'es estiu qu'es tèmps cabelhar
com cabelham nos a Ibañeta

tu la lua d'en devath
dont hèis saunejar los mòrts
hècis los saunejar de nosautis
e lusir de las nòstas hèitas
entà singuin contents e los apatzis pas

Les Pyrénées.
A.S.

que leurs songes plutôt croissent comme des halos
qu'ils songent d'un peuple de pierre
descendance de leur descendance
et qu'ils soient songe en Dieu

lorsque tu passeras à Iruña
la Pampelune sainte aux cent cornes de taureau
ne la console pas
tempête du nord a dispersé ses murailles
de ta lumière du midi elles se rebâtiront d'elles-mêmes
et dans ses rues maintenant livides
ne permets qu'aux chiens de pleurer vers toi
les pierres vont germer
récolte de jeunesse toujours renouvelée
sur les vallées sur les côtes sur la houle
des montagnes depuis le ruisseau d'Arga jusqu'à la rosée
d'Ibañeta

LA LUNE
voici que la terre enchante la nuit
votre parole charme mon ciel

mès sons sauneis que vienin màgers com barams
saunegin d'un puple de pèira
los sons arrehilhs d'arrehilhs
e singuin un saunei en Diu

quan passis tu a Iruña
la Pampeluna santa deus cent còrns de taur
la desconsolis pas
ventena de Bisa qu'a sas murras esparejadas
de ta lutz de Mieijorn se van arrebastir d'eras avant
a sas carrèras adara blasidas
dèishis plorar de cap a tu sonque los cans
las pèiras que van sitoar
mèssa de joenèssa nava enqüèra enqüèra
aus vaus a las còstas a las memèras
de las montanhas dempús l'arriu Arga a l'arrós
d'Ibañeta

LA LUA
a la nueit la tèrra que l'encanta
vòste parlar qu'encharma mon cèu

« Parlons aussi bien que les vagues »

le transhume
et Dieu piaffe dans ses chemins
comme dans ses vergers de blancheur
sa volonté nous parvient de par vous
sa volupté se lèche les lèvres
de par vous engeance gasconne basque savoureuse
de bataillement
pierres fidèles tribus fidèles goût
de pain
on peut se fier au pain
et à vous jambons issus de la mer
salée - pierres et rochers vous les ombres
piaffées
mes pierres ma rosée
"mes peuples ma fidélité" c'est du moins ce que pense
Dieu cette nuit et moi je le sais
"race mienne de bataille à tout jamais"

or il arrive éclatant plus éclatante que moi sa poitrine
il nous arrive le maître de bataille
des vallées ténébreuses et des eaux courantes
des plaines moissonnées
celui que l'on appelle Loup
le loup qui s'y connaît à courir les côtes marines
et les cols étroits et les plaines à moisson
beaux ses pieds lorsqu'il monte
à Leizar-Ateka

que lo muda
e Diu que champolha dens sons camins
com dens un verdurèr blanc
la soa volontat que nos arriba de per vosautis
la soa voluptat que se lèca los pòts
de per vosautis gasconaralha-bascoralha sabrosa
de batalhar
pèiras fidèus tinèus fidèus gost
de pan
que se pòden hidar au pan
a vòsts camajons sortits de la mar
salada - pèiras peiròcs vosautis ombras
champolhadas
mas pèiras mon arrós
"mons puples ma fidelitat" çò se pensa
Diu anueit jo qu'ic sèi
"gent a jo de batalha a tot jamèi"

mès qu'arriba lusent mèi que jo son pietarau
nos arriba lo mèste batalhèr
deus vaus tenebrós avant de las aigas a córrer
de las planas segadas
lo dont apèran Lop
lop dont sap galopar las còstas de la mar
e los còths estrets e las planas segadejas
sons pès mèi bèths quan pojan
a Leizar-Ateka

Aliénor

Inédit. Extrait Théâtre.

Il ne reste d'*Aliénor* qu'un brouillon en français. Le texte avait initialement été écrit en occitan à l'occasion d'une commande. La légende raconte que le manuscrit a brûlé, comme cela arrive quelquefois dans les Landes.
L'histoire commence à la fin de la vie d'Aliénor d'Aquitaine (1122 - 1204) après qu'elle ait été emprisonnée par son deuxième mari. La pièce raconte la vieillesse et la déchéance d'une femme au destin exceptionnel : fille du duc d'Aquitaine, reine d'Angleterre, épouse de Louis VII qui la répudia, mariée quelques semaines plus tard avec Henri Plantagenêt dont elle se sépara pour tenir sa cour à Poitiers, entourée d'artistes et de troubadours, dont le célèbre Bernard de Ventadorn. Femme terrible, immense diplomate, " grand-mère " de l'Europe, elle perdit tous ses enfants, dont Jean Sans Terre et Richard Cœur de Lion, avant de mourir. C'est le parcours vers la sainteté de ce personnage hors du commun que Bernard Manciet a voulu retracer.

EXTRAITS DE L'ACTE I

ALIÉNOR, GAVESTON.

Au cours de la première scène, Aliénor accostant aux rives de son pays par un fort mauvais temps de pluie, évoque son passé de prisonnière et son désir de bâtir un empire. Gaveston, son amant devin, est auprès d'elle. Gaveston apeuré par le gros temps vient se réfugier tout contre la reine.

ALIÉNOR - Tu ne dors pas, beau Gaveston ?

GAVESTON - Je tremblais pour ma reine.

ALIÉNOR - Ta peau subtile, enfant, de musc diffuse
et de hareng, lisse comme une barque effilée de Bayonne,
pour elle tu crains et je la ferai jeter aux forces de la mer.

GAVESTON - Les désirs d'Aliénor, je le sais, jamais ne reviennent sur leurs pas.

ALIÉNOR - Regarde : déjà les vagues blanchissent de ta glissade.
Il te sera doux de finir dans toutes leurs feuilles tremblantes,
avec les dieux balbutiés et craintifs de tes prophéties.
Tu ne connais pas, doux charlatan, la peur solide,
cette pierre qui remue au cœur des rois,
ce pilote des rois dans les houles abracadabrantes.
Toi qui prétends discerner les durs présages,
toi que je fis - à quel prix ! - enlever à nos plages
divinatoires, crois-tu que les reines ne réclament pas leur salaire ?
Dis-moi, précieux Gaveston, qu'as-tu vu ?

GAVESTON *(qui dessine dans l'air)* - Je ne vois rien.

ALIÉNOR - Qu'on rejette aux poissons le devin sans esprit !

GAVESTON - ... J'ai vu deux rois morts, une reine scellée.

« Parlons aussi bien que les vagues »

Aliénor au tombeau.D. R.

ALIÉNOR *(ironique)*... - "deux rois morts et la reine leur épouse
emprisonnée, emmurée"... ah parfaite
implacable prédiction, en effet,
et contagieuse dont me voici sibylle nouvelle :
"j'ai vu une belle cavale d'Aquitaine
nommée Aliénor, et qui ruait dans les étables
appelées France, et qui courait avec les chevaux du [désert infidèle,
et toute la chrétienté l'entendait hennir,
une jument sauvage, née sur les dunes,
duchesse d'Aquitaine par la bénigne grâce de Dieu,
mais que dans sa colère il fit duchesse de Normandie,
et reine d'Angleterre dans sa fureur ,
pour que recluse, à l'ombre d'un cheval roux et obèse,
elle subît, le frein serré, treize années de mangeoire.
Mais ils sont morts, les geôliers, les rois,
Et cette mer, pierre de touche de mon âme,
Aliénor, libre, et plus farouche et plus blanche, de ses [fers
la piaffe comme un gué." Voilà ce que j'ai vu.
Ai-je bien, Gaveston, vaticiné moi-même ? Trop savant
à prédire le passé, que par dessus bord
soit renversé le visionnaire
de ce qui n'est plus !

GAVESTON, *(qui s'agenouille en cherchant des signes autour de lui)*. - Je crois voir...

ALIÉNOR - Non pas voir,
mais entrevoir, il faut entrevoir. Que soit délesté
le navire rêveur de ce mauvais rêveur !
(Elle le prend par les cheveux).
Nuque déjà noyée, nuque tambour de mort,
nuque enfin stupide, nuque bouclée,
retournée en regard comme un gant,
entrevois Gaveston, - il faudra donc qu'on te crève les [yeux
sur la mer éclairée d'écume - se tricoter
le grand destin d'Aliénor.
Vas-tu, à la fin, me prophétiser ? Qu'on le livre
aux chiens des vagues, mes chiens qui chantent [à sa place !

GAVESTON - Je commence à distinguer comme
une nuit plus opaque.

ALIÉNOR - Prononce : laisse prononcer ta haine.
Me hais-tu bien ?

GAVESTON - J'y tends de tous mes efforts.

ALIÉNOR- Te pendre donc. Dans ta gorge, pourtant, le sang se met à roucouler.

GAVESTON - Il monte de mes poumons
comme des hoquets de voile
comme un lever de jour dans les tribus
quand elles vont parler,
et qu'une tourmente commence à tourner sur elles.

ALIÉNOR -Tes yeux tournent. Il faudra te les enlever.

GAVESTON - Goulus, certes, les yeux, mais ma nuit attentive
à ce bizarre tour que fait, couverte de nuages, une moitié du ciel ...

ALIÉNOR - Continue. Dis-moi que je suis cette tourmente.

GAVESTON - Je dis que son ombre passe sur le fleuve arrondi de l'océan.
Et dans l'autre moitié, toutes ces mouches brillantes qui [se perdent
j'affirme qu'elles portent des noms de peuples et de [nations.

ALIÉNOR -Parle encore. Dis maintenant que c'est moi leur malheur.

Gaveston - Maintenant la mer, il semblerait, penche
et la nuit toujours s'épaissit.

ALIÉNOR -Assurément, sur ce cou délicat
la tête penche.
D'un prophète fatigué
il urge de la détacher exactement.

GAVESTON - Voir, toujours voir sous les paupières,
avec sa lymphe, avec son froid ...
(il reprend sans la gesticulation divinatoire). ...Il me semble...
que le vol d'un oiseau - un épervier, qui sait ? -
se lève à l'Est tournant.

ALIÉNOR - Que disais-je, cette inutile tête lui tourne...

GAVESTON - Ou plutôt, un de ces vautours candides de [Gascogne ?
Il vole avec insistance au-dessus de nous dans le vent clair de Pâques,
à larges et immobiles circuits. Mais ils sont deux,
qui tracent à haute joie ce silence
haussé, et lentement leur ronde, s'inclinant,
dérive vers des rades lointaines, les fins de terre, ou [ailleurs ...

ALIÉNOR - Il suffit. Dors, Gaveston. Va, dors sans larmes. Couvre-toi.

Gaveston se couche. Aliénor lui donne un manteau.

THOMAS, GAVESTON

Thomas réveille Gaveston du bout du pied

GAVESTON - Tiens, un poisson ! Un soulier, un poisson...

THOMAS - Que t'a confié, des enfants toi le plus perfi- [de, la reine ?

GAVESTON - Je dormais, je rêvais de mer, je calculais [aussi ?
Calculais-je ? Mes poissons calculaient en somme...
Car j'aime bien les fleurs, et les poissons fleurissent
dans mes doigts. Leurs yeux, avez-vous remarqué leurs [yeux ?

THOMAS - Qu'avoue-t-elle ?

GAVESTON - Elle voudrait, Monseigneur, me pendre.

© Danièle Cyla

Bernard Manciet sur la gabare
« Les deux frères ».

THOMAS - Certes. Mais quoi encore ? Des pouces écarterai-je tes ouïes ?

GAVESTON - Alors, on ne peut plus parler.

THOMAS - Tes lèvres ?

GAVESTON - Alors je m'endors, et je peux ronfler
[même.

THOMAS - Souviens-toi.

GAVESTON - Mon poisson, de quoi te souviens-tu ?
"Je me souviens de sa chaleur de poêle à charbon."

THOMAS - On prétend qu'elle a des jambes de lamproie.

GAVESTON - On prétend tellement de choses, Monseigneur ...
Elle a peur, et que saurais-je d'autre ? Et vous aussi.
Qu'as-tu dit, mon poisson ? La lune, sous la mer,
mais d'autres disent sous terre,
manque d'air, ou d'eau, et se recroqueville
en prévision du haut mal, quelquefois.
Peut-être encore enfante-t-elle
une fleur, un empire, un poisson aux yeux maquillés,
un empire, un mensonge. Un poisson, pourquoi non ?
Ce frai de regards, de cocardes et de gélatine
un empire flasque - ô ma reine, ô ma ponte - !

THOMAS - Peur de quoi ?

GAVESTON - Toute parturiente meurt et ne meurt,
enfante à mourir, et quelque grand malheur pourrait
[bien naître,
de ses flancs étroits et démesurés ? Quelque Europe ?
Et c'est faire et défaire que tisser une fleur - pardon,
un poisson ! - Non je ne sais plus rien
que son vieux ventre. Et voilà des lunaisons
et des marées, que de là-bas son fils Richard au Cœur de
[Lion,
Richard le mieux aimé, ne donne
plus l'ombre d'un jour ni d'un message. Poisson,
l'as-tu rencontré au fond de la mer ? Et nous sommes
Monseigneur, une nacelle incertaine, sur un empire de
[sommeil
où j'aimerais dormir.

GAVESTON, GEOFFROY, ALIÉNOR, ALONE.

GAVESTON - Madame ! Ho, ma grande Reine ! C'est
[ma chance
d'y voir la nuit, mais surtout aux premières lueurs du jour.
Un poisson, je viens de pêcher un poisson qui parle,
qui chante, qui dit des gros mots comme un capitaine.
Enorme...
Une filadière de Gascogne nous accostant,
il a grimpé à ma corde. Il ruisselle de pluie et de sel.

ALIÉNOR - Quelles paroles de malheur, trop grand
[Geoffroy ?
Mon fils noyé dans les vagues ?
Un roi captif, alors ? ... *(Geoffroy approuve)*
Et c'est combien ? ...

Gaveston tend un parchemin. Aliénor le lit et le tend à Alone.

L'anti - Rimbaud

FÉLIX CASTAN

Félix Castan

© A. Hampartzoumian

Depuis Mistral et la parution de *Mirèlha* en 1859, c'est la première fois qu'un sort est fait à une œuvre occitane dans l'actualité parisienne : d'autres ont paru à Paris, mais aucune n'a fait événement. *L'Enterrament a Sabres*, donné en spectacle au Festival d'Automne à Paris, en est un.

Le but de la littérature occitane n'est assurément pas de déverser ses eaux dans le fleuve parisien. Elle est plutôt de jeter les bases d'une puissante activité culturelle dans ses propres capitales. Mistral a donné un exemple négatif en publiant toutes ses œuvres chez un éditeur parisien. Manciet a publié à Bordeaux son *Enterrement à Sabres*, et les données du problème sont donc bien différentes : qui ferait objection à l'échange de centre à centre ? L'acte de Mistral était centralisateur et contredisait les buts affichés, tandis que l'acte de Manciet est éminemment décentralisateur. Bordeaux reste son chantier, sa capitale.

Une littérature occitane qui ne paraît pas chez elle perd toute crédibilité : elle ne peut alors jouer son rôle, au cœur des foyers interdisciplinaires que le centralisme séquestre. Elle échappe au travail nécessaire d'une Critique proche, engagée à ses côtés. L'action occitane devient artifice, gesticulation nationale ou internationale, ne construit rien...

On a constaté cependant l'infirmité de la critique française devant l'événement. Elle n'a su que faire de cette œuvre qui s'imposait dans sa brutale évidence. On nous parla de l'homme des Landes (pourquoi pas de l'homme des bois ?), sorti d'on ne sait quelle antre de la nature, des oubliettes de la civilisation, étranger à la culture de son temps, aux interrogations de l'époque... Personne, en tout cas, ne voyait en arrière-plan, une seconde littérature, son expérience, ses tensions internes, son actualité, ses valeurs actives. Le responsable de la principale revue littéraire occitane était traité comme un brigand des Lettres. Etrange passant sans précurseurs ni successeurs, ignorant ce qu'il fait, personnage d'une autre planète, dont on peut s'étonner, mais qui n'a pas sa place au banquet. Il est vrai que *L'Enterrament a Sabres* n'appartient pas à la littérature française. Ce n'est pas pour cela qu'il n'appartient à aucune littérature... A cette autre littérature justement, qui a d'autres choses à dire : une littérature antithétique de la littérature française. Quand l'une dit blanc, l'autre dit noir. Quand l'une spécule sur l'œuvre, l'autre spécule sur l'homme.

Et c'est pourquoi les effets qu'elle produit sont spectaculaires, comme le feu du ciel dans un ciel serein. Elle n'arrive pas d'un infra-monde, où la conscience mal réveillée trébuche avec des maladresses de primitif. Elle surgit d'une plus haute conscience, d'une lucidité aiguisée et d'un savoir plus large et plus fort. La

Photo : Félix Arnaudin. Femme sur son lit de mort. éd C.R.L. Aquitaine - L'Horizon Chimérique - Ultreïa PNRLG - Cliché Musée d'Aquitaine, Bordeaux

méditation occitane s'oppose à la "pensée unique", par ses démarches riches et complexes.

Une aventure de l'esprit capable de marquer le siècle, à la condition d'être comprise pour ce qu'elle est et suivie dans son entier développement. Ecrire en occitan ne vise pas à murmurer pour soi-même quelques paroles impuissantes : mais à fournir des exemples de conquête langagière, fondatrice de modernité.

Lisons *l'Enterrament*, qui n'est pas un enterrement, mais un acte de vie... La mort de la pauvresse, de la vieille solitaire du bout du pont, provoque une prise de conscience identitaire dont elle est non l'âme, mais le catalyseur. Un univers se reconstitue au rythme d'une messe des morts. Voilà le thème. Mais quel est le sens ? D'abord établissons la différence d'inspiration entre *L'Enterrament* et *Per El Yiyo*. Le premier construit une plénitude, le second relate le néant. Seul le premier a valeur réellement philosophique -philosophie âpre et polémique, destructrice des fantasmes, des mythes, et même de toute mythologie. Seuls survivent les authentiques " simulacres " lucrétiens. Le poète est là pour en vérifier la dure véracité. Car la réalité n'est pas substance, elle est structure et lois, appel au langage, mais irréductible au langage. Réalité pareille à la langue : porteuse de langage, mais plus profonde que le langage. Seule vitale, présence et mouvance, intimement armée pour dominer le temps et en capter l'imprévu perpétuel... En renonçant à la langue française, Manciet comme tous les écrivains occitans entend faire valoir une autre fonction de l'appareil linguistique. Cette langue étrangement abandonnée des dieux, c'est une méthode d'expression, un autre jeu et d'autres enjeux, non moins exigeants, quant aux significations et à la rigueur. D'autres voies sont ouvertes à l'imaginaire : un changement de langue induit un changement d'optique sur le monde. Rupture d'autant plus évidente, dans ce cas, que le locuteur occitan ne parle pas à partir d'un centre, mais d'une périphérie : il n'appartient pas à la scène parisienne. Paris est peut-être son interlocuteur, peut-être la capitale à laquelle il parle, non le lieu au nom duquel il parle. Ecrivant en français, on n'affirme pas une altérité... Ecrire en occitan, c'est affirmer un destin, une autre littérature, une autre histoire. Confirmer et prolonger une altérité. Concevoir la culture avec d'autres yeux : autre regard, autre vision de l'humanité. Opposer au génie de l'un, au moi qui divise, un génie de tous, qui démultiplie et qui unit. Le poème de Manciet n'est pas exotique, il est totalisant, et capable d'agréger toutes les inspirations, y compris celles qui lui sont contraires.

Gardons-nous de considérer la littérature occitane comme une littérature de repli et de narcissisme communautaire. Elle dit l'ouverture sans frontières. C'est ce qui fait son actualité, en ces temps de frilosités nationales, régionales, ethniques et fondamentalistes. Elle répond aux grandes interrogations concernant le destin de la famille humaine. Elle ne revendique pas, elle enseigne. C'est sa manière d'être elle-même.

Il dépend de la critique occitane que s'élabore une pensée digne de notre littérature. Elle a pris du retard : si elle ne comble pas ce retard, il ne faudra pas s'étonner que la critique parisienne tarde et tente, mais en vain, de la remplacer. Ainsi notre littérature trouvera ou retrouvera sa place auprès des autres littératures. Les œuvres sont là : mais il faut aussi des idées en mouvement autour des œuvres pour les rendre exactement perceptibles dans le panorama contemporain, dans leur sens le plus fort, dans leur fonction historique.

Découvrir Bernard Manciet, c'est prendre le large, vers les terres de l'avenir : un contre-langage exemplaire, face à une poésie française placée depuis un siècle sous le signe de Rimbaud. Il occupe le continent inexploré de la fidélité, de la responsabilité et de l'indocilité tout à la fois : l'anti-Rimbaud. *L'Enterrament* est l'antithèse du *Bateau ivre* et de *la Saison en enfer*. Un imaginaire libéré sans dérèglement des sens.

20 juin 1997

« Le ciel de Sabres brille comme une chaudière »

PHILIPPE GARDY

Somptueusement publié pour la première fois dans son intégralité en 1989 par les soins de la maison d'édition landaise aujourd'hui disparue Ultreïa, L'Enterrament a Sabres renaît donc de ses cendres en cette fin de 1996 : sous une vêture plus sévère, qui semble vouloir discipliner (trop peut-être ?) le foisonnement formel de ce qui demeurera probablement le grand œuvre de Bernard Manciet, cette nouvelle mouture permet enfin à ceux qui en auraient laissé passer la publication initiale de se (re)plonger dans l'océan illimité d'une parole unique.

L'Enterrament ne peut pas ne pas frapper de plein fouet tous ceux qui se hasardent à en franchir le seuil : jamais peut-être autant qu'à son sujet la formule de " livre-monde " n'a pu être plus adaptée. Car pénétrer dans ce livre, c'est, à partir de l'instant où l'on a commencé à se laisser prendre par son mouvement initial, n'obéir plus qu'à la force de ce mouvement, et sans relâche désormais se perdre et se retrouver au gré des montées et des descentes vertigineuses de la voix. Ou plutôt de " toutes ces voix ", de cette polyphonie à la fois rude et savante, qui proclame sur tous les tons la grandeur cosmique de cet infiniment petit que résume le bourg landais de Sabres avec tous ses habitants rassemblés autour du corps de la Dauna désormais morte. (La Dauna : la Dame, que Manciet, dans sa version française, appelle la Donne, à l'occitane, pour mieux conserver à son nom toute la noblesse de ses résonances familières ou lointaines) :

> Era dont era anava nega hòrta de darrèr sons pès
> la Dauna nòsta qu'es mòrta qu'i metó pro pau
> [sa...
>
> Celle qui n'avançait que derrière ses pas
> la dure sombre est enfin morte notre Donne...

Ainsi commence, comme un chemin que l'on peut enfin parcourir jusqu'à son terme au pas de charge des mots en quête de leur ordre le plus haut, la liturgie manciétienne. Entre La Levée du corps (La livada deu còs) et L'Ensevelissement (La sepelida), en seize stations et cent trente et une respirations, autour du corps présent de la Dauna retentissent les innombrables échos du monde. Le petit monde de Sabres, le microcosme, et le Grand Monde, le macrocosme, dans une succession fulgurante de va-et-vient qui sont autant de courts-circuits et d'arcs électriques tendus entre les mots et les êtres.

A chaque instant, dans cet Enterrament aux dimensions de l'univers, le gascon de Manciet parle en langues, projette toutes les langues à la face du Ciel. A partir d'une seule d'entre elles, la plus petite, la plus obstinément locale, et parfois locale — il faut en louer l'écrivain — jusqu'à l'acharnement poético-thérapeutique le plus exacerbé, le discours du poète devient la somme et la multiplication de toutes les autres. On songe aux exhortations d'un Edouard Glissant, dans sa récente Introduction à une poétique du divers (Gallimard, 1996), " à écrire en présence de toutes les langues du monde ", non plus, donc, " de manière monolingue ", mais bien plutôt en " déportant sa langue, en la bousculant non pas dans des synthèses, mais dans des ouvertures "... Dans L'Enterrament a Sabres, cette ouverture définit la parole poétique et en limite sans relâche les dérives et les retentissements. Le gascon du village landais, sans rien renier de sa rude ductilité quotidienne, sans rien oublier non plus de son épaisseur historique ni de sa mémoire millénaire, approfondie en puits sans fin de lumières et de ténèbres, n'en finit pas en ce lieu unique de se déchirer, de se tordre, de s'ouvrir les entrailles au grand large de l'océan galactique.

Infiniment, indéfiniment, le vieux monde se pare de jeunesses nouvelles. Les vieux mots se gonflent de souffles inouïs et s'irisent de reflets venus de tous les ailleurs inimaginables. On connaît la " voix " de Bernard Manciet : une voix reconnaissable entre toutes, que Bernard Lubat, parmi d'autres et jusqu'à aujourd'hui mieux que d'autres, a su capter et magnifier à l'aide de sa musique. Or cette voix singulière n'est pas seulement celle d'un parler, le gascon noir de Sabres et de la Grande Lande. Elle est, plus profondément, celle de *l'écriture elle-même, allant chercher, comme le ferait une crémaillère de phrases et de souffles, la matière et le poids des mots à tous les étagements de la parole en mouvement : loin, très loin de nous, dans le temps, et tout près, à notre porte.* L'Enterrament a Sabres *fait ainsi de son lieu de référence une sorte de gigantesque poulie, grâce aux mouvements de laquelle c'est la dérive des mondes que l'écriture parvient à saisir, à remonter jusqu'à nous et, surtout, à rendre sensible, sonore et chargée de sens innombrables.*

Lieu de la fin, L'Enterrament *devient alors celui des commencements, entre murmures et tonnerres, tempêtes et douceurs maternelles. La voix y est donc par définition multiple, comme y est multiple la langue. A cet égard, ce n'est pas à un poème que l'on a affaire, non plus qu'à un ensemble de poèmes, et pas davantage à un chant, un oratorio, un opéra, une cantate, ou une épopée, mais à un Tout-Parole, au déversement sonore du monde fait, se faisant et à faire : entre les commencements et les fins, les bruissements du fleuve vital, captés et retranscrits par la " noirceur " gasconne du maître des mots de Sabres. On lira d'abord, pour s'en convaincre, les premières paroles de la vingt-quatrième station de* L'Enterrament :

De l'ira l'òra
e l'ala...

*Jour de colère
et d'envergure —d'aile...*

pour sentir poindre et se déployer, avant de s'y plonger et s'y perdre, la souveraineté de ce chant formidable et envoûtant, tout d'abîmes et de consolations.

Oui, Manciet fait sans aucun doute possible partie de ces écrivains qui, habités par une langue effilochée au fil du temps mais riche pour cette raison même d'échos et de cadences ailleurs oubliés ou négligés, savent entendre et retransmettre en les rendant ô combien audibles les vibrations de la matière terrestre et cosmique. En cela, on ne peut pas ne pas le rapprocher d'un autre interprète majeur de ce siècle, dans un autre idiome " impossible " et pourtant si intensément présent : le poète lucanien Albino Pierro, récemment disparu, dont Carlo Levi écrivait que son œuvre était " une grande lamentation funèbre [par laquelle le poète peut] se libérer de la mort, fixer un moment précis de crise existentielle totale, de perte d'identité — identité que l'on reconstitue et prémunit contre la mort par le biais de la lamentation, du rite funèbre ". (Voir le fascinant choix de poèmes de Pierro dernièrement — enfin ! — publié en version bilingue chez Orphée/La Différence sous le titre de Métaponte, *traduction de Philippe Guérin, présentation de Gina Labriola, 1996). Assurément, Manciet n'est pas Pierro. Mais l'un comme l'autre appartiennent à la catégorie assez fermée des marginaux que l'ampleur de leur marginalité place au cœur tournoyant du monde dans lequel nous vivons. La Sabres mancietienne est l'une de ces marges - centre, l'un de ces ombilics heureusement cachés par lesquels nous pouvons, quand la parole s'y élève, communiquer et communier avec nos propres abîmes.*

Article paru dans La lettre d'Atlantiques, *publication du Centre Régional des Lettres d'Aquitaine*

La rencontre d'une barbare gourmande et d'un texte

HERMINE KARAGHEUZ, COMÉDIENNE*.

" D'abord j'ai lu à voix haute L'enterrement à Sabres, *au bord d'un ruisseau, dans les Landes. Dès les premiers vers, j'ai tout de suite aimé et je me suis laissée entraîner dans la ronde des temps sans chercher à comprendre toutes les allusions, historiques, païennes ou bibliques qui m'échappaient. J'avais l'impression d'être une barbare foudroyée devant la beauté d'une architecture. Je n'ai eu alors qu'un désir : faire entendre* L'Enterrement à Sabres...
Au cours de mes lectures surgissaient des images d'une mise en scène, réalisable avec trente comédiens, soit une foule, c'est-à-dire les gens de Sabres, qui donnerait l'intégralité du texte, environ quatre heures trente d'une lecture continue. Mais il fallait hélas couper, adapter. Ce qui m'a guidée dans ma sélection, c'est l'envie de faire entendre ce qui m'a le plus " correspondu ", au sens émotionnel du mot, tout en gardant le déroulement du récit.
J'ai fait une adaptation bilingue, occcitan gascon et français. Honneur à la langue du poète ! J'ai tenu à faire entendre et voir l'auteur sur scène, avec la langue dans laquelle il écrit, l'occitan gascon : sa langue maternelle, d'amour et de petite enfance. Je suis arménienne et j'ai été élevée dans l'arménien que j'ai perdu et qui m'a ensuite rattrapée. J'ai donc pu comprendre très intimement les raisons profondes qui poussent Bernard Manciet à s'exprimer en gascon. Quand je pense que c'est la langue occitane qui a donné au français le mot amour et que sans elle nous dirions : " ameur ", comme douleur, pleur et malheur !
Bernard Manciet a accepté d'être présent sur scène à condition qu'on ne le voie pas et qu'il n'ait pas à bouger. Il est donc assis à une table, indirectement éclairé. Pour lui c'est une lecture. La nécessité d'un troisième acteur s'est rapidement imposée. L'Enterrement à Sabres *est un cérémonial, et pour ce faire, à défaut d'être trente, il faut être au moins trois. Les deux acteurs théâtralisent le texte. Il y a donc deux espaces qui cohabitent : celui de la lecture au micro et celui du théâtre. En ce sens, c'est réellement une lecture-spectacle.*
C'est une roue de bicyclette qui est au centre de la scénographie. Celle-ci s'inspire du rituel mortuaire enserré dans le texte. Les éléments sont un catafalque, un drap noir, des chaises d'église et la roue. Les images sont venues de façon organique. La bicyclette est un objet très présent dans les Landes. La Dauna *que je joue et qui représente le pays dit : " Je suis la roue de la bicyclette de la lande entière ". La roue est à la fois couronne mortuaire et couronne nuptiale. La* Dauna *meurt et ressuscite dans des noces cosmiques. Le sable que l'on voit sur le catafalque devenu tombe, je l'ai vu dans la partie vieille des cimetières landais sur certaines sépultures. Ces dernières n'ont pas de lourdes dalles de marbre ou de ciment, mais sont simplement recouvertes de sable. Les morts n'ont qu'un peu de terre entre eux et le ciel, ils respirent !*
Enfin je voudrais dire la douceur de Bernard Manciet en scène ...
Habituellement Bernard Manciet se produit avec des musiciens, Beñat Achiary, Bernard Lubat. Confronté à des improvisations musicales, il porte son texte avec force. Au théâtre surtout en poésie, c'est le règne du silence. Certains soirs, il choisissait de lire avec une infinie douceur, que je trouvais très belle... "

A propos du montage théâtral de *L'Enterrement à Sabres*, de Bernard Manciet.
Propos recueillis par Marie-Hélène Bonafé

* Actrice, Hermine Karagheuz a notamment travaillé au théâtre avec Roger Blin, Patrice Chéreau, Laurent Terzieff, Altfedo Arias, Marcel Bozonnet, Claude Confortès, Roland Monod... dans le domaine musical avec Diego Masson, Vinko Globokar, Maurice Ohana, Ghédalia Tazartès... au cinéma et à la télévision avec Jacques Rivette, Jacques Baratier, Robert Kramer, François Billetdoux, Marcel Bluwal...
Elle crée et interprète *Les élégies de Duino* de R.M. Rilke au Festival d'Avignon, écrit *La lune avait l'épaisseur d'un cil* (éditions Lansman), *L'année des Lilas* (bourse du CNL) et a réalisé des reportages pour le mensuel *L'Autre journal* (direction Michel Butel) ainsi que des expositions photos *Ciels* et des dessins *Crises de nerfs et méditation*.

L'Enterrement à Sabres
L'Enterrament a Sabres

Bernard Manciet

Adaptation théâtrale d'Hermine Karagheuz.
Spectacle créé au Centre Dramatique National de Bordeaux
Théâtre du Port de la Lune et présenté
au Festival d'Automne à Paris, automne 96

TEXTE BILINGUE OCCITAN GASCON ET FRANÇAIS
TRADUCTION FRANÇAISE DE L'AUTEUR

VOIX, PERSONNAGES

HERMINE KARAGHEUZ :	la Donne, gens de Sabres, narratrice
MICHAËL CHIRINIAN :	gens de Sabres, narrateur
BERNARD MANCIET :	le poète narrateur, voix en occitan, gascon de la Donne, des gens de Sabres, de Dieu.
LUMIÈRES :	Jean-Pascal Pracht
RÉALISATION ET DISPOSITIF SCÉNIQUE :	Hermine Karagheuz

Pour lire l'occitan gascon

VOYELLES

— **a**, final (a, as, an) se prononce (e). Ex. : Ua filha = (ue fille)
— **e**, se prononce (œ) fermé. Ex. negue = (nœguœ)
— **o**, se prononce (ou). Ex. la flor = (le flou).
— **ò**, (accent grave) note le son français (o).
— **é**, (accent aigu), **ó** (accent aigu) ne se rencontrent que pour indiquer un accent tonique particulier. L'accent tonique est, en règle générale, sur l'avant-dernière syllabe lorsque le mot se termine par une voyelle, ou par -s ou par -n.
— **u**, note le même son qu'en français.

CONSONNES

— **h**, sert à noter la palatalisation (nh, lh). nh = gn français. - lh = ll français. Ex. : filha = (fille) - banhar = (bagna).
— **gn**, correspond à (nn). Ex : signar = (sinnar)
— **ch**, correspond au son (ty) ou (tch)
— **n**, final nasalise la voyelle qu'il suit. Ex. : pan = (pan)
— **v**, est confondu avec b. Ex : vaca = (baque)
— **r**, final ne se prononce pas à la fin des mots. Ex. : dromir= (droumi) - permèr (peurmé)

L'Enterrament a Sabres

L'Enterrement à Sabres

Pendant toute la pièce, les passages en occitan gascon seront lus par l'auteur (Bernard Manciet, **B. M.**).
Une partie de ces passages est reprise en traduction par les comédiens qui jouent uniquement en français (Hermine Karagheuz, **H.K.**, et Michaël Chirinian, **M.C.**). Certains passages en français ne sont pas lus par l'auteur dans leur version originale gasconne. Les versions originales et les traductions sont présentées en regard.
Lorsque rien ne figure dans la colonne en face du texte représenté, c'est que ce dernier contient déjà la version originale et sa traduction.

TRADUCTIONS ET VERSIONS ORIGINALES

... Era dont era anava nega hòrta de darrèr sons pès
La Dauna nòsta qu'es mòrta qu'i metó pro pausa - adara
qu'i èm e que se la pòrtan a l'enavant
tres guèrras quant de mascles perits s'aver vist
14 e 18
los pedalièrs grans d'alavetz lo cròme de las eolianas
peugues com lanas restamadas
après 18 qu'i vienó sobta l'electricitat
La pòrta deus enterraments la gran
pòrta deu miei s'òbra deus òs
lo menudèr lo Coacòt e lo Larriu-Vaca pensatz donc
très vint e detz liuras d'òs - e enqüèra - s'es ua carga
aquestes òs dont los esbrigalhès que te tremautin Senhor mon Diu
Son tots vinuts los Sabres los tòrts los coarres los curans
los en autò
Calóm emprontar aus Liglons un susari negue de mèi
qu'i a
lo deus mèstes lo deus praubes lo deus vesins
e s'eslaishissen au só
lo deus mèi coarres que los coarres dab
aquera pluja se va trempar qu'es de dòu har
e mortuàrias las lanas d'ectaras
que se ne van dab eths com ratjs com continents
mon Diu se'n meten pausa a har chic de camin !...

TEXTE REPRÉSENTÉ (bilingue, occitan gascon et français)

1 LA LEVÉE DU CORPS
(LA LIVADA DEU CÒS)

Les gens de Sabres, bourgade des Landes, enterrent une des leurs, la vieille Dauna, *La Dame, La Donne. Elle incarne la Lande. Devant le rideau de scène, une femme vêtue de noir, en voile de deuil, annonce la mort de la* Dauna. *La geste d'un peuple en quête d'un dieu qui se dérobe, commence.*

H.K. - Celle qui n'avançait que derrière ses pas
La dure sombre est enfin morte notre Donne
l'affaire est bien conclue on l'emporte elle a vu
trois guerres et tout plein de mâles gaspillés
parlez-en la guerre de 14
ô pédaliers d'alors ô chromes d'éoliennes
ces hautes mers comme des landes rétamées
parlons-en parlons-en de 1918
la porte sombre s'est ouverte à deux battants
à deux battants la porte des os s'est ouverte
menuisier maquignon ils l'emmènent
un poids d'au juger soixante ou septante livres d'os
mon Dieu mon Dieu ces os brisés qui te tressaillent
Sont tous venus boiteux et pauvres et avares
et automobilistes
- nous dûmes emprunter un drap noir supplémentaire
aux gens de Luglon - de ces draps mortuaires
drap des riches drap des pauvres drap des voisins
ils fanent au soleil
drap mortuaire des pauvres entre les pauvres
il souffre de cette pluie et c'est dommage
les hectares aussi mortuaires s'en vont
comme des radeaux comme des continents
Dieu ! si peu de chemin en si longue journée !

L'Enterrament a Sabres
L'Enterrement à Sabres

Le rideau s'ouvre et apparaît la Donne, debout devant le catafalque. L'auteur est à sa table de lecture. Il prononce les premières paroles de la Donne en occitan gascon.

Un catafalque, une couronne mortuaire et des chaises figurent le lieu scénique de l'église, qui se transformera par la suite en cimetière.

B.M. - Brabanada jo que soi deu Senhor
obèrta deu Senhor com vuitèssin un bèth auborn
mon só se perd las soas granas de nueit
mon só va sitoar - e çò que m'arriba adara ?
esclarís-te com lo prigle shens d'esplam
t'estugis pas atau
s'èi jo pecat qu'èra entà véder s'èras just
aqueste tèmps que va cambiar
e hèci jo totjamèi paur ?
- qu'es l'òra d'anar cúlher lo pan -
pr'amor los mòrts serven pas en arren son pas eths
qui te parlin
Senhor mès sonque lo viu viu tirat deu horn
hècis çò que cau qu'a la Sabres eternau
vius síim dens la sacula e la giga deus casaus

... éclaire-toi comme la foudre discrète
ne te cache pas comme ça
j'ai peut-être péché mais pour savoir si tu es juste
ce temps ce temps va changer...

H.K. - le Seigneur me laboure au brabant
il m'ouvre comme une grande chevaine
mon soleil laisse fuir ses graines de nuit
mon soleil va germer - je m'y perds
dis-moi Seigneur si je fais encore peur
à l'heure du boulanger
les morts tu sais ne servent pas à grand'chose
pour Te parler
mais le seul vif du vif de ce four retiré
Il n'appartient qu'à toi dans la peur
de faire ce qu'il faut pour qu'en une Sabres éternelle
nous vivions à vif lorsque dansent sur place les jardins

B.M. - Las causas e los pas la mormorèira los
quintaus de mossèth-lard los òs jolhs de la tèrra
que te laudan com eslombricadas de calor
ni fares plens de pro per la toa lana verificar
mons uelhs dens l'espés qu'i tròban ton eslèr
ont poirí te húger e m'encorcochoar

... Les pas des choses leur murmure les quintaux
charnus par les séjours d'os de cette terre
te sont louange on dirait des éclairs de chaleur...
... les pleins phares pour vérifier tes landes
ma vue dans les épaisseurs trouve ton éclat...

H.K. - où pourrais-je fuir où pourrais-je m'acagnarder

... les pas des os les pas des gens te sont louanges
les landes sont couvertes de nos marches forcées
j'entends l'ombrage de midi parlerde toi
Seigneur trop hautement accru sur tes cuisses
par masses par quintaux louange des citernes...

B.M. - los pas te laudan los pas deus òs deu món
cobèrtas las toas lanas que'n son
qu'enteni l'ombrèira de mieijorn ralhar
de tu tròp en haut prabat dessús las toas cueishas
atau com a bèths quintaus te laudan las citèrnas

... jo te pregui pas d'arren sonqu'a mieijorn m'ombrègis
lo caire tisturaire d'un praube larèr...

H.K. - moi je ne te demande que l'ombre à midi
ou les tisons du coin du feu le plus humble

... sinon je saute comme l'enjoliveur
pour t'emporter dans sa louange...

B.M. - autament me harèi sautar l'enjolivaire
entà laudà't e se te'm pòrti

... 14 e 18 e en 36 benedit
singui aus ostaus tots lo Senhor
e dens los siin qui siin au ras de jo
a ras de cèu deus crums mons ras de tèrra
mia los dont son mons
a ras deu nòst labar
e dens los mòrts dont a jo son
a ras de vènt
aus quartièrs benedit lunh a ras de la mòrt
d'ací los a ras d'estranglà's qui pensan
pr'amor los ac èi tot panat los qui se'n veden
las guerlehèras
Eth qu'es eth e digun autament pr'amor qu'arrevira
e que palavira la tèrra de las ancas
a trucs sii benedit
a horcas : que nivan
a bohets de la sèga dont se nos ahuman
las lagostas a crums dont se nos chapan
linçòus e tot aus cabinets
parlam chic parlam plan de jo sii benedit
La Mòrta avalaira d'aquera lana
en 18 e per totjamèi...

H.K. - En 14 en 18 en 36
qu'il soit béni donc et dans toutes les maisons
dans tous ceux qui me frôlent au ras du ciel
de mes nuages au ras de notre terre
dans tous mes gens
au ras de notre alios
dans tous les morts qui m 'appartiennent
au ras de ce vent
dans toutes les tribus qui longent la mort
d'ici et ceux qui rêvent de se pendre
parce que je leur ai tout pris ceux qui pâtissent
dans les derniers râles
lui car c'est lui qui bêche qui retourne
la terre des hanches
béni à grands coups
de ces fourches qui neigent
à grands soufflets de forêt qui nous enfument
par vols de sauterelles qui nous dévorent
jusqu'au linge des armoires
en résumé béni de moi
la Morte qui avale ces landes
en 18 et à jamais

B.M. - E la cadeira e la chinhòla
lo virvòc e lo trabuc
ò la Desflaütada

... La chaise la carriole
la culbute le faux-pas...

H.K. - ô Démantibulée

... de l'une à l'autre épaule
des fleuves de désert
ô Roulis ô misaines
et voiles de clartés

B.M. - de l'umba l'ua a l'auta
deus flumes au hèrm-miei
ò Rulís ò misanas
e velas sus clarors

ô Roulis Notre Donne
vieille très lentement
peuples et mer la plaignent
et les contre-feux blancs
doux au petit matin
le porche s'en éclaire
les fossés dans l'église la secouent
de février et les portes grincent
les pentures au ciel
la Morte est sur la table,
une fille pleure...

... des incendies s'allument
tout seuls ascensions
par des ascensions innombrables
l'innombrable sur ce pays
tout autour de ce cœur noir
langue noire dans le cœur...

ò Rulís nòsta Dauna
vielha tan lentament
la gent com la mar que la planhen
e los vira-huecs blancs
los tan doç a l'aubèla
lo porialet se'n enclarís
los barrats a la glèisa la segotissen de heurèr
que'n carrincan las pòrtas
au cèu las bartavèras
La Mòrta atau dessús la taula
ua gojata que plora
"ac sabí pas pusquèssi har plorar"
pès de huec e pès de huec que s'avitan
d'eths avant e se hauçan
quant que se hauçan
quant qu'es sus nòst païs
autorn d'aqueth còr negue
lenga nega au còr hens

H.K - "Eh quoi je fais pleurer"

B.M - Balhis-li de ta lutz la ventenha Senhor

H.K. -Accordez-lui Seigneur tempête de lumière

... tourbillon de poussière sur le terrible champ
de seigle accordez-lui l'été
de vos outillages dévorée
vos machines-outils
ô Seigneur Concasseur
et des midis la cité
fonctionnante
ce sang tournant, qui revientd'Ouest en Est
pour nous servir d'éclairage
tissant le Nord d'ainsi rutiler...

B.M. - balhis-li l'estorbalh de la prova au pauruc
deu blat e l'estiu
te la chapis de tas maneitas per tas maneitas
tu Concassaire
tu Ciutat
de mieijorns lo fonccionament
las sangs viradas s'arreviran de capvath a capsús
nos hècin lutz
qui teishenan lo Bisa de
tau eslamat

... e de la nòsta Dauna vielha Dauna
de la batusa de sons òs
qu'en sii lo Senhor esmonat s'es tan shord]
[Eth com lo sanglar vielh nos arriba dessús
que li vam au davant amassa com la gresilha
entà que nos agi pietat
nos vira dessús com la guèrra
nosautis que li viram nòstas bocas de crits
nos arriba Eth dessús com un empontament

H.K. - que de notre Donne notre vieille Donne
par la batteuse de ses os
soit réveillé ce Seigneur qui fait le sourd
Comme le vieux Sanglier il arrive sur nous
nous allons au devant de lui tous ensemble comme la grêle
pour qu'il nous prenne en pitié
il tournoie au-dessus de nous comme la guerre
et nous tournons vers lui nos bouches nos cris
il arrive sur nous comme un échafaudage

que li vam nos dab nòstes tropas de mainatges
dab lo nòste Eishentau nòste escobalh la nòsta Mòrta
davant e nòstas mulas e nòstas esquiras nòstes tucs
mès shens de nos pressar entà que nos agi pietat
e dab las plujas ancianas nòstas au cuu «E çò que t'èi hèit»
çò ditz «lo mon puple» quan nos veid atau dab la nòsta monaca
los parsòls blus de lana estacats darrèr l'esquía
dab nòstes mòrts los aücats de tota pluja avant
nòsta monaca que hombeja la nòsta Dauna
la nòsta truca
e que lo shiulan nòstas vielhas baròcas de dus dits
qui nos seguissen en bèth possar lo velò
entà nos agi pietat a la lana...

et nous allons au devant avec nos troupeaux d'enfants
avec notre Epouvantail notre balai de four notre Morte
avec nos mules nos sonnailles nos dunes
sans hâte afin qu'il nous prenne en pitié
et suivis par les antiques pluies "Et que t'ai-je fait"
dit-il " O mon peuple" quand il nous voit portant notre mannequin
avec nos parapluies bleues en bandoulière
avec nos morts rappelés du fond de toutes les pluies
notre mannequin notre pauvre Donne titube
elle notre sonnaille grave
et nos vieilles femmes contrefaites sifflent entre deux doigts
nos vieilles qui nous suivent en poussant leur vélo
afin qu'Il nous prenne en pitié sur la lande

... le vent de lande aime
prononcer les liaisons
et les scieries au loin
or pour toujours l'on attendra la paye
et les pieuses
et les aïeules noires
les bien peignées
vieilles au delà de tout ce qu'on imagine...

B.M. - Kirié vènt de Bisa la marmusèira shens de nada fin
emé las ligasons d'ua huelha d'arcacià
Kirié lunh las segarias
shens de jamèi de paga d'ara avant
e las devociosas
las ajòlas negas
las plan pientadas
ancianas com jamèi ac poiràn pas saber

H.K. - les Kyrié du vent de Nord les murmures interminables
Or Dieu s'est fait refus dans l'obscurité
" Donne-lui ta lumière sans fin "
Disait la nuit la forte la douce la plaintive

... Diu voló pas escotar e d'un còp qu'estó nueits...
... balhis-li lutz lusenta
atau ditz la gualharda la doça planhaira la nueit...

2 LES MORTS DANSENT (LOS MÒRTS QUE DANÇAN)

Les voix annoncent successivement en oc et en français : " Les morts dansent ". Violon (musique traditionnelle arménienne). La comédienne a saisi un miroir et voit la scène " à travers le miroir ".

... De díder que de non en çò que serv? qu'es ua
pichòta nina - ò mon Diu qu'es la mia de
nina mon Diu hècitz que non - ve'n pregui
que jòga apelhada de blu sa pelha blura de
la hèsta con cotilhon amidonat - entre los dits
- que dança a la plaça gran la plaça seca
deu Lemée- soleta n'i a pas digun autament -

H.K. - Mais à quoi bon Seigneur contester avec toi
c'est ma fille c'est ma petite fille - faites que
cela ne soit pas s'il est possible s'il vous plaît
elle joue et sa robe du dimanche bleue
et son jupon amidonné très lentement
entre deux doigts sur la place de chez Lemée
la grande place desséchée il n'y a personne

se n'arrid s'a perdut ua anglesa deu peu -
e lentament dehèt lentament ua grana madama
dab - me la sui avisada avisada qu'es la
nòsta mòrta - ua pelha longa lissada nega
de las vrèspas - que s'aclina de cap a la nina -
e que se'n va dehèt lentament dab la gojatina
l'a pressa per la man - e mieijorn qu'es e
qu'i hèi só...

elle est là toute seule à danser elle rit
d'une de ses anglaises déroulée
lorsqu'une dame grande lente très lente
c'est notre grande Morte je l'ai reconnue
longue robe des vêpres noire repassée
vers sa tête se penche
et s'en va lentement avec l'enfant ravie
elle l'a prise par la main
et c'est midi c'est grand soleil

... Fini le jeu. Pourtant l'aveugle à Lesgoadies
est sorti vers les cercles du Seigneur cette nuit
il frotte son archet longuement sur le violoncelle
qui n'est pas
et son archet encore moins...
... il joue le continu du vent de sable...
... " que je passe, Seigneur, cette nuit sans péché»
le ciel est un œil blanc désert
et cette nuit débordante de joie brumeuse jamais
vous ne me ferez croire que les astres ne naissent
de la joie spirituelle — le vieux roi près de son gril
dans l'odeur des côtelettes
avec son enfant préféré tout proche—il lui parla de ces domaines vivants
d'où nous venons comme on sort de la nuit
et des sanglots liquides qu'on prendra pour des souches aériennes
vrombissent les étoiles de la terre
comme des souches leurs pleurs comme on pleure en dormant
—" archet de mon idée Toi
qu'on ne peut nommer toi nautonier
qui avances sur ces vagues au milieu des joies qui te tournent alentour
et pleurs comme des souches notre Donne et la nuit pleine d'aube
et la nuit d'aube la console "...

B.M. - S'acaba aquí lo jòc mès a las Esguadias l'òrb
entaus òrbis - Senhor nòste - sortit qu'es dahòra e que règa
pausa enqüèra sa violoncilha e ne n' a pas nada
e mau sii arquet
e règa e jòga de contunha a vènt de sable
"passi mon Diu shens de pecat aquesta nueit"
qu'es un uelh blanc lo cèu shens d'arren dehens
aquesta nueit plenha d'ua gai embrumada me haratz pas
jamèi créder los astres ua tanta ajor en vadin pas de gai
esperit - lo rei vielh dont hadè gresilhar las costilhas
dens l'aulor
dab lo son poth au pè li parlava d'aqueths maines vius
d'ont èm sortits com sòrtan dens la nueit
e deus gorgolhs en haut com trocs
vorromban las estelas de la tèrra
com trocs los plors com ploran en dromint
- «arquet de mon irèia Tu
dont te vulh pas díder qui - lo naulèr
que vas dessús aqueras andejadas au vareit de las gais dont se t'amiroan
e plors com trocs la Dauna la nueit e l'auba a la nueit d'auba la desconsòla»

H.K. - Fini le jeu

La comédienne se rapproche de la table de lecture.

3 DIES IRAE

Les deux voix, dans le même espace sonore.

**B.M. - De l'ira l'òra
e l'ala
d'un còp lo sable
lo nòste eslòrer
perpèras e lagostas e liris
la lana es liri
mèste nòste lo sable
qu'i hèi lana
d'ala
de la gai l'ira
e d'estanc l'ala
l'òra d'aplaudiment**

H.K. - Jour de colère
et d'envergure - d'aile
soudaineté du sable
où nous autres la floraison
par paupières et sauterelles et lis
la lande n'est qu'un lis
et le sable notre maître et seigneur
il fait lande
d'aile
de la joie la colère
et l'aile d'attente
jour d'applaudissements

**B.M. - a bècs bècs a milèrs
l'ala sancèra
e canèths fosforics
e lagüas de pols
deu s'espiar adarron desplegadissa
e tremblenta
d'electricitat que chorra
ahonilhaira de nueit
e qu'i hèi sable qu'i hèi lana**

... par foule de becs
toute entière l'Envergure
plumes phosphorées
et lagunes de pulsations
de regard environnée elle s'ouvre
en tremblant un peu
et ruisselle d'électricité
et s'enroule nuit
il fait sable c 'est lande...

**... e nosautis los vius demiei nos vribadís
n'èm dijà harts d'arrevitar
ò gent de tota lana ò s'èra aquò**

H.K. - et nous parmi nous vivants vibratiles
nous déjà excédés de ressusciter
- c'était donc ça gens de tout désert

la nòsta joenessa los magnifics

que notre jeunesse que nos magnifiques

los pecats davant la mostaisha deu diu?
los mòrts quan dens nosautis pojan
dens los mòrts ?
au permèr jorn deus jorns que se'n torna la lutz
a còps de batalhars de descargar cargar
aus crums secadís
e sòs desfaçats de sa Fàcia
Audiéncia sii Estats singuin vòlem estar jutjats
sus la lana de pas contestar...
... truca l'Armand l'Armand deu Malichèc
suu tambar...
... truc e truc lo Malichèc l'antic
e un nin que ploriqueja dens la glèisa
que los apèra aus òs deus òs a la niu deus òs
los mòrts los sucrats los verts e los colindras
per gusmèras per tinèus per Lesguarradumis
e de darrèr avant sons escuts sas tèrras estujadas
e sons vènts sas bastumbadas de vacas d'aulhas
e de pèrlas coronas los nòstes praubes querubim
tots nòstes cròfes sobterrencs de muscles musculats
e nòstes hèrms nòstes estanhs perperejaires
ont semièm nos a gèstes de sègles
òs e òs shens de nada esperança - l'Armand
los truca en hòra qu'es cèu mecanic
lo bèc hèi ala
dens lo nòste medoth de tèrra e d'òs
i hèi eslombric
quan donc a la cadeira s'assèita l'Eslombric...

péchés devant la face de Dieu ?
c'était donc ressusciter - lorsque les morts en nous remontent
dans les morts ? -
au premier jour des jours la lumière retourne
par batailles par chargements et déchargements
dans les sécants des nuages
et les soleils effacés de sa Face
que soit l'Audience que soient les Etats nous demandons notre
jugement
sur cette lande irréfutable
Armand Malichecq cogne le tambour
Armand Malichecq l'antique tambour de ville
- or un petit enfant pleurniche dans l'église -
et il réveille les os des os la neige des os
les morts les sucrés les verts les groseille
par pelotons par lignages par Lesgoirrées
et derrière eux leurs sacs d'écus leurs cadastres secrets
et leurs coups de vent remue-ménage de vaches et de brebis
et perles en couronne - nos pauvres chérubins
et nos coffres enterrés de muscles et de forces
et nos déserts et nos étangs batteurs de paupières
où nous avions semé à grands gestes séculaires
des os et encore des os sans espérance
Armand Malichecq les appelle : venez dehors !
le ciel se fait mécanismes le bec se fait aile
et dans nos moelles de terre et d'os
il fait éclair
lorsqu 'enfin s'assoit sur la chaise l'Eclair

Une chaise bouge, la comédienne va s'asseoir en face de cette chaise.

B.M. - Sínguim jutjats com diu estar jutjat
vòlem pas nats çò qu'es pas de son
vòlem pas sonque pilhar espelhocar l'Eslombric
e sii cluc - destrigam-nse - metem
los auts puples e planhin e supleguin e revolucionin -
metem las nòstas hemnas a nhaunherar endetant
Eslombric qu'ès un rusat qu'èm mèi rusats que tu
estadit qu'ès las camas Eslombric se te tienen pas mèi
enqüèra mèi estadidas las nòstas com las sasons
e nòsta tèrra de pèiras garnida pòt pas mèi se'n anar
mès totun quilhar que se pòt
qu'as hami e set n'am mèi que tu la tèrra - nosautis aubres
que se chapa la tèrra

... faisons vite - mettons
les autres peuples à gémir à supplier et révolutionner
mettons nos femmes à faire tout le tapage possible
pendant ce temps - profitons-en -...

H.K. - Soyons donc jugés en toute rigueur

L'Enterrament a Sabres

L'Enterrement à Sabres

... «A te dindolar que sui aquí de cuu sus l'altitud
e sas donc tu l'altitud de la hanha ?»
atau se'n va la mair mòrta e après enqüèra :
«dic-s-ic qu'as tu tròp de monde ! mès jo
que rentrèi dens lo còr deu só li anoi dens las
plumas
au còr deus flams deu silenci au susmaut de l'ange
ombras de tot bòrd avant passadas e só viu...

nous ne demandons pas de cadeau
nous ne voulons que dérober et dépouiller l'Eclair
jusqu'à l'os
tu es un rusé ô Eclair
nous le sommes plus que toi - tu chancelles sur tes jambes fatiguées
nos jambes sont bien plus lasses - lasses comme les saisons
et notre terre grosse de pierres ne peut plus se traîner
sauf tout de même se redresser
tu as faim et soif mais alors nous ! - la terre
en est à manger de la terre
"Et moi je reste là sur l'altitude assise
à te bercer mais connais-tu l'altitude de la boue ?"
ainsi parle notre mère morte puis encore :
"avoue que nous sommes trop nombreux à sauver - mais
c'est moi qui rentre dans le cœur du soleil je lui vole dans les plumes
dans le cœur des feux du silence dans l'émeute de l'ange
ombres de tous côtés qui passent et soleil vivant

B.M. - jo jo que t'abracèi que t'abranèi
lo mon sorelh a jo que cherrigós esposèi l'aubre tot
que te pataquèi de blèishas e tu de sensena que m'as vestida
que te cobrii de bluhets d'esperracats
e tu a jo de desolacion
te hadoi chisclar dinc au solèr
en mèi larges sorelhs
e tu que m'esbrigalhès lo còr
aubrars crascaires deu gèure dens jo com la gresilha
que te suslivèi mon còs arrevitat
sus las umbas mas umbas mon sorelh
me cadós dessús e jo que culèi qu'avoi
los uelhs blanquits
e òrb que truqui dens la lutz dab tots mons òs

H.K. - je t'embrassai je t'embrasai
ô mon soleil et tu grésillas et j'épousai l'arbre entier
je te combattis de blessures et toi de pollen tu m'as revêtue
je te couvris de duvet et de déchirements
tu me couvris de désolation
je te fis rebondir jusqu'au grenier
en plus larges soleils
et toi tu me brisas l'âme
des branches qui poussent par craquements de givre en moi
comme la grêle

... Roi qui fait peur Roi tempête dans une rose
Roi de bourrasques dans le soleil Roi paupière profonde d'oiseau
Roi mitraille des grappes de soir Roi
frisé des frayeurs comme un pré de grillons
Roi au-dessus de la dune reculée au-dessus du beau temps
d'absence de mer
Roi sur le ciel noir par excès de seigle et de blé
Roi été plus démesuré sans Dieu
orage de blancheur et de calme Roi
lorsque toutes choses rentrent dans l'orage
dans l'été grand ouvert d'amertume
pour le peupler farouche te peupler plus grand corps et Roi
Terre notre terre des rois des morts royaux
de nos innombrables troupeaux d'épouvantes
de nos refuges au fond du ciel fond de l'horizon
l'horizon de nos feux...

... Reis èram e qu'èm - e nos panèn nòstas aolhas
a nòstas hilhas las i dèn vin e aus hilhs
nòstes cadeiras
e lo nòste aur nos l'an panat en 14
que lis avèm aus reis tot prestat reis de França e de Mar e d'Espanha
nosautis reis enter reis e n'ac an pas tornat
nosautis reis de la lana cobèrta de marescs
de mautons de vacas e de hilhs
nòst' païs qu'està bastit suus huecs
ont nos l'an metut los i avèm prestat lo nòste Diu
ont es Diu sus las lanas ?
de la montanha dinc a la mar qu'am galopat com lo herumi
shens de'u trobar...

... rei lo Chiròc rei lo Pitrène l'ajartaire e rei lo Dupin de Testairosa
se diurén portant créder enter reis -
e eths se'n arridèn

je te soulevai mon corps ressuscité
sur mes épaules toi mes épaules toi mon soleil
tu fonds sur moi et je recule j'ai les yeux blanchis
aveugle je cogne dans la lumière avec tout mon corps

La comédienne recule.

B.M. - Rei - Roi - pauruc rei tempèsta de l'arròsa
rei ventenha dens lo só rei perpèra de garía au hons
rei mitralhat de ser - sas garpas ! rei
frisat de paur com un prat deus griths
rei sus la duna culada e lo tèmps bèth
d'ua absència de mar
rei sus lo cèu negue a fòrça de blat e de hroment
rei l'estiu vien immense shens Diu
auratge de blanc e de calme rei
quant tota causa rentra dens l'auratge
dens l'estiu obèrt gran tant com pòt d'amarum
per puplar-lo fèr te puplar màger còs e rei
Tèrra e tèrra deus reis tèrra deus mòrts tèrra deus reis
nòsta tèrra deus ligòts quantes d'eishent
dens nòstes arrecapts a hons de cèu nòstes huecs a hons de lunh
lo lunh deus nòstes huecs

H.K. - Rois nous étions et l'on nous a dérobé nos brebis
et nos filles on leur a fait boire du vin
à nos fils on a donné des chaises
et l'on nous a volé notre or en 1914
aux rois nous avions tout prêté ceux de France de la Mer ou d'Espagne
de rois à rois et ils ne nous ont rien restitué -
mais nous les rois de la lande couverte de marais
de moutons de vaches et de fils
notre pays repose bâti sur les feux
mais où notre pays ? - et prêté notre Dieu
mais où Dieu sur les landes ?
de la montagne jusqu'à la mer nous avons couru comme les bêtes
nous n'avons rien trouvé

B.M. - a nosautis reis de lana de l'aur d'Auribat deus tinèus

H.K. - à nous à nous rois de landes de l'or d'Auribat de tribus
roi Ramoneur roi Charretier Blasphémateur roi Dupin de Testayrouse
on ne devrait pas faillir à la parole entre rois - mais eux

L'Enterrament a Sabres
L'Enterrement à Sabres

e de cap à Tausiet ostaus vuits e de la part de Lucseir
se'n son tots anats per St-Martin mudaires com plujas
e que mudan los crums e los chivaus de lana e las honts
e mudèra de Diu
totun enter reis e tu sorelh que lusís adara trist
shens de nat creator
los chivaus d'esperits e de vertuts que se'n arriden
la tèrra deus reis cobèrta d'arríder
la lana e las nau lanas de las cantas deus sègles
los reis e los anges apedaçats dab esplingas doblas
e que gaham com s'aviti lo petròli
nos an panat nòste quite praubèr
e nos balhèn regents
qu'atz aquí vòstes sabatons e tornatz-nos los nòstes pès
d'òmes de reis peinuds suu hèrm sec
e tu Rei sínguim amassa sauvatges
reis a har paur
per n'anar au miei deus sègles de la prova deus sègles
horra de sensena jauna un mes de mai
ligòt de reis
deus saures e deus morets - e lo joen lo mèi bèth brun
dab las bèras aurelhas
a totas còstas las lanas las mars
dont hèn dab nos a totas las ventenhas coronas...

ils riaient - et vers Tauziet des maisons vides et vers Luxey
tous s'en sont allés à la Saint-Martin déménageant avec la pluie
avec les nuages et les chevaux sauvages et les fontaines
et Dieu errant -
de rois à rois ! - et toi soleil tu brilles tristement
sans créateur désormais
les chevaux angéliques les vertus se sont mis à rire
terre de roi couverte de rires
les landes et les landes de légendes et d'époques
les rois et les anges rapetassés avec des épingles doubles
et nous prenons feu comme le pétrole
on nous a pris jusqu'à notre misère
et l'on nous a fourni des instituteurs
reprenez vos souliers et rendez-nous nos pieds
d'hommes de rois va-nu-pieds sur la lande sèche
Et Roi soyons avec toi rois sauvages
rois à faire peur
pour aller dans la poussière des siècles
en foule de pollen jaune en mai
troupeau de rois
des blonds et des maures - et le plus jeune le plus beau le brun
... aux grandes oreilles
sur toutes collines de lande et de mer
qui nous suivent couronnes des vents

Les deux voix au micro, dans le même espace sonore. Récit du cérémonial mortuaire. Les mots " insurrection, résurrection " seront dits également en arménien.

B.M. - E qu'i hadó Paraula

H.K. - Ce fut Parole

B.M. - pehoradas las cadeiras per las cadeiras

H.K. - enchevêtrement des chaises

B.M. - e dessús tots passè la Paraula

... la Parole passa sur nous tous...

H.K. - ce furent guerres très grandes de paroles elles passaient
à l'ombre des guerres errantes elles se mirent à un même joug
[de flambée
de colère claire distribuée

... qu'èran guèrras granas e granas de Paraula qui passavan
a l'ombra de guèrras barruècas e s'ajuntèn dens lo medish ahuec
la colèra la clara la distribuaira...

B.M. - com ua caudèra que lusís lo cèu sabròt sancèr
los gojats escarrunhats de lutz e d'arrevitèira
e amassa las lengas perpitava ua medisha medisha
paraula de pols metalics
H.K. - le ciel de Sabres brille comme une chaudière
les jeunes gens balafrés de lumière et de résurrection
toutes les langues palpitaient une même toujours la même
parole de pulsations métalliques

B. M. - la medisha sillaba darrèra d'un mòt enconeishut

H.K. - la même syllabe ultime d'un mot inconnu
et des limites du monde le murmure d'où
arrivent les vagues et leurs effondrements
jusqu'au moyeu d'inversion
de résurrection dans la poussière où s'engendrent

... e de las bondas deu món lo marmús de qué vienen
las andadas esbornacadas
dinc au mujòu enversament
d'arrevitèira dens la prova que s'engendran...

B.M. - insurreccion resurreccion

H.K. - insurrection résurrection

B.M. - de lutz a l'enavant de las escuradas en massas
a fanègas - e qu'èras com la lampa de gas-milh
a sopar lo ser - los ostaus de Sabres enlusits
vedoi hòra de la vita géner las pèiras
Paraula de sensena
sofre d'azur

... lumineuse au devant des masses sombres
en foule — et Tu étais la lampe à pétrole
à l'heure du souper lorsque les maisons s'allument
je vis hors de la vie naître les pierres...

H.K. - Parole - Toi - et semences
soufre d'azur

Musique traditionnelle arménienne. Canone (instrument oriental).

---

4 LES SEPT PAROLES DU CHRIST EN CROIX
(LACRIMOSA - LAS SET PARAULAS)
Retour de la comédienne au catafalque.

H.K. - Jour gonflé de larmes jour de deuil
triste de la tristesse des Sept Paroles
la pluie a cessé et l'on entend ce qui jamais n'aurait dû l'être
et les chiens se sont tus ta place au lit est déserte

... Lagremós dia islat e dia de musanha
e de treishagas - tristas las Sèt Paraulas
cès de pluja qu'entenen çò que n'estar n'ac diu
se son carats los cans ta plaça au leit es vuida

L'Enterrament a Sabres

L'Enterrement à Sabres

Spectacle créé au Centre Dramatique National de Bordeaux/Théâtre du Port de la Lune, et présenté au Festival d'Automne à Paris, décembre 96.

Michaël Chirinian, Hermine Karagheuz

Hermine Karagheuz, Bernard Manciet

L’Enterrament a Sabres
L’Enterrement à Sabres

Hermine Karagheuz

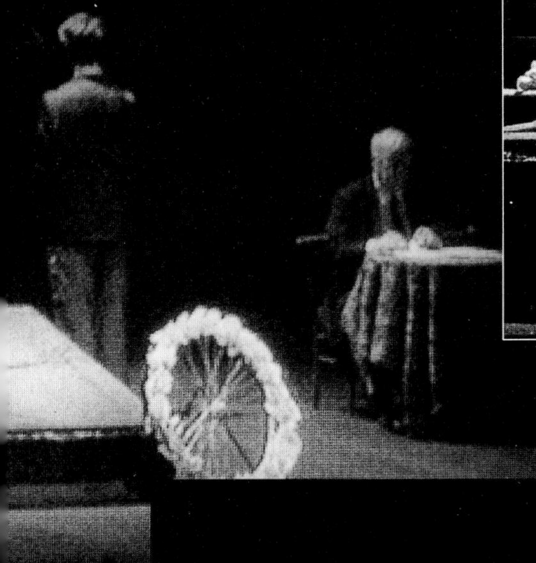

Michaël Chirinian, Hermine Karagheuz

L'Enterrament a Sabres

L'Enterrement à Sabres

**l'arròda de la pluja s'estanquè
la pluja de ta carn que volí díder
los huecs deu ser pausa i a son caduts
e los profètas - que la nueit s'arrevira
entà véder las horras se n'i a pas mèi digun
sonque tèrras amastucadas com gusmèras - que ploran -
ligòts barranadeirs devath l'ala deus mèstes en plors
la nueit dehens sas tutas aquí bordolhs tordolhs
e nods e dolhs e guelhs e l'ajolhat Polari
gran dont lo saben pas digun au son nom
totas las mars tracadas dens las crosquilhas
lo cèu dens nòstes uelhs
e lo jorn dens las suas corriulas
e los nòstes tinèus ancians e los joens com sauts de peishs
dab la hemnalha trucaira d'alas com las garías
dens la toa cara
cara de can negat
au silenci de Diu desdivat de Diu
cara shens lutz saumuc shens de len
a silenci d'estar talament tant aquí
n'ès hart de Diu - mon Diu
n'ès desfaciat
paraula qui pòt pas sortir
un clapat de silenci
davant lo Jutge que te caras Omi rèu
e jo la Dauna vielha vòs que didi ?...**

la pluvieuse roue s'est arrêtée
ta chair de pluie voulais-je dire
les feux du soir voilà longtemps qu'ils sont tombés
et les prophètes avec eux - et cette nuit se retire
pour voir si de ses foules il ne reste plus personne
nous n'avons plus que des terres mal fagotées - elles pleurent
et des troupeaux reclos sous l'aile de leur maître en larmes
la nuit dans ses tanières en grumeaux en fléaux
rien que nœuds sources où l'Agenouillé Polaire
le grand agenouillé dont nul ne sait le nom
tontes les mers retirées dans leurs coquillages
le ciel dans nos orbites
le jour dans ses poulies
et nos tribus anciennes et nos jeunes tribus en déclics de poissons
et nos femmes qui battent des ailes comme des basses-cours
se sont retirées dans ton Visage
Face de chien noyé
dans le silence Dieu dénué de Dieu
et Face sans lumière et sanglot à vide
de trop de silence présence
Tu es las d'être Dieu - mon Dieu
tu en as perdu toute face
parole incapable de te prononcer
et soufflet de silence
devant le juge l'homme coupable reste muet
et moi la vieille Donne que dirais-je ?

**B.M. - Que ditz - a la lutz a la hortalessa la desconsolar
a l'amplor - "Saben pas çò que hèn" - Sabom pas l'espampèira
abriu cabelhiu dont n'enlusís la Prima
ò Cabelh e que piroès la lutz e que pinhès a candelas
las lusors sensenairas a birgats d'amnas a
gresilha sas garbas
e que se nos obrí lo Só
dens pertot cotolius e roishinhós tas blèishas
gargolhs e plocs e bohas deu hanhar
te cau lo limon tot e son lim uelhs barrats
que t'acréishim de hanha
a te har Diu un aute
diu enter-diu**

... gorges et succions taupes glauques des fanges
il te faut plénitude du limon et tu en fermes les yeux
pour t'accroître de fange
un autre Dieu
un dieu intermédiaire...

H.K. - Vous dites, Seigneur - car il convient de consoler la lumière
les forces
et l'ampleur - "Ils ne savent pas ce qu'ils font" - Nous ne sûmes
pas l'ampleur l'amplification d'avril qui pousse ces épis pour
embellir le Temps

vous l'épi et la cime les bourgeons et les pousses en chandelles de pins
l'embellie de pollen sur les vivants à pleines corbeilles
à pleines grêles de gerbes
et le Soleil s'ouvrit
criblé de trilles et de rossignols - tes blessures -

... E que ditz : «anueit seràs dab jo»
«anueit»
E «mair» çò ditz - quan las lèrmas un puple
de lèrmas e devara doç de la dotz hauta au cèu
n'es adocida de sau e l'aiga mèi fina d'i putzar
que derava la dotz a la mair la vestir
la Permèra qu'estó deu saunei concebuda
e deu saunejar gran - puple saunejament - mès aquera adara
abram nau dens abraham de lèrmas
quan la dolor la hèi se'n arríder com a Sarà
quan la doçor la hèi com a l'Agar un hèrm
que nos concep a nos puple inutil hilhs en balas
e inutil saunei
ligòts e hemnumis de dolors de tèrra a tèrra cèu a cèu
l'inutil de la nueit que petrilha
ronda de mar e de nueit arròsa d'adoracion
inutili e
vana que cridas prauba hemna shens de mairona
tu la mainadada de davant l'auba
e que mainadas ua auba inutil
los dius en plors
Benedida siis hemna dens la permèra nueit
per las aigas granas permèras dolorosas...

Vous dites encore : "ce soir tu seras avec moi"
"ce soir"
Puis vous dites : "Mère" quand les larmes
quand un peuple de larmes descend de haute source
plus douce par ce sel plus limpide si l'on y puise
et la source descend pour revêtir la mère
la première qui fut - car du songe conçue
et du ravissement - peuple ou songe mais celle-ci à présent
Abram nouveau par Abraham de larmes
quand la douleur la fait rire comme riait Sarah
quand la douceur la tarit comme Agar au désert
elle nous conçoit peuple inutile fils de vanité
troupeaux et femmes de douleurs d'une terre à une autre d'un ciel à un
autre
l'inutilité de la nuit pétille
arrondie de mer et nuit rose - Rose d'adoration
inutile et vaine et tu cries dans ton enfantement - pauvre femme !
[- sans accoucheuse
toi qui fus enfantée avant l'aube
et qui enfantes des aubes inutiles des dieux en pleurs
va sois bénie femme de la première Nuit
par les grandes eaux les eaux premières des douleurs

B.M. - E la quatau de paraula estó mormore
la pregària com cau deu coishic a la hauda
quan honsa vien la nueit e calma la lampa
"Eli lama sabactani ?"

H.K. - Mais la quatrième parole fut murmure
la prière bien récitée par l'enfant blotti
lorsque s'approfondit la nuit - la lampe est calme
"Eli lama sabactani?"

... e que lo can escota d'ua aurelha mèi hauta
que l'auta los marmús de pertot anueit
seca la nueit e trist lo lugarnar shens de livami
«Pr' amor ac deishès tot atau ?»
Qu'èran camps de bojar enqüèra de maugrat l'escurada
e las mars anueitadas son de traversar lusentas
«Mès qu'ès tròp vielh au cèu e shord e hèis capons»

et que le chien écoute d'une oreille plus haute
que l'autre les murmures de partout ce soir
nuit sèche et tous ces astres tristes sans levain
"Tu laisses tout en plan ?"
quand il faut labourer encore après la fin du jour
et traverser la mer luisante dans la nuit
"Mais vous êtes mon Dieu trop vieux et somnolent"

atau deishudat e s'eniri!...

Il se réveille alors à grand ire

B.M. - "Que vieni

H.K. - "je viens

Alternativement, voix de l'auteur et de la comédienne

... vous visiter de mes galops voici selon votre mérite...

B.M. - vos véder a galòps te vas arrecaptar çò que t'ameritas
çò dinc adara trucs e blèishas qu'èra per arríder !
sibant çò que t'ameritas : l'abandon - sonque per véder"

H.K. - tous ces coups ces blessures ça c'était pour rire
mais voici selon votre mérite: l'abandon"

... de veine en veine l'abandon par tous pampres du ciel entier
dans son ébriété, d'abandon il laisse tout en plan
vous aviez beau dire - allons donc ! - le Père
s'obstine à ne pas répondre et de Balidade à Baquesserre et jus
[qu'à la mer...
... dans nos coffres —
il est notre grain et notre repasse—
dans les pierres de nos mollets et de nos pieds...

B.M - abandon de venha e venha dens los pampes deu cèu tot
l'ivronha d'abandon qu'ac dèisha tot atau
Tu qu'avès bèth díder - òc-ba ! - lo Pair
responó pas e de Balidada a Vacassèrra e a la mar
l'abandon damorè dab nos
l'avom clavat aus cròfes
qu'es nòste gron e nòsta repassa
dens las pèiras deus nòstes arrabes e dens nòstes pès
estó Sabres com un estiu
e qu'avom un Diu e n'avom pro mèi nat pair
de Bòra e Balidada dinc a la mar

H.K - L'abandon fut avec nous
et fut Sabres l'été
nous eûmes un dieu nous n'avions plus de père
de Bore à Balidade et jusqu'à la mer
Et la cinquième fut :

B.M. - Donc la paraula cinca :
"èi set"

H.K. - "j'ai soif"

... "j'ai soif, dit-il - de soif les choses et le sang
craquent et se font chair le ciel s'étale en terre
d'un feu boiteux comme Paul de l'Aquitaine et que tout se des-
sèche de maintenant - tout est dit lorsqu'on a dit : aimer
et d'être aimés si haut nous sommes bien à plaindre
feu contre-feu pare-feu
feux appelés à l'incendie brameur

B.M - "èi set" çò ditz set las causas e la sang
s'escarcalhin carn e lo cèu s'espampi tèrra
deu huec tòrt com lo Pau de l'Aquitaine e que s'escani tot
d'adara e tot es dit s'an dit : aimar
a plànher qu'èm d'atau aimats n'estar
huec contra-huec e vira-huec
sas heugs de cap a heug-bramars

ils se hèlent ils se dansent
soif dans les épaules et soif dans les mains
soif dans le ventre étroit
et les pieds - ô mon Dieu, les pieds ! -
les moelles s'ouvrent de soif
les os s'embrasent de soif
tout nous clame: j'ai soif de l'enfer de Dieu
et de n'aimer plus rien d'aimer la Lande
et je suis moi la Lande...
"c 'est bien cela que tu as dit toi" le commencement sans com-
[mencement...

e s'aücan e se dançan
set qu'an las umbas set las mans
et set lo vente
e los pès e los pès ò mon Diu
medoths obèrts de tot bòrd
los òs quan gahan quan son a huec
tot ditz e que ditz : èi set in.hèrn de Diu
e d'aimar 'rren e lana aimar
e jo la lana sui
"Es acabat tot" çò digós ò Començaire shens de nat començament

... libres los òmis patz a Diu...

H.K. - "Tout est consommé"
- liberté aux hommes et paix à Dieu -

Tintement de cloche, qui marque le passage à l'offrande. La comédienne s'éloigne dans le noir.

... Espia Mèste pietadòs piosa pluja...
... quan beròia plau la sofrença com aimar
arren que Jèsus-Crits arren sonque morir
coma ua pluja de matin
e dens morir arren qu'un praube crit...

H.K .- Sois Seigneur pitoyable sois pitoyable pieuse pluie
lorsque souffrir est pluie aimante
il n'est que Jésus-Christ il n'est rien que mourir
comme pluie au matin
et mourir n'est qu'un pauvre cri

5/6 OFFRANDE - LE RETABLE
[GADI - LO RETAULE]

... Entau paravènt bambant aqueste aunhon-liri
retaule de só-coc suu nòste hèrm...

H.K. - Vers toi ce lis vers ce paravent forcené
le retable du soleil du soir sur notre désert
au centre Sainte Marguerite-Marie Alacoque
notre plus grande sainte

... au centre Sainte Marguerite-Marie Alacoque
notre plus grande sainte...
... Sainte brodée de chou violet
de betterave de vin noir
Sainte orangeraie
de poissons crus le rouge cru
aspergés d'or l'or des violettes du soir
par blessures et pivoines
vous blessée rentaillée éclatée
mon rouget rose
creuset brûlant comme les figues

B.M. - Suu demiei Margalida-Maria Alacòca
la maja santa a nos
santa brodada de caulets vriolets
e bletas e tintò
santa irangeraira
de peishs cruds lo roi crud
plavuda d'aur de las vrioletas deu desser
a blèishas e pivònas
blaçada talhucada escalhada
mon Peish ròse de mar
cremaire clòt com las higas

doublées des succulences de melon
vous emperlée des ruissellements de prunes rouges
Sainte aux pulsations de glaïeuls continues
et vigne de devant la porte tombée d'un tenant
sur l'Escamat où descendent des jardins
où se noya vêtue de rouge Georgette Pascal
vêtue de lupins foudres d'or
il va faire des éclairs toute la nuit
vous soleil de chez nous : creux d'azur
soleil par étages de grenadiers
qui se croisent ascenseurs ardents
combles de lampes…
… mon cœur: bouche de câpres…
… la langue de mon cœur est une armée de membres…

dobladas d'aigas de meron
emperlada de pruas de can chorrairas
santa de pols de sesca shens de nada fin
vinha d'estantada caduda d'un tròç
a l'Escamat e cadença deus casaus
que s'i es roi-vestida la Jorgeta deu Pascal negada
vestida de lupins priglats d'aur
que va priglar aur tot d'anueit
só nòst : un trauc d'azur
sorelh de miugranèirs estatges e estatges
se crotzan com ascençurs burlents
suscargats de lampas
mon còr boca de capras
ma lenga deu còr armada d'arms

Voix de l'auteur et de la comédienne en alternance, dans le même espace sonore.

H.K. - la langue de mon cœur est une armée de membres

B.M. - lengas mon esperit aniu e mas pensadas

H.K. - langues mes esprits volubiles et langues mes pensées

B.M. - engas engarbada

H.K. - langue de moisson

B.M. - lenga ua crampa cauda

H.K. - langue une chambre tiède

B. M. - lenga la manta de l'Aimat

H.K. - langue le manteau de l'Aimé

… et lui me revêt de son visage
me voilà dénudée de sa blondeur
il est le visage de mon cœur…
… nous voici de l'or fusillade en rond
et la peur du beau temps…

B.M. - mes eth m'amanta de sa cara
que sui peleta nuda de sa sauror
qu'es Eth la cara deu mon còr
e qu'èm de l'aur fusilhada ardona
e la paur deu bèth tèmps
e lana com un puple crierat

H.K. - et lande comme un peuple au crible

… mon Aimé frappe au milieu dans mon cœur et dans l'or

B.M. - mon Aimat que me truca mon còr suu demiei de l'aur

en plein le midi…
… ne soit plus rien sinon grande lenteur
plus parfaite et qui m'environne d'automne
— il me semble que Tu me parles —
lenteur où s'œuvre l'œuvre de l'or…

suu plen mieijorn
arren s'i passi pas mèi sonque la lentor
assancerida dont çò m'amiroa lo gòrra
e dirén atau que me parlas
ont s'i òbra l'òbra de l'aur

Musique traditionnelle arménienne (Canone). Bascule de lumière. Apparition d'un jeune homme sortant du catafalque. C'est le catafalque qui parle.

… «Dens tu jo creishi com lo brum de la mar suu desser -
çò ditz lo Taüc - que pogi brodarias
nueit de davant au clòt de totas autas…
… que pogi tot argent
com la mar poja e s'espampa a la mar
e que dança tot un matin»
çò ditz lo Taüc - «a còps d'umba e de contrahòrts
me bastissi d'argent…
… lugreirats los mons òs- sui Nòsta Dauna Nava»
- çò ditz -

… «e carn d'ascencion…
… qu'ès dessús las mias lèrmas
sorelh sabròt lo mès roi se pusquin pas véder
me sepelís que' t sepelissi dens mons mieijorns…
… qu'èi jo dens l'esperit palmas e palmas
d'artichaut
mon amna es enluada d'amna»

… ad-era çò l'entenón har -…

… en avant vau com la seguida de cars en junh
peu blanc
haut lo mon bròs ! que clasca blanc de lunh
pesuc de totas las seguèiras qui me sègan
los braçs cent deus mons bracièrs
vacas tirantas mulas esbatohidas
de garba e de pecat
viu enqüèra - e se sui plan cargada ?…
… e quilhada que sui suu Gran-Car
entà nivar la Mòrta grana suu sorelh
lo sorelh l'èi pas paur
aquí sui e Senhor que te balhi mon só de reina blanca trista
jo Pecats sonque e la soa mobilisacion
deus malastres aus òs mons los esbrigalhis
en lagremas de niu

M.C. - "Je m'accroîs en toi comme la brume de mer
le soir" - le dit du Catafalque - "je monte en broderies
nuit d'autrefois au milieu de toutes les autres
je monte en argent
Comme la mer comme elle s'étale sur la mer
et elle danse tout un matin"
- le dit du Catafalque - "à coups d'épaules et de contreforts
je me bâtis d'argent
j'ai des os étoilés - je suis Notre Dame Nouvelle"
- dit-il -

H.K. - "et je suis chair d'ascension
tu es sur mes larmes
soleil de Sabres le plus rouge
que j'enterre dans mes midis
j'ai dans l'esprit des palmes
d'artichaut
mon âme est éblouie d'âme"

M.C. - elle disait encore -

H.K. - je vais comme un cortège de charrettes en juin
dans la blancheur
Splendide la charrette claquant du blanc de loin
pesant de toutes les récoltes suivie
de mes cent bras de métayers
de vaches de trait de mules accablées
de gerbes et de péchés
encore vivants - suis-je bien chargée !
et debout je suis sur le Grand Chariot
pour neiger grande morte sur le soleil
le soleil je ne crains pas le soleil
c'est moi Seigneur je t'offre mon soleil de reine blanche triste
moi toute péchés et leur mobilisation
pour que dans mes os de malheur tu les brises
en larmes de neige

e si jo te perdoni pas ò Senhor
s'eri illèsa ?
lo ton feblèr jo t'òfri
au ton niu-tremblar que l'as besonh - vòs que sii la creá ? -
anem jo que te pòrti ua arròsa blanca
adara i èm...

et si moi Seigneur je ne te pardonnais pas
et si j'étais pure ?
je t'offre ta faiblesse - c'est peu de chose de créer -
face au tremblement de ta neige
t'apporte une rose blanche
Nous voilà donc -

... çò batalejava enquèra - au pit
a l'operacion grana e nos vienen ajuda
lo Canonge e l'Arnaut bregue e tanben los diacres
de Liglon de Garenh...

M.C. - elle continuait de déblatérer - parvenus
à la grande opération ils viennent à notre aide
le vieux chanoine et aussi le Vieil Arnaud et les diacres
de tous les environs

... ha s'ahuequin !
a flòcs deus encendòris - aniratz cúlher lo carbon
au Bòrdas pas au Descat...

H.K. - qu' ils s'enflamment
par bouquets d'encensoirs - allez prendre les braises
de l'encens chez Bordes et pas chez Descat -

... la Descata va pas jamèi a la missa...

M.C. - Maria Descat manque toujours la messe

... L'estiu
ua vaca garnida d'auratge...

H.K. - L'été
est grossesse d'orage

M.C. - elle continue de radoter -

... l'estiu shens de nat Diu ua solennitat...
prenetz l'estiu com ven l'argent au cors
e si te'n tornas aus Haulanas aquí son los auratges
avançam-nse dens 'queth estiu obèrt suu miei
... harta la tèrra e hart nòste guarrelh d'estiu
e lo nòste cèu vuit - espia com i hèi bèth
desempuish qu'i hèi pas sonque amarum sus tèrra
sus la tèrra...

H.K. - L'été sans Dieu une solennité
il faut prendre l'été comme il vient et l'argent au cours
et si vous retournez aux Haulanes là-bas sont les orages
hâtons-nous dans l'été grand ouvert
La terre est repue d'été et repus nos muscles
et notre ciel vide - regardez comme il fait beau
depuis qu'il n'est plus qu'amertume sur terre
sur la terre

La comédienne est montée sur le catafalque pendant ce temps.
Elle s'y allonge et prend la place de la morte.

7 L'OFFERTOIRE *(OFERTÒRI)*

B.M. - Estanc gran dens l'ostau gran d'acest' món
qui plora atau mès qui - e qu'es lo Trascambiar -
plora ?

M.C. - Dans la grande maison de ce monde tout s'arrête

qui pleure ainsi dans ce calme - tout change - qui pleure ?

La Donne se réveille.

... tout pouvoir suspendu
le Seigneur s'inquiète de tant de beauté
beauté de notre vieille Donne
ainsi qu'au matin frisquet Eve blanchissait
il s'effraie il s'arrête - mon Dieu vous vous êtes arrêté -...

B.M. - Lo Sancèr Poder arrestat
au senhor li hèi paur çò dirén la beutat
la beutat deu nòst carcanàs la nòsta Dauna
atau parièr suu fresquet deu matin la blanca
l'Eva mair e s'estanca - mon Diu t'ès estancat -

... e jo la Dauna jo que hèci Diu cambiar
au sem deus plumaishs sons
t'i pòrti guèrra e sui jo ton susmaut
Senhor que t'arreviti de pertot avant : espiis
que sui arròc tot un còp
dont t'esbaregi
jo la Mòrta que te mainadi 'queth só-coc
au son cherrir de sable
los esperlits de per darrèr los pins :
las tracas e de Sabres e de Haut
comblas de huec car de mas pochas pòchas vuidas
de cafè
lo part de las estelas
per ton arrevitèira sui jo l'Eva se te'n soviens
e los anges se'n caran - te'us balhi un burgat
en biscambi Senhor de ta misericòrdia sensenaira
suu païs ancian...

H.K. - "Et moi Donne entre toutes je change Dieu
au germe de ses panaches
je lui apporte la guerre : c'est moi ton émeute
Seigneur que je ressuscite de tous côtés : vois
je suis toute hoquet tout à coup
qui te disperse
moi la morte j'enfante ce crépuscule
dans son sable crépitant
grésillement derrière les pins :
nos races et de Sabres et d'en haut
combles de feu car de mes mamelles vides comme des poches
de café
la naissance des étoiles
pour ton revivre moi l'Eve neuve
faisant taire les esprits - je t'en apporte une corbeille
en échange Seigneur de ta miséricorde qui sème
sur ce pays ancien"

La Donne s'est assise sur le cercueil.

... Adara chó ! adara que liva las mans lo nòste
Arnaut croishit
qu'a las cauças traucadas e que s'esperhiula
devath talament tant de blancor...
... per forçar pan e vin de Chalòssa a viéner Diu...
... lo pan shens de livami vièrge entre sas mans
de rumatís
de blanc tremblentas ...
... Diu que s'enten se'n arrider...

M.C. - Silence maintenant car notre vieil Arnaud rabougri élève
les mains
il a chaussettes percées il s'effiloche
sous tant de hauteur pâle
revêtu de soleil levant c'est lui le plus habile le plus sorcier
le plus expert à forcer le pain et le vin de Chalosse à devenir Dieu
du pain sans levain vierge entre ses mains tremblantes de rhuma-
tismes tremblantes de blancheur
on entend rire Dieu

... stupides qui avez cru
que c'était l'Ennemi ! Les grands incendies de forêt l'invasion des
sauterelles et la famine et je ne sais combien de Bergen-Belsen
c'était Moi ! et c'était ma miséricorde
je suis passé et repassé

B.M. - "a díder que credotz
qu'èra lo Satan ! los huecs de 43 e de 49 e las lagostas
e la hami e sèi pas qué tant de Bergen-Belsen
qu'èra jo ! e qu'èra ua misericòrdia
que sui passat e tornat passar

sur les déserts de vos ossements les cimetières d'autos]
[vous m'avez refusé le sang d'un fils égorgé
et je n'ai plus voulu de vos abattoirs
je me suis fait à moi-même le sacrifice
les épaules couvertes des palmes de la nuit
j'élevai les mains sur les juifs
je soulève dans mes mains votre Vieille au-dessus des marais
je m'en fais un Hollywood
au-dessus des jeunes morts aux beaux cils doux"...

sus las lanas deus vòstes òs e los sagrats d'autòs
volotz pas m'escanar la sang deu hilh
e en voloi pas mèi deus vòstes masèths
me sui hèit a jo medish lo sacrifici
amantat de la nueit sas palmas
qu'avoi las mans livadas suus judius
que livi dab las mans vòsta Vielhassa suus marescs
que me'n hèci un Hollywood
a las bèras doças cilhas deus joens mòrts"

... L'Arnaut vielh donc mèi haut que non pas lo Suberhaut
que presenteja...
... e que s'aclina la sang de penent
com ua prada
de la part deu ròse de la part deu Bocau
e deus mòrts...

M.C. - le vieil Arnaud plus haut que le Très-Haut
élève cependant l'offrande
et le sang penche
comme une prairie
du côté rose du côté du Boucau
et des morts

... Pòt arribar l'auratge...

H.K. - Vienne désormais l'orage

B.M. - los esperits que se pòrtan lo tròn de canton a canton

M.C. - les anges portent l'orage de contrée en contrée

... de Luglon à Callen de Morcenx à Daugnague...
... que soit orage ce pays par les eaux réunies
que soit orage doux ce corps de matin par le confluent
de fin juin où l'homme et le Dieu leur voix
— et le Dieu et l'homme comme s'ils s'éloignent on ne distingue
pas ce qu'ils disent— la voix de la pluie — pluie de mon pays —
pluie de misères et de jours
pluie de manne au dernier moment du soir
parmi ses lampes d'eau
l'eau nouvelle du jour—la pluie est mon pays...

B.M. - de Liglon a Calèn de Morcens a Daunhaga
auratge sii aqueth païs de per las aigas amassa
auratge sii doç aquest còs de matin en junh
ont l'òme e lo diu sa vutz
- e lo diu e lo gent com s'eslunhèssin la soa vutz
saben pas çò que parlan - vutz de la pluja - pluja mon païs
pluja de misèrias e de jorns
pluja de gèure au darrèr punt deu ser
dab las soas lampas d'aiga
aiga deu jorn navèth - la pluja es mon païs
la pluja es la nòsta amna

Les trois voix en alternance

- la pluie est notre âme

- e pluja que ne vam capvath autorn las horras

- pluie nous marchons au milieu des hordes

- pluja que som com lo desbromb deus sègles

- pluie nous sommes comme l'oubli des siècles

- dirén Diu nos oblida
pluja per lo desamarar

- on dirait que Dieu nous oublie
pluie afin d'éteindre son amertume

... « Si tu me das l'inquiet de l'Espurgatòri
tots que pagaràn amassa au païs
cò que cau aquí missas pregàrias
e jorns de hami
estius de trigossar mau pagats
- demandaratz au Firmin Carabic -
talament tant t'insurtaràn sas tenelhas poiràs pas hà'i
si me balhatz Senhor la pluja au matin muc...

H.K. - «Si vous m'accordez l'impatience du Purgatoire
tous se cotiseront sur le pays
ils vous paieront ce qu'il faut des messes des prières
des jours de faim
des étés de travail au rabais
demandez donc à Firmin du Carabic
les cris de leurs genoux seront tels vous n'y pourrez tenir
Si vous m'accordez Seigneur la pluie dans le silence

... Daignez Seigneur m'accorder de pécher la puissance
une fois encore pour parier avec vous
et avec moi— j'attends que vous osiez —
Si vous m'accordez le soleil des hommes
jusqu'à voir encore les hirondelles du soir
selon votre promesse à celui qui sortit de la forêt
s'arrêtant à l'orée des étoiles naissantes...

B.M. - Danhitz Senhor balhà'm de har pecat puishença
enquèra un còp vos vui sajar que vui pariar dab tu
e dab jo - qu'ateni tu que gausis -
si me datz lo só-coc deus òmis
qu'i tròbi las irondas deu ser
sibant qu'ac prometotz au qui sortí deus pins
e s'arrestè au bòrd d'estelas espelidas
me pòdetz me pòdetz d'aqueth carcanàs de món despolhar
a jo l'aubre gran sec mòrt au Pilà a la duna»

H.K. - vous pouvez me dépouiller de ce monde de douleurs
moi grand arbre mort et sec au Pyla sur la dune"

... e lo sacerdòt vielh que desplega com cau la servieta deu pan
com despleguèssi l'aubre ont s'i tienen la lua e lo só
- l'in.hèrn en planh dens las soas pressentidas -
de mòdas qu'aiga e huec e hèr e pèira e mina e sau
e planta e ièrba e aubre e malaudias e hamis
e bèstia e bestiòla e auchèth e auchami e chirpe e sèrp
tot pregària - vos estanquitz pas de pregar ves didi ! -...
... l'amna un pan caud...
... E per lavà' m las mans - parlar sorne d'ací
la pluja enqüèra la pluja de las lèrmas nòstas sègle e sègle...

M.C. - et le vieux prêtre dénoue soigneusement la serviette du pain
comme on déplierait l'arbre qui contient la lune et le soleil
- tandis que l'enfer gémit dans ses pressentiments -
afin que l' eau le feu le fer la pierre le cuivre le sel
plante herbe arbre et maladies et famines
bête bestiole oiseau volées d'oiseaux crapaud serpent
tout s'est fait prière - n'arrêtez pas n'arrêtez surtout pas de prier -
l'âme est un pain chaud
Pour l'ablution des mains - dans le parler sombre d'ici
la pluie encore pluie de nos larmes siècle après siècle

... il pleut des péchés il pleut dru avec un bruit sombre
il pleut en applaudissements de rideau métallique
fracas sauvage de pleurs
il pleut des pierres par armées...

B.M. - qu'i plau pecats qu'i plau sarrat borromb sorne
i plau d'aplaus de ridèu de tòla
sharrabast sauvatge de plors
plau pèiras plau armadas
pluja nòsta beutat

M.C. - la pluie notre beauté

... «e jo - la Dauna - amatucada de l'embrada...
... amantada e dab lo capèth de futre lo pilòte de las aigas granas deu mau»...

H.K. - «et moi la Donne sous l'averse avec le manteau
et le chapeau de feutre moi le pilote des grandes eaux du mal»

À trois voix alternées

... plora - Marthe s'est jetée dans le puits
plora - Terrade s'est pendu
plora - la camionnette du marchand a pris feu
plora - la mère a mis au monde neuf enfants et elle commence à sentir
les bêtes naissent de toute cette humidité...

- pleurs - plora qui plori - la Marta s'es hicada au hons deu putz
- pleurs - plora - lo Terrada s'es estranglat
- pleurs - plorar - lo camion deu Prospèr s'es metut a huec
- pleurs - plorar - la Pesantilha mainadè nau còishes e se met a sentir
las marmauchas qu'espelissen dab aqueth mosir
- qu'i plau malastres
- il pleut des malheurs

Pendant ce temps, les deux comédiens tournent autour du catafalque.

8 SANCTUS

Les deux comédiens se trouvent de chaque côté du catafalque.

... Pieuse et sans fin notre lande d'affliction
chantait d'une voix désolée que certes tu es saint
ô Seigneur et notre lande est ton murmure
des vents mouillés de novembre qui n'en finissent pas
des marais des lagunes sans le moindre sanglot
puisque cette terre va mourir et que rien d'autre
que la solitude ne nous parvient elle nous vient jusqu'à l'âme
et Toi tu es Saint de toute notre âme désertée
tu as déserté notre âme
tu es Saint de toute notre nuit - de notre âme de lande...

B.M. - Piosa atau e longa lana nòsta lana e aflijada
que cantava de vutz desolada que cantava qu'ès sant
o Senhor e la nòsta lana es lo ton mormore
deus vènts-plujas de noveme shens de nada fin
deus braus de las lagüas shens saumuc
puishque mortala aquesta tèrra e puishque sola
lo solumi nos vien dinc a las amnas e Tu
qu'es Sant dab la nòsta amna sancèra desertada
qu'as desertat la nòsta d'amna
e qu'es Sant de tota nòsta nueit de nòsta amna de lana

... Piosas e longas que tan longas las lanas
e plavinejairas
e que tan longa la mòrt de las lanas
e com ès tu sant endesconsolablament
Senhor deu vènt-larg de totas las mòrts
de tots tristumis nòsts ancians dehèt
e tostèmps naus de generacion en generacion
de pluja a pluja e tu qu'ès Sant
de los nòsts tant mancars de coratge

H.K. - Pieuses illimitées les landes
les pluvieuses landes
longue la mort sur les landes
et toi comme tu es inconsolablement Saint
Seigneur de ce grand vent sur toutes morts
sur nos tristesses antiques sans cesse
renouvelées de génération en génération
de pluie en pluie tu es Saint
par nos manques de courage

e tu qu'ès sant d'aquera e enqüèra aquera des.hèita
de generacion a generacion atau com pujan
crums de darrèr los crums tostèmps a la lana...

et Saint de cette défaite toujours nouvelle
de génération en génération ainsi que montent
nuages derrière nuages sans fin sur la lande

Chuchoté, comme dans un coin d'église, à deux voix, celle du doute et celle de l'affirmation de la foi.

... Sant atau lo Senhor lo Senhor nòste
los èishes
de l'escurada siin sants per los nòstes saumucs
sant lo Senhor m'èi perdut lo Senhor
las nòstas glòrias que son dab los sorelhs darrèr la mar
los plors que pojan aus uelhs deu cèu
dab la toa santetat
nosautis am pas mèi la fòrça de plorar
ni mèi-vit fòrça de morir e Tu singuis sant dens los hauts
- e ont son las toas hautors?
nos comandas enqüèra de cantar - anem
sant que n'ès tant que vulhis
amna mon amna canta que Diu es sant
ont ès tu la mia amna ?
ont los amics dont lusivan au cèu ?
Sant lo Sènhor e jo que vau morir
vita ont te l'as a la toa victòria?
e sant es lo Senhor...

H.K. - Qu' il soit donc sanctifié le Seigneur de ces races
les essieux
soient saints essieux de l'ombre par nos plaintes
Saint le Seigneur - je ne sais plus où il est -
nos gloires sont tombées avec le soleil derrière la mer
les pleurs s'élèvent dans les regards du ciel
avec ta sainteté
avons-nous même encore la force de pleurer
et même de mourir ? Sois Saint dans les hauteurs
- mais où sont tes hauteurs ?
et tu nous ordonnes de chanter - sois donc
saint tant qu'il te plaira
âme mon âme il te faut chanter
- où es-tu ô mon âme ?
où les amis qui brillaient dans le ciel?
que Saint soit le Seigneur et voici la mort
vie où donc est-elle ta victoire ?
il est Saint le Seigneur

En rupture, le bedeau fait la quête.

... «Entà las amnas las praubas amnas» los soriquets
la quista entà las praubassas amnas de l'Espurgatòri
segotissa segotissa per l'amor de Diu...
... « entà las praubas amnas»
cinc sòus cinc liuras e los soriquets Qu'èra
estada prauba de tant de curanhumi e
exacta per çò qu'es deus sòus...
... Qu'ètz - Dauna - aluminada com las *Dames de France*...

M.C. - "Pour les âmes ! pour les pauvres âmes !" les petits sous
la quête pour les âmes malheureuses du Purgatoire
secouons pour l'amour de Dieu
"pour les pauvres âmes"
cinq sous cinq francs et la monnaie Elle
fut pauvre à force d'épargner et
exacte pour tout ce qui est des sous
Vous êtes - Donne - illuminée comme un grand magasin

Le comédien agite un bouquet de clochettes. La comédienne s'assoit au premier plan. Recueillement, comme dans un moment de la messe.

9 CANON 1 AUBE ***(CANON 1 AUBA)***

... «Vienis dehòra» - quan atau ditz
quan atau ditz a Gedeon - « a las rafalas
d'estelèiras» e son tan blancas
qu'i hèi jorn plen...
... - quan ditz atau a la Dauna anciana «Vien suu solar
deu huec tortejaire com lo Jacòb e que me hèi arríder
tortejar son norrit de tortejèira
e sas cabalas embaladas te las estieni au ton pè
com ciutats» qu'es Diu dont parla de Diu...
... e qu'arrecabelha dens las aubas
de deluvis e perilh au demiei deus perilhs
- «Vienis au lindau !»
e dens lo firmament enhossilhat aqueth aut
de Firmament com un auchèth dont lo saunei se pòrti
«E tu hòu - çò ditz a la Dauna màjor- que n'ès l'arressac
mès a jo l'arrebendida tota
la revolucion es pas entaus puples
los qui buven com los cans
e n' aurèi pró de tres cents
los dont me sui dens tu esligits entà jo
E com calivi har si te volí causir
- Diu atau que parla de Diu - sonque la lana eslèger
demiei deus puples quant enintelligents deus arrebolhs
puples dont van au camin dab los crums
dont s'avançan entà la mòrt e dab los hats...
... maserats plan - mès lo hèrm que se liva com lo vènt
e de lana en har hont e de l'aride
l'abraçar de bruma doça a gòrra ?
- mès cau donc àgitz pas digun jamèi aimat -...
... E com m'i gahar se te volí cercar...
... sonque horras vivas estar e nombres
entà qu'unenc m'estossis
estòc ? T'èi traca pergalopada
T'èi galopat au darrèr d'èrsa a èrsa
de long deus sers aloncats a las dunas
- carré pas saber çò qu'es aimar -...
... - atau Diu que parla de Diu-
Que me'n anoi cúlher la doçor
de l'auta part de las cueishas deus flams
autorns d'eslèrs
au gaube doç ont doç lo huec

H.K. - "Viens dehors" - ce sont ses paroles
à Gédéon - "dans les rafales
d'astres" et elles se font si blanches
qu'il fait plein jour
ce sont ses mots à l'Antique Donne "viens sur le seuil
du feu boiteux comme Jacob et j'en ris
de sa boiterie que renforce sa boiterie
de ses juments emballées je les répands à tes pieds
comme des villes" c'est un dieu qui parle de Dieu
et poussant ses épis dans les aubes
en déluge et en péril par tous les périls
- " Viens sur le seuil"
et dans ce firmament encombré cet autre
Firmament comme un oiseau que porte le songe
"Et toi - ce sont ses paroles à la très-Royale - tu en es le ressac
mais tu m'es émeute
la révolution n'est pas pour les peuples
qui boivent comme les chiens
il m'en suffit de trois cents
ceux qu'en toi je me suis choisis
Et comment faire autrement si je voulais te choisir
- c'est Dieu qui parle de Dieu - comment sinon choisir la lande
parmi tant de peuples inintelligents des remous
peuples qui marchent avec les nuages
se hâtent vers la mort et les destins brillants
bien dressés au joug - mais le désert se lève comme le vent -
comment faire d'une lande une source et de l'aride
la brume d'automne caressante ?
- faut-il donc que vous n'ayez jamais aimé ! -
Et comment m'y prendre pour te chercher
sinon de me faire foules ardentes et nombres
pour qu'à moi l'unique tu fusses
race ? Et - race - je t'ai parcourue
t'ai poursuivie de vague en vague
le long des soirs qui s'allongent aux dunes
- il faudrait n'avoir jamais su ce qu'est d'aimer -
c'est Dieu qui parle de Dieu
Je suis allé cueillir la douceur
au delà des cuisses des flammes
aux halos d'éclaircies
au creux tendre où tendre feu

devath lo pandòi de las devaradas
impudicament Diu
per bohar suus carbons com la vesía a patagraupas
vielhassa m'estós aquera dòna...

impudiquement Dieu
pour les incendier comme - à quatre pattes - Marcine souffle ses charbons
O Très Vieille tu me fus cette vierge

... Eté trop sec tu m'étais printemps
j'ai traversé les écumes des blues-jeans les motos
inclinées de la mer
et le seuil de ta peau - voici
les collines sont inverses
comme les aigles qu' enflamment la neige - il n'est que
d'avoir aimé - et les salives
et Visage mon seuil
où s'y haussent en ailes les mines de sel - d'éclairs parcourues
ailes affamées
voilures les pierres de seuil
chancelés les mercures - cependant l'étoile du soir
amoindrit le ciel et comme un soleil sans soleil elle s'abrège -
d'un ciel de colchique
le soir de foudre est un Dieu qui parle de Dieu...
... et les esprits du vent le vent d'Engendrements
le vent de dispersion comme de la colophane brisée
le vent du grand levain et le vent des bouillirs
le vent de germe et le vent de verrou...

B.M. - Secareça qu'estós ma prima
èi traucat a las espumas de blue-jeans a las motòs
aclinadas de la mar
e lo lindau de ta pèth e alavetz
las costaladas son a l'envèrs
com las aglas ahuecadas de niu - cau pas sonque
aver aimat - e de shaliva
e Cara qu'ès ò mon solar
Cara ont s'i hauçan alas las salinas enhossilhadas
alas ahamiadas
velas las pèiras deus solars
hombejantas arcaminas - detant lo Lugran Permèr
amendrís lo cèu e sorelh shens sorelh s'abraca -
d'un cèu flor de brama-vaca
lo desser d'eslombric es un Diu dont parla de Diu
e los esperits deus vènts lo vènt pair
lo vènt d'esbrigalhar com arrosía esbrusida
lo vènt deu gran livami e lo vènt de truhar
lo vènt de garoar e lo vènt de barrolha
barrolha ta beutat

H.K. - verrou ta beauté

Suit un moment de retrouvailles, de joie, d'apaisement entre les gens de Sabres.
Voix des deux comédiens en alternance.

... Car - guaire de voler mès de la rusa la hami
l'aviada lo balanç joen -
que se delecta de la mèussa...

- Car - et non de vouloir mais de la ruse ancienne de la faim
le jeune élan -
il se délecte des moelles

... se cerca un nom un nom de circle
nhac perhèit
l'Ome totun : lingòt de gai...

- se cherche un nom un nom de cercle
mordre parfait
l'Homme enfin : lingot de joie

... Te livis sorelh de haría
calme shens nada d'estela estelat
a tu medish ombra blanca...

- Donc qu'il se lève ce soleil de farine
ce calme sans étoile étoilé
à soi-même ombre blanche

... deu caucanh dinc au còth e dinc à l'uncla

- du talon à la nuque et jusqu'au bout des ongles

navèth signe de la crotz...

signe de croix nouveau

- de nos corps nous ne sommes plus indignes

B.M. - deus nòstes còs ne'n èm pas mèi indignes
pluja per dessús pluja grisa
ua sèga de darrèr l'auta só de pluja
la lana es sus la sèga

- pluie au-dessus de la pluie grise
forêt derrière une forêt : soleil de pluie
la lande est sur la forêt

... "Toi reste tranquille" c'est elle qui parle au soleil
notre aïeule - race de Josué - et il fit soleil de pain...
[et il tomba des pierres - " Jette encore des pierres"—
sur les impies sur ceux qui refusent de voir
dans les signes—signes: paupières de Dieu -
vrais comme Dieu et bien plus - le reflet
est plus que la lumière - et sur les relaps
- elle a mobilisé ceux de Chanaan pour la lapidation—
des plaines jusqu'aux versants des montagnes
nous n'eûmes jamais d'aussi beaux vols d'oiseaux - de pierres...
... et ceux de Sabres ressuscitaient en injures de joie
et d'articulations rouillées -
sur les renégats du levain - et jusqu'aux pierres
qui ont aussi leur regard
il tombait des pains - pour qu'ils sachent ce que c'est -
de seize livres et ce fut la le jour qui commence
mais ceux qui dormaient d'amour Lui ne les a pas réveillés
ce fut en eux comme un lièvre doux...

B.M. - "Damòra't aquí tranquille" çò ditz au Só
l'arrehilha nòsta deu Josuë - la Dauna - e qu'i hadó sorelh de pan
e qu'i cadó pèiras "Gitis pèiras e peiròcs"
dessús los escominjaires e los qui volèn pas véder
dens los signes - los signes son clinhars de Diu
vertadèrs autant e mèi que non pas Diu - e se lo rebat
es pas mèi que la lutz ? - e suus desconfessats
- mès los de Canaan se los arrecaptè per gitar pèiras -
dempuish las planas dinc a las costaladas de montanha
jamèi avom pas tan bèra auchami - las pèiras -
e los Sabròts qu'arrevitavan e que juravan de gai
e de tenelhas adromidas -
aus arrenegaires deu livami e de las quitas pèiras
eras an uelh tanben
i cadèn pans - sabossin çò qu'es -
de setze liuras e aquò qu'estó lo començament deu jorn
mès los qui dromivan d'amor amassa Eth los deishudè pas
qu'èra en eths just atau com ua lèbe doça

10 CANON 2 - LA PRIERE MAJEURE
(CANON -2-LA GRAN PREGÀRIA)

Les deux voix des comédiens en alternance.

... Bremba-te - te'n sovienis - d'aqueths aquí Senhor
deus Sabròts defuntats e deus de uei tanben
de sas praubassas amnas te'n sovienis
que hadóm - Diu ac sap ! - com podom
s'ac virèm

- Souvenez-vous - qu' il vous souvienne Seigneur -
de ceux qui ne sont plus ceux de Sabres
des vivants aussi de leur âme mal en point
nous avons fait - et Dieu sait ! - comme nous pouvions
nous sommes passés

com podom tons vailets tons milòmes los malestrucs
los coarres los malauchans de la frèbe e deu
bohet avant e deus maishants maus - se'n cau véder -

ns'ac virèm com podom ns'amassèm trucs e hami
e set e ns'amassèm la mort - que se'n cau véder -
e los ricalhs tanben que s'ac hadón com ac podón
panats trufats aimats pas de rèsta los ricalhs
tons servidors - que'us as aimats totun mèi que los auts

e'm sembla - e d'eths tanben t'en sovienis Senhor
e los perligostaires hadón eths donc
com podón - e vòletz èran Sabròts de Sabres -
s'amassèn mantua segotissa e mantua gala

e se'n cau véder ò Senhor end'estar aimats
tanben com tu que se'n son vists s'ameritèn
un bocin de pan totun dab mossèth-lard un chòt de vin
de tords eternau dab crosta-roja
e se pòts pas har melhor que haram atau / melhor seram ont vul-
his que non pas ací
medish arrecunhats dens un cunh de ton auratge
com los cans- an tots patit com vosautis Senhor -
los Sabròts valen plan los tons sants a bèths còps...

- comme nous pouvions vos serviteurs michelmorins et mal lotis
les affamés les maladifs ceux qui ont la fièvre les
mal respirant les pourrissants

- nous fîmes de notre mieux prenant les coups prenant la faim
et la soif et la mort - la Loi c'est de souffrir -
les riches aussi firent comme ils pouvaient
volés moqués pas trop aimés les riches
tes serviteurs tout de même préférés -

- on disait bien - d'eux aussi Seigneur qu'il te souvienne
aussi de ceux qui couraient la gueuse ils firent
comme ils purent - n'étaient-ils pas de la race de Sabres ?
ils reçurent bien des raclées bien des véroles

- il faut souffrir Seigneur pour être aimés -
ils ont pâti tout comme vous méritent bien
un peu de pain avec du lard une goutte de vin
de vigne sauvage éternelle - et si tu peux davantage
ils s'en contenteront - nous serons tout de même mieux
partout plutôt qu'ici
- relégués même dans un coin de ton orage
comme les chiens - ils ont pâti tout comme vous Seigneur
il en est de Sabres qui valent bien vos saints

B.M. - Balha los-i Senhor - balha - quauque tròç de lutz
n'am hèit tant a malaise
de lutz mès tanben dab un pap pro gran de nueit
la nueit que hèi deu ben de s'ajacar
e d'estujà'i los plors

H.K. - Accorde-leur - Seigneur - un morceau de lumière
nous en avons trop manqué
mais aussi belle aune de nuit
la nuit il fait bon étendre les jambes
et cacher les larmes

... e la Nueit - mes çò qu'as Nueit a trucar las dents ? -
que nos vira de véder sus nos lo maishant hat
mès lo soviéner de sonque ua -
ua nueit d'amor da los-i
que n'am los uelhs plens d'aiga
çò que nos pòden har los lugrans - estuja los tanben -
son sadoths de saumuc
adròm-los los aninis Senhor mon Diu adròms-te
adròm lo mau de camas - camas de mon amna -
l'ahuecar blu au clòt de la nueit e l'estupis

et la Nuit - mais qu'a-t-elle donc à claquer des dents ? -
elle nous évite de voir sur nous les destins
mais le souvenir le plus mince d'une nuit peut-être
d'une seule nuit d'amour accorde-leur Seigneur
qui nous remplit d'eau les yeux
que nous importent les étoiles - elles aussi
cache-les - elles sont lasses de sanglot
endors-les berce-les Seigneur endors-toi
endors le mal aux jambes - ces jambes de leur âme -
et le sursaut bleu au coeur de la nuit - éteins-le

L'Enterrament a Sabres
L'Enterrement à Sabres

l'adròmis e lo silenci blu dens la nueit de Sent-Jan...
... Danhis Senhor danhis te soviéner e balha nos ua brigalha
de huec - nos qu'avóm tant de hred - un cunh
de huec de trubès au cot deu huec pas talament tant
per s'amassar calor - ns'i èm acostumats
au hred de la lana - mès per espiar quaucóm
damorà's atau esbarrits e se pòts
har rostir ua becada en pindant au hiu
n'am pas hèra qué har de la toa frescor
la calor hèi deu ben aus òs e torrats qu'èn
balha-nos singui pas sonque
ua bua ua eslasía ua estelasía
entà parar las mans e pas pensar en arren
o Senhor - pensar en arren e medish en tu- s'es possible -
sovienis-te de nosautis...

endors-le et aussi le silence bleu dans la nuit de la Saint Jean
Daigne daigne Seigneur te souvenir donne-nous
une parcelle de feu - nous eûmes si grand froid -
un coin de feu un tabouret au coin du feu - non tellement
pour la chaleur - on s'est habitués
au froid de la lande - mais pour regarder longuement
pour rester égarés et si possible
faire rôtir une bécasse suspendre par le bec
ta fraîcheur nous importe assez peu
mais la chaleur fait du bien aux os - et ils sont gelés
donne-nous ne fût-ce
qu'une étincelle qui monte
pour y tendre les mains et ne penser à rien
ô Seigneur - à rien et même pas à toi - s'il se peut -
mais souviens-toi de nous

Pendant ces adresses à Dieu, les regards des comédiens s'orientent dans toutes les directions, cherchant Dieu.

... Senhor deu tribalh gran de Haut
balha-nos quauqua jornada de tribalh
a Capsús a Capvath totas las usinas barradas
dic-nos çò qu'as de har au ton tribalh pertot
troba-nos ua plaça
nòsta patz a nos qu'es aquí
balhis-nos un chic de shudor
n'as tant de cuentas aus tons camps e tant de camps
sonque un truc de bineta o de primon
sovienis-te sovienis-te de nosautis
ton prètz que serà lo nòste...

M.C. - Seigneur des grands travaux d'en Haut
accorde-nous au moins quelque journée de travail
d'Est en Ouest toutes nos usines sont fermées
dis-nous ce que nous pourrions faire dans tes travaux
trouve-nous quelque emploi
c'est là toute notre paix
accorde-nous un peu de sueur
il y a tant d'ouvrage dans tes champs et si nombreux tes champs
ne fût-ce qu'un coup de sarcloir çà et là
Souviens-toi Seigneur daigne te souvenir de nous
ton prix sera le nôtre

B.M. - 'T brombis de nosautis
èm pas de "praubes pecadors"

H.K. - Souvenez-vous de nous
nous ne sommes pas de "pauvres pécheurs"

Les comédiens ont rejoint dans une prière ultime l'auteur. Bruit de vent, changement de lumière, Dieu va parler.

11 L'ELEVATION *(LO DIU-VEDER)*

… mon peuple par neuf
ma force dans tes forces
tes boursoufflures tes souffles
dans la pâte d'un bout à l'autre de la maie
vous ne connaissez pas la sauvagerie de ma douceur…
… mon peuple mon poids mon cœur
mon quintal et ma poutre…
… depuis le ventre jusqu'aux doigts je vais te peupler
- mon peuple - de sources
et tu me peuples de pétales
lune lézard rapide je te courbe
et corne je t'abaisse jusqu'à la terre
pour me relever ton Dieu
courbe…
… s'il faut t'aimer : le magnifique raclement
toi corps foire et fête
grincée jusqu'aux orteils
clous dans tes pieds compassion des pieds
jusqu'à la sueur du front et du gel
lorsqu'au loin miaule l'avril - toi ce coin
chauffé au rouge dans mon cœur - mon peuple
intolérable - j'entends aboyer un oiseau
- toi mon seuil - les chiens chiennent
par tons les quartiers et les enfants
sont tous coupables -Seuil ma demeure "…

B.M. - "La gent Nau la mia gent
ma hortalessa dens tons arms
dens tas bochòrlas los bohars
d'un cap a l'aut de la pasta a la mèit
coneishes pas los taures de ma doçor
mon puple mon pes mon còr
mon quintau e ma trav
deu vente aus dits te vau puplar
puple lo mon dab dotz
e de petales me puplis
lua lusèrp aniu t'ahochi
còrn que t'abaishi dinc au sòu
e m'arrequilhas ton Diu
corb
a tu t'aimar : la bèra carrinquèira
tu còs tu hèira tu l'assemblada
carrincada dinc a l'artelh
claus deus pès compassion deus pès
dinc a la shudor deu ten deu tòr
lunh quan miaula l'abriu - cunh
burlent dens mon còr - o mon puple
hastiau - un auchèth que l'enteni que laira -
tu mon solar - los cans que canhan
pertot aus quartièrs los còishes
atau qu'an la fauta - solar tu mon ostau"

… s'ac sabès com t'èi set
ma gent - nada sang nat vin nada
lagüa nat acide nat blu
nada mar mon broishòc
qui dens son cassi pogi
m'estan pas pro de pebe…

H.K. - si tu savais - mon peuple - ma soif
de toi - aucun sang aucun vin nulle
lagune nul acide et nul bleu
aucun buisson de mer
montante dans son chêne
ne me seraient assez de poivre
je t'ai pris - mon peuple - coupe et suc
j'ai soif

B.M. - Qu'èi set - mon puple - de tons lugrans de bas
bestiar de frèbe de bulh
"un diluvi vos en vau har
la sang que balha engreish deu bon
aus òs mòrts aus calhaus

… «je vais vous en faire un déluge
le sang fait de bon engrais
pour les os des morts pour les cailloux

je vais vous faire des voyages de sang
et les vergues se réjouiront des fibrines
de votre sang quand je carre mes jambes splendides…
… je rêve votre aïeule
au battement de tambour
son sang l'esprit et de lunaison
me serez-vous assez de grappes rouges
assez de piments assez de pirates de pointes
de pluies et de pendus ?"…
… sur le sang la mer brille à l'étale
et corne la corne de brume…

viatges de sang vos en vau har
perpincalhas a las vèrgas contentas
de vòsta sang au mon bèth escamalarjar
a la vòsta Vielha me la saunegi
a truc batant la vòsta vielha
a sa sang d'esperit e de lua
me seratz pro de gaspas rojas
pro de pipèrs pro de piratas pro de hissas
de pluja de pitrangles ?"
dessús la sang la mar lusís e qu'es au punt
que còrna

Le jeune homme, en chuchotant avec terreur.

… dirén Diu qu'es passat…

M.C.- on dirait que c'est Dieu qui passe

---

12 LA COMMUNION ***(TAULA PAURUCA)***
La comédienne erre sur le plateau.

… Arribatz lèu Pair Nòste decidatz-vos
autament nosautis crestians tieram pas mèi lo còp…
… arribatz lèu vos didem vos cridam viahòra
Sabem pas mèi ent'ont anar har cap…
… au solar qu'èm aquí de ta fraila paraula
Pair nòste pair arribis lèu se vòs te crédim
Aquesta nueit deus hats maus que s'enguisèra
tentaricas las estelas e de mensonja s'harta
puple maishant aquera nueit d'economistas
e de viòts esbarrits lo mau pojaire au cèu
que vien parlar au nòste monde au saunei nòst
Sabròts e Sabròtas de pertot
banhada de tristèira batalha de plorars…
… Pair destriga't - qu'ac hèis esprès - que vam
te har t'espatacar que vam te vam har véder…

H.K - arrivez hâtez-vous Seigneur décidez-vous
Sinon, nous autres chrétiens, nous n'allons plus tenir longtemps"
nous ne savons où aller
sur le seuil nous voilà de la vérité frêle
Père arrivez si vous voulez que l'on vous croie
cette nuit de mauvais destins qui s'engloutit
en tentation étoilée
et se repaît de mensonge
peuple mauvais et nuit économiste
et de chemins égarés Mal qui monte dans le ciel
qui viens parler aux gens de chez nous à notre songe
gens de Sabres a travers le monde
et baignée de tristesse bataille en pleurs
Père de toute hâte - vous ralentissez à plaisir - nous devrons donc
vous activer - prenez-y garde

… Los mulatrèrs alavetz que se son quilhats drets «E ont l'atz
- Mèste - la paga ont l'atz - Dauna -
aquera lutz
dont ne tant parlan ?
Tots ací tant com èm que n'am dau e si hètz
atau vos vam pas mèi créder - hètz véder aquò…
… lo món qu'es un pan ardon dont a hami de pan lusent

M.C. - les muletiers se sont levés alors : "Où l'avez-vous
Seigneur notre paie ? Où l'avez-vous Donne cette lumière dont
on nous parle
tant ?
Nous tous ici en avons besoin et si vous continuez
on ne vous croira plus - faites luire -
le monde est un pain rond qui a besoin d'un pain de lumière

a nosautis n'am hami dab los molets
es pas mèi temps de prométer n'èm harts de las fins deu mes
e de las hèiras de Labohèira shens de tocar...

et nous en avons faim avec nos génitoires
il n'est plus temps de promettre nous sommes las des fins de mois
et des échéances non tenues aux foires de Labouheyre

13 LA BENEDICTION *(LA SENHADA)*

La Donne, assise sur le catafalque, s'impatiente.

... «Mudatz-me lèu de 'quí comenci n'estar harta
Mèste da nos - hèi viste - lo Repaus de Totjamèi»...
... repaus mèi viste que non pas l'esplam
de las tenelhas...
... «Quaus longanèirs ! s'es longa viéner
aquera senhada !»

H.K. - "Remuez-moi d'ici ça commence à me lasser
Maître Seigneur donne-nous - dépêche-toi - le repos éternel"
"un repos plus rapide que l'exclamation
des jointures"
"Mais qu'ils sont lents ! qu'elle est longue à venir
cette bénédiction !"

... E totun que planhó longa
la dauna de Sabres com ne planhen los reis...

M.C. - et cependant se plaint longuement
la Donne de Sabres comme se plaignent les rois

... «Adishatz ostaus hauts de Sabres e matiadas lusentas
per las platanas e los tilhús - bèra ombra suu matin
o diu sorelh de Sabres dont juncavas mas pradas
juncada adara deu mon maridatge negue
e adishatz vesins Malichècs e Besiats e Paulins
adishatz mons dejuars a l'auba camajon dab ueus
e confit de polòi dab ensalada adishatz darrèras estèlas
E seratz autant bèras aus mons uelhs eternaus ?
e tornaratz dab jo quan me tornin mas ninas ?
me sepàritz pas Senhor de ma goja l'Ermança
(l'èi talament tant pelada !) shens d'era qu'èi paur
Ermança te'n sovienis de las bugadas las brasadas
d'estiu a Lèira au clòt de sable blanc
e se portàvam moleta hòrta dens lo pan - adara
tot es acabat - uei me'n vau - as tot ordiat a l'ostau ?
adara vau dromir - Dromir - auràs adara lo tèmps
tu tanben de dromir. Te deishudarèi pas mèi aus trangs de l'angelús
Drom. E los sòus los as sauvats ?
E hilhs e hilhas e hilhòlas ac hècin com vulhin dab las
tèrras las lanas las andadas deus ligòts
m'anujarèi pas shens d'eths - Lutz arrecapta-me»...

H.K. - "adieu les hautes demeures de Sabres les matins étincelants
parmi les platanes et les tilleuls - ô l'ombre des matins ! -
adieu soleil de Sabres qui jonchais mes prairies
c'est jonchée maintenant pour mes noces noires
et adieu mes voisins MalichecqBéziat et Paulin
adieu mes déjeuners à l'aube - le jambon avec des œufs -
le confit de dindon avec de la salade - adieu les dernières étoiles
serez-vous aussi belles à mes yeux d'éternité
reviendrez-vous avec moi quand je retrouverai mes pupilles ?
ne me séparez pas - Seigneur - de ma servante - Ermance
(je l'ai tant cognée !) sans elle je vais avoir peur
Ermance qu'il te souvienne des lessives des cendrées
l'été à Leyre au creux de sable blanc
nous emportions l'omelette froide dans le pain - désormais
c'en est fini - aujourd'hui je m'en vais - la maison est-elle en ordre ?
maintenant je vais dormir - Dormir - tu auras le temps
désormais de dormir toi aussi - je ne te réveillerai plus à l'angélus
Dors. As-tu rangé les sous ?
Et fils et filles et filleules qu'ils fassent ce qu' ils voudront des terres
de mes landes et des vagues de mes troupeaux
je ne m'ennuierai pas sans eux - Lumière, reçois-moi"

... Que brille ainsi à ses yeux la lumière
celle qui passe dans la lumière - qu'elle lui soit donnée -

B.M. - La lutz donc atau li lusissi
dont a la lutz i passa que li singui dada

L'Enterrament a Sabres

L'Enterrement à Sabres

comme cette nuit en 33 qui passait
dans la nuit effrayée
que lui soit la lumière effroi et fleur et flash
sempiternel…
… que lui soit accordée la promenade de la lumière
en ses pas la lumière
qu'elle en soit à peine éblouie
comme d'une feuille de menthe
ou d'un enfant qui dort
lui soit accordée la surabondante
qui respire à peine
celle des trois heures du matin dans la nuit d'été …

com quan en 33 aquera nueit passava
dens la nueit eishentada
la lutz li sii eishent a flor a flash
sempiternau
li sii dada la passejada de la lutz
dens sons pas
que liugeirament enlugarnada 'n sii
com d'ua huelha de mandràs
o d'un còishe adromit
l'aboridenta li sii la lutz dada
l'alenaira just a penas
de cap a las tres òras enter la nueit d'estiu
lutz gaujosa maison
de gai atau quand era de plen còr lamenti

M.C. - lumière et joyeuse maison
lorsqu'à plein cœur de joie elle lamente

… «De gai atau quan de plen còr lamenti
au clòt de l'èrsa es la mia hauta mar
au plen de l'umba es la nueit la mèi longa
lo màger estiu qu'arraja en nueit prohona
e de soberna que s'en.hla Garona
a l'arreflús d'un urós lamentar»…

H.K. - "De joie - ainsi - qu'à plein cœur je lamente
et dans la vague creuse est ma plus haute mer
au plein de mon épaule est ma nuit la plus longue
plus vaste été rayonne en nuit profonde
et de marée se gonfle Garonne
dans le reflux d'un heureux lamenter"

… çò ditz era…

M.C. - c'est ce qu'elle dit

B.M. - Qu'i plavó alavetz benediccion

M.C. - Il plut alors bénédiction

… il plut du haut en bas du Chêne
de la vérité par gerbes…
… il pleut des lacunes dans les feuillages
et des saccades
de blancheurs sur les cimenteries au soleil…

B.M. - plavó deu haut e bas deu Cassi
vertat i plavó a garbas
pluja de traucs a la huelha
e de sanglots
de blanc a las cimenterias assorelhadas
plavó sabers

En alternance, voix des deux comédiens. Dialogue entre les gens de Sabres et la Donne.

… «jo vui pas saber
n'as pas tu sonque assàber e n'ac diràs»
e susmauta qu'i grelè
«dens tons susmauts jo me repausi»

- il plut du savoir "je refuse de savoir
à toi de savoir et tu me diras la suite"
subvertion il grêla
"dans ta subversion je me repose"

patacajada deu diu en Diu
que n'i gresilha de tot bòrn
«que m'acasi dens ton embrada»
plavó grelè auchèths cridaires
«damòri dens lo ton esquiç»
la pluja li tròban pas mèi lo pols
«Ont es Senhor ? me hècis p'aquò ?...

subversion du dieu en Dieu
il en grêle de tous côtés
"je me loge dam ta bourrasque"
il plut il grêla des oiseaux piailleurs
"j'habite dans ta déchirure"
la pluie on ne lui trouve plus le pouls
"Seigneur où es-tu - ne me fais pas ça !"

B.M. - i plavó senhada e benediccion los òs

- il plut bénédiction et os

... de cette carne de Vieille grande pluie
de ses réverbères dans les platanes
ses orages de fer ses orages d'eau
ses paupières pures
ses phares au tournant de chez Peliche...

B.M. - de'queth carcàn de Vielha pluja grana
sons reverbèris a las platanas
sons prigles de hèr los sons prigles d'aiga
sas baspanas lissas
sons fares a la virada deu Pelishe
«çò 'm tarda de barrar de 'cí»

H.K. - "Il me tarde de m'en aller d'ici"

... pluie dans les mines de fleurs
pluies les Stes Thérèses sur les collines
il pleut de l'homme il pleut de l'aigle
dans les étages
il pleut des flottes qui croisent
sur les cités...

B.M. - plavó dens las menas de flors
plavó santas-teresias a las costaladas
plavó òmi plavó agla
aus estatges
plavó flòtas crotzairas
a las ciutats
« que me plaus coma pesa ua palanca
de heramuish»

H.K. - "tu pleus sur moi comme pèse une branche
d'odeur sauvage"

B.M. - gran òs que plaus dessús Ròma
e quan dens Ròma es pas mèi l'Arròsa
me plaus a jo dessús

H.K. - "grand morceau d'os tu pleus sur Rome
et quand dans Rome n'est plus la Rose
tu pleus sur moi"

Le jeune homme bondit sur une chaise.

... un aulheròt shiulè l'eslombric
e lo benedir batalhèr a la lana mòrta...

M.C. - Un berger enfant a sifflé l'éclair
et ce fut bénédiction de bousculade sur la lande morte
- "ne remuez pas ainsi

dit la vieille lande on n'y voit plus rien" -

A deux voix, celle de l'auteur et celle du comédien, dans le même espace sonore.

- «remúditz pas atau
çò ditz la lana vielha i vedi pas mèi arren»
La lana plànher alavetz de vutz simpla
de mòrt de vutz de sable

- La lande s'est mise alors à gémir d'une voix simple
de mort d'une voix de sable

- d'aqueths mòrts tots aquí d'aqueths tuats shens campana
ni susari nat aquesta niu

- tous ces morts ces tués sans glas ni suaire
toute cette neige

- la lana lunh mès lunh còp-sec que s'estanca
a bèths còps e que s'alonga après e nada canta trista

- la lande très loin s'arrête brusquement
parfois et se rallonge ensuite et par un chant de deuil

- tèmps de mòrt aquest sègle dont s'acaba pas
lo cau pas benedir

- temps de mort ce siècle qui n'en finit pas
il ne faut pas le bénir

- d'abandon sonque

sauf d'abandon

Le jeune homme s'agenouille.

... Mès benediccion totun per las pochas de la santa grana
per sons pònchs de Bengale sas uevèras...

- Mais cependant bénédiction par les mamelles de la grande
Sainte par les punchs de Bengale de ses entrailles

14 LIBERA

Les deux voix des comédiens en alternance. Dialogue entre la Donne et le jeune homme.

... «Enqüèra ua ò mon Diu enqüèra ua auta d'audiéncia
se n'avóm pas atau pró
d'audiéncias !
dab lo Chiròc dab lo vesiatge
e caçaires e patacaires e l'empruntaire e la recardèira
de Liglon e la Separacion las burlas...

- Mais encore une audience ô mon Dieu !
comme si l'on n'eut pas assez
d'audiences !
contre le ramoneur contre le voisinage
procès de chasse de rixes de créances contre la volaillère
de Luglon procès de la Séparation de l'Eglise et de l'Etat
procès des incendies

... las grans burlas -
i manquèm tots vir negues...

- les fameux incendies
où nous avons failli tous noircir

... e las bondas las dogas...

- et procès de mitoyenneté

... procès deu maishant-uelh...

- procès de mauvais oeil

... «Vam donc i tornar de har au qui mèi har
mon Diu ! Que nos hèis jutjar per los cans
los qui digun en volèn pas mèi
de Sarbasan de Mesòs deus canhars...
... que t'ès hèit tons grans braç
ta justícia dens mons òs
m'an esperracada de s'estihalhar
emposoat mas venhas despartit mons nèrvis
quan hèci entà tu los as hèits ton espiar
quan camini atau shens de nat só
devath ta justícia los as hèits ton jorn
que cridi los mons puples
los as hèits ton silenci de tot bòrd
pecats de la tèrra e deu cèu
sauneis maus d'en devath e de las barras de haut
los as hèits la toa misericòrdia
e m'as dit a jo : «Jutgis-me
tres conquets de pabiat ua pistòla
tres conquets d'esturjon ua pistòla»
Pardina tu que parlas adaise...

H.K - Alors il va falloir encore tenir tête
Seigneur ! Tu nous fais juger par des chiens
personne ne voulait plus d'eux tu les as faits nos juges
d'eux de Sarbazan ou de Mézos des chiens
tu as fait tes grands bras
et ta justice dans mes os
ils m'ont déchirée de rires
empoisonné les veines et partagé les nerfs
je viens vers toi tu les as faits ton regard
je chemine sans aucun soleil
sous ta justice tu les as faits ton jour
j'avais beau crier dans mes peuples
tu les as faits ton silence
péchés de la terre et du ciel
mauvais rêves d'en bas et des foirails d'en haut
tu les as faits ta miséricorde
en me disant à moi-même : "juge-moi
trois mesures de sarrasin une pistole
trois mesures d'esturgeon une pistole»
Mais toi tu en parles à ton aise
Tu peux - à ton aise - m'égorger

La Donne tombe à genoux et offre sa gorge.

L'Enterrament a Sabres

L'Enterrement à Sabres

... adaise as pas donc qu'a m'escanar
- gausa ! - çò que te puish jo ?
me càder dessús com una agulha de bròs
com ua caudèra
com lo prigle sec suu mon braç sec
saja ! puishqu'ès Diu - hèi véder
tè jo que sui d'ací
as aquí mon braç l'as aquí mon esquía
Qu' èi las mans ligadas per lo comptèr...
... arrequilhada com lo só darrèr los ostaus
que sui sorelh de Sabres jutgis-me donc
que sui l'arròda de velò de Cornalís sancèr...

- essaie donc
- que puis-je contre toi ?
me tomber dessus comme un timon
comme une chaudière
comme la foudre sèche sur mon bras sec
essaie donc - puisque tu es Dieu - montre ta force
il m'importe peu : moi je suis d'ici
voici mon bras voici mon échine
j'attends les mains nouées sur le chapelet
surgie comme le soleil derrière les maisons
je suis le soleil de Sabres juge-moi donc
je suis la roue de la bicyclette de la lande entière

La Donne se couche à plat ventre. Complainte des gens de Sabres.

B.M. - Mon Diu de 'queras lanas de 'queras
campanas mon Diu

M.C. - Ces landes ces landes ô mon Dieu
et ces cloches qui n'en finissent pas

... Ua audiéncia de mès enquèra ua - Senhor
mon Diu ! - d'eths agitz pas pietat
deus jutges deu Miquelet lo praube deu Galin o d'eth l'aut de
Jerusalèm...
... agis los pas pietat - Senhor - aus jutges qui feblín
au lòc de parlar dret com cau...

H.K.- encore une audience - Seigneur
n'ayez point pitié
des juges le bon Michelet le Galin ou celui de Jérusalem
n'aie point pitié Seigneur des juges qui s'apitoyèrent
au lieu de prononcer droit

La Donne demeure, pendant tout le moment suivant, visage contre terre.

... Délivre-moi - Seigneur -
de la mauvaise mort
de la mort douce de la mort
du coeur et de la mort
du crépuscule
de la mort en douceur...
...je veux
trembler des tremblements de la chandelle
au dernier tremblement
être l'éclair de l'éclair
délivre-moi - Seigneur - de la douceur...
... lorsque tu viendras juger Sabres dans ta clarté
délivre-moi - Seigneur - de la mort en douceur
de toute mort qui ne soit pas tourment de joie

B.M. - "Libera-me - Jèsus mon Diu -
de la maishanta mòrt
de la mòrt doça de la mòrt
deu còr la mòrt
deu sombruste deu ser
de la mortala mòrt ...
car que vui jo
tremblar lo tremblament de tas causas
au darrèr tremblament
hossilhar lo hossilh
liberis-me - Senhor mon Diu - de la doçor
quan vienis jutjar Sabres dens l'ajor
libera-nos - Senhor - de mòrt doça
de tota mòrt dont singui pas turment de gai

d'étincelles de bouquets d'étincelles
de peuples dans leur floraison tous à la fois soudain
comme la mer disparue
comme la mort d'un coup de sang effacé
comme se défleurit la nuit...

de pitralhs d'espitassajars
de puples l'eslor tot d'un còp amassa
com la mar despareishuda
com la mòrt anoïda qu'a lo tabardilhon
com la nueit se desflòca

H.K. - délivre-moi - Seigneur - de la mort en douceur
de toute mort qui ne serait pas tourment de joie

... Deu Haulana avant dinc ací la tranguèira
campanas totas a saumucs de vin...

M.C. - Depuis le Haulane jusqu'ici le glas
et ces cloches aux hoquets d'ivrogne

La Donne se relève, comme au ralenti.

... «Qu'es òra alòm me darríguitz d'ací»
cò ditz la Reina nòsta e la decan vielh eth que clucha
de tant l'avesque boca oberta mitra oberta
que hèi bochòrlas
«Liva'm aqueth taüc dab tota nòsta tèrra»...
... las amnas pertot que hèn borrutons
lo Julhon e l'aut chantre de Liglon hèn borbolhs
«nòsta tèrra nòste labar arradiç e tot e venhas
deus in.hèrns» mès los dius vienen dab
los en corcochon dens las menas coloriadas
«dab las grans sèrps»...
... la Mòrta que se la livan e dab eras las raças
a la memòria dempuish pausa tapoadas
en saunejars barruècs
«mons corrents que hen búver las nueits
se las i chuquin la mèussa»
las nueits que s'escabòtan e se desplegan
que n'i vad com espiars
« eths me vestissen de seda
los mons braç son vienuts corremendas de colors
de colauras de seda»...
... «pluma dessús huelha baspana dessús flor»

que s'escureish com ua prada...
... « e qu'a la fin i singui saunejada!»...
... «I a pas nat bon Diu jo vedi pas arren
- atau digó - sonque quauque pertot
dont s'arrebora e aquò li convien
que sui l'òbra de sas escochicas
sa bailina es pas de comptar...
... «me vedi pas digun - e ont ès ? -...
... e dab aqueras campanas hèi pas bon enténer»...

H.K. - "Il est grand temps que vous me déraciniez d'ici"
dit encore la Reine et le vieux doyen s'endort
l'évêque aussi bouche béante mitre béante
fait des bulles
"Elevez-moi ce catafalque et toute notre terre"
les âmes font des cloques
Juyon et l'autre chantre celui de Luglon font des bouillonnements
"notre terre notre alios avec racines et veines
des enfers" or les dieux s'élevèrent avec elle
qui dormaient dans les mines de couleurs
"avec les grands serpents"
la morte s'élève et avec elle les races
ensevelies dans les mémoires
en songes errants
"mes courants qu'ils abreuvent les nuits
qu'ils leur sucent les moelles"
les nuits s'enroulent et se déroulent
et il en naît des regards
"ils me revêtent de soie
mes bras sont des courants de couleurs
des couleuvres de soie"
"puissé-je n'être qu'ailes et chevelures immenses"
"plume sur feuille paupière sur fleur"
elle s'obscurcit comme un pré
"qu'à la fin je sois songée !"
Elle dit encore : "je ne vois aucune trace de Dieu
sauf du partout je ne sais lequel
qui se regarde et cela lui plaît
je suis l'oeuvre de ses chatouilles
sa caresse est innombrable
«je ne vois personne - où es-tu ?
avec ces cloches on n'entend rien du tout"

L'Enterrament a Sabres
L'Enterrement à Sabres

Le jeune homme siffle, pour faire silence.

... «Adara a tu - Senhor - parlaràs Diu Vivant ! jo
la dauna de la lana que t'escoti
jo dauna e que sui jo dauna de gai solida
de gais ectaras m3 gai lenha de pin-tede
e peira nhòga sable tèrra
de heugs e de la gai dens mons caucanhs mas pochas
dens mon cervèth dens mon cap plen de ma lenga amorosa
jo la Dauna - Anèm mudatz-me de 'cí...
... «Mudatz-me vos los anges los só-cocs
los òmis de Sabres (s'an idèa de me har portar
per un tòrt e un esquerrèr) musculats
com mulas...
... amassa hètz-me lo sharrabast
hètz-me lo Cèu !»...

H.K. - "Et maintenant - Seigneur - à toi de parler ! moi
Donne de lande je t'écoute
Donne je suis Donne de joie carrée
de joies-hectares joies m3 joie de mon coeur de pin
et après sable terre
de fougeraies et de cette joie dans mes pieds et mes seins
dans mon cerveau dans ma tête pleine de langue amoureuse
maîtresse absolue - allons sortez-moi d'ici
"Déménagez-moi anges soleils couchants
hommes de Sabres (quelle idée de me faire transbahuter
par un boiteux et un gaucher) musclés
comme des mules
tous ensemble faites-moi tel tohu-bohu
faites-moi du ciel"

Sons de tambours : Le Requiem *de Jean Gilles.*

... Quan passèn donc atau au revelin fremit
pòrta-lans pòrta-linçòus pòrta-
[didaus
lo Senhor haut de tota flor lo bon Diu s'aclinè
e s'esplasmè :
«Deishatz-la dròmer la mia aimada
dinc a l'amor se me la deishudi...

H.K. - ainsi lorsqu'ils passèrent sous le porche frémissant
porteurs de brancards porteurs de draps mortuaires et de digi-
[tales
le Haut Seigneur de toute fleur Dieu en un mot s'inclina
et s'écria :
laissez-la dormir ma bien-aimée
jusqu'au moment où l'amour la réveille

B.M. - Shens de mormore shens de borromb ni de nada campana

H.K. - Sans murmure sans grondement sans sonnerie

B.M. - sus aquesta tèrra dont parla atau d'enlà de lunh
la nueit que va càder d'aviada e va plàver
quaucom en penent - ua èrsa ua nau ua amna dens jo
dont me sauva mon amna ?

H.K. - quelque chose en suspens - une vague une nef une âme en un mot
qui de mon âme me sauve ? -

B.M. - shens nada lèrma

H.K. - sans un pleur

B.M. - shens de tu - ne te vedi pas mèi -

H.K. - sans toi - je ne discerne plus

... Tu fuis
te fais absence comme un printemps
rempli de vois de jour et de nuit
une lampe une fontaine une serre d'oiseau par les cieux des cieux
je sème comme un automne la condamnation
sans cesse comme on dit : je t'aime
à travers races errantes une serre dans mon cœur
nous allons nous passons par les nuages des nuages...

B.M. - que huis
passas absència com ua prima
plenha de vutz e jorn e nueits
ua lampa ua hont de ièrpa aus cèus per cèus
que semii com a gòrra la condamnacion
shens m'estancar com diden "que t'aimi"
per las nòstas granas livadas vagairas ua ièrpa au mon còr
que se'n vam a las nublas de las nublas

15 LES PLEUREUSES *(LAS ARRANCURAIRAS)*

Pendant la narration qui suit, les chaises disparaissent.
Changement de lumières, changement de lieu. La procession est en route vers le cimetière.
La Donne tire le drap mortuaire, découvrant la tombe.

... Endetant que passava la meitat d'Era
la nòsta mòrta de manjas floishas
a l'estanh negue...
... Detant l'aut tròç de l'anciana la reina nòsta
dessús las encapuladas de tèrra las arrancurairas...
... dessús los teules deu Pelishe e deu tabacaire tòrt
tots l'avèn vista passar e la vedón pas mèi...

... e que'n anavan lo brut de l'amar deu carriòt
brut deu huec a la sèga e los crums que seguivan...
... A l'Elinà
que divón tots estancà's per aténer
los deus sabatons naus «Deu matin dinc a lo ser
que m'auràs acabada» los quaranta curats barretats
dus benedits e avesques quant e los dotze papas
dab còrns de la lua e deus taures...

M.C. - Cependant qu'une moitié d'Elle passe
Elle notre morte aux manches floues
sur l'étang sombre
Cependant l'autre partie de notre Reine antique
au-dessus des pleureuses encapuchonnées de terre
au-dessus des toitures de Peliche et du marchand boiteux de tabac
fut de tous aperçue et disparut
la famille était restée assez loin derrière
et s'en allaient le bruit de la mer et du corbillard
le bruit de feu derrière dans les pins et les nuages suivaient
Devant chez Elina
il fallut s'arrêter pour attendre
ceux qui portaient des souliers neufs "Du matin jusqu'au soir
tu auras fini mes jours" les quarante curés à barrettes
les deux chantres et combien d'évêques et les douze papes
portant cornes de lune et de taureaux

La Donne, comme dans un cri d'angoisse.

... «Mons uelhs se son achicotits»
lo món: ua hauç dens son espiar
quand estiglè sobtan de veires lo potèu
electric de veires e d'auchèths

H.K. - "Mes yeux se sont rétrécis"
la foule : une faux dans son regard
lorsque brillèrent tout-à-coup les verreries du poteau électrique
les verreries et les oiseaux

L'Enterrament a Sabres
L'Enterrement à Sabres

Sabres jogava a las eslasías
a las alas d'irondas blancas
aus electricians de muguet…

Sabres jouait aux étincelles
aux ailes d'hirondelles blanches
aux électriciens aux muguets suspendus

La Donne disparaît petit à petit dans le drap mortuaire.

«mon Diu mon Teishenèr aniu
sui donc la vitessa de l'arrevitar moments ardents d'arrevitar
har viste ! e qu'es arrevitar qu'es víver
lo menudèr deu cèu que destriga sas maquinas
lo cèu de Sabres lusís com un peish
la mia vitessa es ta beutat
Senhor e que viens Diu - totun ! -
amassa estam l'aviada d'un auchèth lo clinh
d'un isolator»

H.K. - "mon Dieu mon Tisserand agile
me voici vitesse de la résurrection
par l'accélération de la résurrection et la vie
le menuisier du ciel accélère ses machines
le ciel de Sabres a lui comme un poisson
ma vitesse est ta beauté
Seigneur et tu deviens dieu
nous voici l'élan d'un oiseau l'instant
d'un isolateur"

… Arribats èran au vira-plec de la harga
la talhuressa en passant anó véder lo topin suu huec
e l'Aubre apareishó…

M.C. - On était arrivé au tournant de la forge
la femme du tailleur alla surveiller en passant sa marmite
et l'arbre apparut

B.M. - le Gran Cassi deus ancians de d'auts còps
lo Cassi Blanc

H.K. - le Grand Chêne le chêne de nos pères
le grand chêne blanc
gens de Sabres le salut nous arrive
le chêne tout en langues
tempête de la Pentecôte
le Chêne notre langue de tambours
de rêves immodérés
ces rêves que sont les peuples

… gent de Sabres qu'am lo Salut que nos arriba
lo Cassi tot lengas
ventenha de Pentacòsta…
… lo Cassi nòsta lenga de tambars
de sauneis desmoderats
aqueths sauneis los puples…

… chêne embrasé de salut
chêne abraham de soleils
du grand rire l'arbre…

B.M. - cassi de salut abranat
un abraham de sós
de l'escarcalhar d'arríder

B.M. - e au miei la Vielha qu'està

H.K. - et au milieu l'Antique femme

Apparition d'un autre personnage, la mère première des temps païens. Elle est drapée dans le drap mortuaire.

… pintade de soleils de colères
de rires que sont les peuples…

B.M. - pintrada de sorelhs de colèras
deus arríders dont son los puples

... Alòm n'èm bethlèu hòra - las plujas
arrancurairas caminan un tròç enqüèra...
entau sagrat - sagrat de tota causa
plujas dab lo talon d'agulha dab los esclòps fins...
... a cada pas de tu ma joenessa es pas mèi...

M.C - Allons nous sommes bientôt arrivés - les pluies
les pleureuses cheminent encore un moment
vers le cimetière de toutes choses
pluies à talons aiguilles pluies en sabots du dimanche
H.K. - à chacun de tes pas ma jeunesse n'est plus

... "Tu étais — hélas — notre grande foire
de lunes et de jours les bons et mauvais jours
qui se soutenaient et des douze lignages
qui en toi montaient en brillant
et de tout le sang catholique
qui circule dans le noir au mois d'août
et te voilà bien morte et nous n'enverrons plus
nos clans les uns chez les autres danser
les chemins ont disparu
reviennent reviennent donc les Allemands et les beaux harkis
il nous faut au moins vingt bâtards par an
"pleurs sur notre Donne — tu étais bien à nous
parente des cordiers de la marchande de miques
du médecin— cet avare— de Durban qui sait construire des brouettes
au moment des incendies tu étais avec eux le vermorel au dos
tu as gemmé comme un homme pendant la guerre de 14
tu as crié avec nous contre l'orage d'été
tu t'élevas contre lui comme un orage comme
un parapluie ton orage nous fit de l'ombre
tu étais le pin de 2 mètres cinquante de tour
face aux temps
comme une Jérusalem de courants d'air "
en chantant elles passaient au cimetière par la moitié
du portail très haut
avec les nuages qui les bousculent...

B.M. - "Qu'èras praubassa la nòsta assemblada
de luas e de jorns deus bons e deus aules
dont s'entertienèn amassa e deus dotze tinèus
dont pojavan dens tu trelusents
de tota la sang catolica
dont galòpa dens lo desser d'aost
e adara estàs mòrta nos n'enviaram pas mèi
nòstes tinèus en çò los uns deus auts dançar
las carrejas que son perdudas...

... qu'as gemat com un òmi tota la guèrra de 14
qu'as dab nosauts cridat a l'auratge d'estiu
t'eslivès cap ad-eth com un auratge com
un parsòl e ton auratge nos hadó empara
estós lo pin de dus cent cinquanta de torn
de cara aus tèmps
com ua Jerusalèm de corrents d'aire"
... En bèth cantar passavan au sagrat per la meitat
deu portau haut
dab las nublas dont se las holan...

16 L'ENSEVELISSEMENT *(LA SEPELIDA)*

Au cimetière. En alternance, voix de l'auteur et des deux comédiens.

... La prova deu sagrat las deus sègles la prova
calom livar los pès - la prova
deus praubes defuntats
deus puples grans perduts
emé son amna e saben pas mèi qui son

- La poussière du cimetière poussière des siècles
il fallait lever les pieds - poussière
des morts et des morts
des peuples disparus
avec leur âme ils ne savent pas qui ils sont

L'Enterrament a Sabres
L'Enterrement à Sabres

ni çò qu'èran entà har
divén passar dessús las tombas
pr'amor de tant de gent
pr'amor de tant de mòrts
coronas aquí coronas e crotz de còrnaquilh arreplantadas
ombras e pendeliquelhas
prova e cende autorn deu taüc
com ua gran virada - har plaça
a la Dauna quan la sepelissen
cara a capsús - los mòrts que s'aperavan
com per la nueit los cans paurucs qui senten
cadè l'escur com pèiras
vielh escur e tèmps vielh de las matiadas solennaus
n'am pas gost en arren…

ni quelle fut leur signification
il fallut passer sur les tombes
telle était la foule
des vivants et des morts
des couronnes des croix penchées et replantées
ombres et loques
poussière et cendre autour de la fosse
comme un grand virage - que l'on s'écarte
devant celle qu'on enterre
face au soleil levant - les morts s'interpellaient
comme la nuit les chiens qui sentent
l'obscurité tombait comme des pierres
vieille obscurité vieux temps des petits matins solennels
nous n'avons plus de goût pour rien
on n'y voit presque plus trop prochaine
est la lumière

- la lutz que se ganha com l'amistat
saben pas sonque díder : mon Diu ! mon Diu !
que s'aücan entre eths com los cans per la nueit

- la lumière doit se gagner comme l'amitié
ils ne savent tous dire que : mon Dieu ! mon Dieu !
ils s'interpellent comme les chiens dans la nuit

… "C'est aujourd'hui que nous l'enterrons le grand corbeau
que nous l'ensevelissons la grande corneille"…

- "Uei que l'enterram au gran corbaish
que la tapoam la santa cròca"

… Enter las tombas frescas e las esbornacadas…
… la hemna qu'esta aquí
la coneishen e saben pas d'ont sòrt
qu'es hòrta e d'òs hòrts
chicòia e magra e la darròcan pas
enter las escuradas e las miei-escuradas
qu'es un esclòp
enter lo chorrolh-borrolh de la sang nega
sa vutz es doça com ua hruita…

- Entre les tombes encore fraîches et d'autres défoncées
- la femme était là debout
on la connaissait on ne savait pas d'où elle sortait
elle est dure et durs ses os
minuscule maigre indéracinable
entre les ombres et les pénombres
elle est là comme un sabot
entre les tohu-bohus de sang noir
sa voix est douce comme un fruit

- "los qui son pas que hècin anar las alas
sus la cròca quan drava a la tèrra."

… «Tèrra terradessa jo qu'aperi
que vorrí sepelir lo bon Diu dens mons clòts…

- "J' invoque la terre et encore la terre
jusqu'à ensevelir le bon Dieu dans mes nuits

… «E't magnifia mon amna dens la soa nueit
ma nueit 't magnifia…

- mon âme te magnifie de nuit
ma nuit te magnifie

L'Enterrament a Sabres
L'Enterrement à Sabres

… «mon peishiròc d'auchèth que passa e que te magnifia
t'ensurta shens rima ni rama…

- mon sexe d'oiseau passe et te magnifie
il t'insulte sans raison

- il pleut de la terre noire sur Sabres
Seigneur tu es magnifique."

- Atau la terradessa mès vatz enténer

- ainsi la Terre mais ce n'est pas fini

C'est le moment de la résurrection. La scène est vue de loin. Voix des deux acteurs en alternance.

… Las còrdas quan se hiquèn a fremir
quan devarè dens lo sabla la Blasida
quan toishau los dus hilhs de la Nueit se la sepelivan
e lo gran Taish e la gran Vop
quan devarèn dab era sas lampas d'aulor…

- Quand les cordes se mirent a frémir
que descendit dans le sable la Très-Pâle
que les deux fils de la Nuit l'ensevelissent
que le Grand Blaireau le Grand Renard
descendaient avec elles

… prova i hadó sancèra…

- il se fit poussière universelle

… Eth lo Còs dens lo còs alavetz qu'espelí
simple…

- Mais le Corps du corps apparut alors
simple

… la hemna - la coneishèn mès saben pas d'ont sòrt
s'estó davant e que l'empara
que li vira los moscards
que li traca los puishents
e sas cabalas blancas…

- la femme - on la connaissait mais nul ne sait d'où elle sort -
se carra devant et elle le protège
elle écarte de lui les taons
chasse les puissants
et leurs juments blanches

… l'auratge qu'arrocorè…
… lo Còs dens lo còs qu'aparís com un tròç de breç…

- l'orage a roucoulé
- le Corps du corps apparut comme une morceau d'aubépines

… ua esperracada…

- une déchirure

… lo Còs dens lo còs que se muishè lusent
com ua beròia sèrp au solar
a la fin seteme…

- le Corps du corps se montrait il brillait
comme un beau serpent sur le seuil
en fin septembre

… «non n'i aniras pas mèi
búver a la bòla suu larèr»…

- "jamais tu n'iras plus
boire dans le bol devant l'âtre"

… Quan son taüc estó cobèrt de tèrra
entà la nòsta Mòrta Diu la vedi pas
quan tota canta e tota pregària aclapadas

- Lorsque le cercueil fut recouvert de terre
afin que Dieu ne puisse voir la morte
lorsque tout chant et toute prière se furent éteints

L'Enterrament a Sabres
L'Enterrement à Sabres

e las lampas de cèu e de tèrra estupadas
entà Diu i vedossi pas…

éteintes les lampes de la terre et du ciel
pour que Dieu ne vît plus rien

… l'auba deu còs a nòsta mòrta li hissè de pertot
sa pèth son peu com frisèssin d'auchami…
… la Hemna alavetz qu'estó au pit
que l'avisèn mès nats sabèn pas d'ont…

- L'aube piqua - l'aube du corps - notre morte de tous côtés
peau et poils c'étaient comme s'ils frisaient d'oiseaux
- La Femme à ce moment fut exacte
on la reconnut mais on ne savait d'où

… shens de lunetas mèi joena mèi vielha que los peiròcs
aurén dit acusava lo bon Diu
Era de davant l'auba
l'Auba…

- sans lunettes plus jeune plus vieille que les blocs de pierre
on eût dit qu'elle accusait le Seigneur
Elle antérieure - aube -
à l'aube

…a l'espatla de dreta li vedón - atau diden -
ua estela - auts la n'i vedón dotze…

on lui vit à l'épaule droite - c'est ce qu'on dit -
comme une étoile - d'autres prétendent douze

… D'un tròç la lana que rentrè au sagrat…

- D'un seul tenant la lande rentra dans le cimetière

Bascule de la lumière, qui semble sortir de terre. La couronne mortuaire s'allume très lentement et devient couronne nuptiale. Chant, voix de femmes (traditionnel arménien). Les deux acteurs se retirent dans l'ombre.
Le poète demeure seul en scène.

B.M. - Vam véder

M.C. - Nous verrons bien

B.M. - espiatz vosautis
los mòrts vielhs de nòste - vau véder
e vos dab los livats de matin avant
au pè deus vòsts bestiars e tot çò dont s'estuja
aus vòstes uelhs - vam véder s'es aquò vrai
que n'i caid com arcanges
qu'es lo mèste arrusplat a la vinha grana
que talha que pica que desmasta e que trenca
a lutz de destrau la sèga blanca
la vianda deu son hilh lo talhís
gaujós a beths talhs de lèrmas
"ploratz per jo - çò ditz lo Mèste - puish pas mèi plorar"
que dessoca la tèrra que dessoca los tròns
palles e hèi sautar nòstas menas de sau
las nòstas gautas que son plenhas de visions
qu'èm sèi pas quau païs de lèrmas blancas

… regardez bien vous autres
morts d'autrefois— on verra
et vous les matinaux
auprès de vos troupeaux et dans ce qui recule
au fond de vos yeux on verra bien…
… il en tombe comme des archanges
car le Maître a grimpé dans la haute vigne…
… il taille il coupe et démâte et tranche
par lueurs de hache la forêt blanche
la chair de son Fils ce taillis
de joie par belles entailles belles larmes
"pleurez à ma place — dit le Maître — je ne peux plus pleurer "…
… il dessouche la terre il dessouche les grondements de l'orage
pâles et fait sauter nos mines de sel
nos gorges sont remplies de visions…
… nous sommes je ne sais quel pays de pleurs blancs…

H.K. - regardez bien vous autres
morts d'autrefois - on verra
et vous les matinaux
au fond de vos yeux on verra bien

B.M. - "jo l'ajacada au miei deus mòrts
la Dauna tota lana la Dauna
jo que sui tribalhada hotjada de blanc
las mans blancs los vius blancs
que me pòdetz adara atau deishar tranquil' "

On entend la Donne, de quelque part, dans l'espace sonore du poète.

H.K. - " Or moi la gisante au milieu des morts
Donne la toute lande la Donne
je suis travaillée je suis bêchée de blancheur
en maux blancs de choses vivantes blanches
vous pouvez maintenant me laisser tranquille"

Bibliographie de l'œuvre publiée de Bernard Manciet

FRANÇOIS PIC .

Bernard Manciet est né à Sabres (Landes) le 27 septembre 1923. Après des études secondaires à Bordeaux, puis supérieures (Lettres et Sciences Politiques) à Paris, et une dizaine d'années passées dans la diplomatie (en Allemagne et au Brésil, ainsi qu'à Paris), il retourne définitivement dans les Landes en 1955. Jusqu'en 1965, il gère une scierie familiale. Il vit et écrit à Trensacq.

Un demi-siècle de création ininterrompue se traduit par un rythme et un nombre croissants d'écrits qui, initialement publiés en revues ou patiemment réservés et mûris, donnent à présent matière à de volumineux ouvrages, composant une œuvre dont la critique reconnaît enfin la maturité et l'évidence.

La bibliographie abrégée qui suit contient, dans l'ordre chronologique, du premier écrit publié en 1945 à ceux de l'année 1997, les principales œuvres littéraires (poésies, romans, nouvelles, essais) éditées en volumes ou en revues. En fin sont établis un index des genres et une bibliographie des principales études et articles consacrés à l'auteur et à son œuvre. Pour consulter des données bibliographiques exhaustives, on se reportera à notre *Essai de bibliographie de l'œuvre publiée et inédite de Bernard Manciet* (pp. 203-241 in *Bernard Manciet : le feu est dans la langue.* Bordeaux-Bordes, William Blake & Co. édit - Centre d'Etude de la Littérature Occitane, 1996) dans lequel figurent les références de tous les articles, écrits divers, préfaces, comptes rendus, dessins ou «encres» illustrant couvertures ou intérieurs d'ouvrages, sans omettre les textes d'intervention et les inédits.

Les premiers poèmes, en occitan, paraissent à partir de 1945 (et jusqu'en 1950) dans la chronique "Lou courné dous pouètes" des *Reclams de Biarn e Gascougne*, revue de l'*Escole Gastou Febus* dirigée par Simin Palay. Dès 1947, B. Manciet collabore à la revue Oc, organe de l'Institut d'Etudes Occitanes (il en est à présent rédacteur en chef depuis 1978). La collection poétique *Messatges*, fondée par l'I. E. O., consacre en 1955 son 14e volume au premier recueil de B. Manciet : *Accidents*. De nombreux suivront, imprimés et édités, en tirages limités (à moins de 100 exemplaires souvent), par Max Pons à Bonaguil, Alain Sanchez à Libos, Jean-Louis Andrès à Labouheyre; plus tard, les éditions Tribu animées à Toulouse par le poète Serge Pey, les éditions (aujourd'hui disparues) Ultreïa à Garein (Landes) procurent respectivement aux *Odas* rassemblées (1984) et à *L'Enterrament a Sabres* (1989) des tirages volumineux rapidement épuisés. A présent, les éditions bordelaises L'Escampette et Mollat, comme la béarnaise Covedi, prennent le relais, toujours porté par les éditions occitanes Jorn et Reclams principalement. Prosateur, B. Manciet a livré, à ce jour, une trilogie romanesque (*Lo Gojat de novemer*, 1964), *La Pluja, Lo Camin de terra*, 1976), un recueil de nouvelles (*Casau perdut*, 1986), un roman encore (*Elena*, 1992). Ses foisonnantes collaborations à diverses revues (*Aliénor, L'Âne, L'Arc, A rebours, L'Ase negre, Atlantiques, Autrement, La Barbacane, Bulletin du P. E. N. Club de langue d'oc, Cahiers du Sud, Cahiers du Théâtre du Port de la Lune, Les Cahiers du Tournefeuille, Le Cheval de Troie, Cocagne, Entretiens, Essais, L'Ether vague, Europe, Le Festin, Levant, Meuh, Le Monde, Multiples, Obradors, Oc, Occitania, Occitania nòva, Per noste, Polyphonies, Reclams de Biarn e Gascougne, Recueil de l'Académie des Jeux Floraux, Reduccions, Die Rheinpfalz* (entre 1952 et 1955, une quarantaine de "chroniques sarroises"), *Revue de Psychologie des Peuples, Succion, Sud-Ouest, La Tour de feu, Tribu, Vida Nòva*, etc.) laissent entrevoir la masse des inédits. Depuis 1980, B. Manciet publie également des essais en français consacrés à la Gascogne, aux éditions Arthaud et Sud-Ouest. Certaines œuvres (*Per el Yiyo, L'Enterrament a Sabres, Un ivèrn, Gernica*) font par ailleurs régulièrement l'objet de mises en scène-« performances » alliant poésie, musique et peinture. Les partenaires de ces événements sont alternativement les musiciens Bernard Lubat ou Michel Portal, le chanteur basque Beñat Achiari, les peintres Bernard Venzac ou Jacques Bernar, le metteur en scène Gilbert Tiberghien, la comédienne Hermine Karagheuz.

LES ŒUVRES

1 Escarni. Estela. Rossinhou. Mics / Moquerie. Etoile. Rossignol. Baisers. [4 quatrains]. pp. 22-24 *in* La Jeune poésie occitane. Anthologie composée par Bernard Lesfargues et Robert Lafont. Préface de Pierre Darmangeat. Paris, Le Triton Bleu, 1946.

2 La pœsie de noste. *Reclams de Biarn e Gascougne*, Garbe-Setéme de 1947 (dans la chronique «Causes e autes»).

3 Ode a Luis Miguel Dominguin. Trois feuillets séparés au format 240 x 310 mm, avec gravure en couverture (un torero). Imprimé à 45 exemplaires numérotés, sur la presse à bras de Rudolf Scharpf, auteur des illustrations.

4 Ode a Noste-Dame de le Pou. *Reclams de Biarn e Gascougne*, 54au anade, n° 9-12, Octoubre-Mes mourt de 1950, pp. 143-144 (dans la chronique «Lou cournè dous pouètes»).

5 Ode a la Ste Care. Quatre feuillets séparés au format 210 x 297 mm, une illustration en pleine page, deux gravures signées «WB. 1951» [i. e. W. Brendel] sous chemise grise. Imprimé à 40 exemplaires numérotés.

6 Oda a St Miqueu de Cornalis. Trois feuillets au format 210 x 297 mm, sous chemise ivoire illustrée d'une gravure de Kilian Breier et d'une initiale tracée par H. Straesser. Tiré à quarante exemplaires.

7 L'istoria deu Jacques. *Oc*, n° 186, Octobre de 1952, pp. 9-14. Un tiré-à-part en a été édité : Toulouse, Institut d'Estudis Occitans, (Rodez, impr. Subervie), 1952. 15 p. Repris dans *Per Noste*, n° 12, Mai-junh 1969, pp. 6-7 et n° 13, Julhét-aoùst 1969, p. 8.

8 L' istoria deu cap. *Oc*, n° 190, Octobre de 1953, pp. 23-27. Un tiré-a-part en a été édité : Toulouse, Institut d'Estudis Occitans (Rodez, Subervie impr.), 1953. 11 p.

9 La mort deus citrons. *Oc*, n° 191, Jenèr de 1954, pp. 1-2 et 43.

10 Ode au mois d'août. S. l., s. n., s. d. 6 p., 300 x 215 mm., tiré à XL exemplaires.

11 Ode à tes larmes. S. l., s. n., s. d. 6 p., 310 x 220 mm., tiré à XL exemplaires. Avec gravure sur cuivre de R. Baerwind.

12 Ode à Pé. S. l., s. n., s. d. 8 p. en une feuille de papier blanc 594 x 420 mm. pliée in 4°, avec gravure de Kilian Breier.

13 Odangelica. S. l., s. n., s. d. 8 p., ill., en une feuille de papier blanc 594 x 420 mm. pliée in 4°.

14 Ode vertical. S. l., s. n., s. d. 1 p. Tiré à 40 exemplaires. B. Manciet nous précise le 22 septembre 1993 : "Tout cela [c'est à dire les odes répertoriées sous les n° 3, 5, 6, 10 à 14] est paru en Allemagne entre 1948 (ou 47) et 1955, à Ludwigshafen, Mannheim et Sarrebrück».

15 Accidents, poèmas. Toulouse, Institut d'Estudis Occitans (Avignon, Maison Aubanel père impr.), 1955. 43 p. (Coll. «Messatges», 14). Texte occitan et traduction française en regard. Une page jointe ronéotée de «Prière d'insérer» signée d'Henri Espieux.

16 Le Cercle (texte traduit de l'occitan par l'auteur). *Cahiers du Sud*, 1° semestre 1955, n° 331, pp. 425-429.

17 [co-signé avec Félix Castan :] Manifest neraqués-montalbanés. *Oc*, n° 204, Abril-mai-junh de 1957, pp. 95-96.

18 A James Dean. *Oc*, n° 210, Octobre-Desembre de 1958, pp. 161-164.

19 Nostre mestièr [de prosista occitan. Quatre questions], per Joan Boudou e Bernat Manciet. *Oc*, n° 211, Geniermarç de 1959, pp. 34-37.

20 Lo gojat de novémer. Capitol XII. *Oc*, n° 212-214, Abrildesembre de 1959, pp. 84-88.

21 Patois ou espéranto. *L'Arc*, cahiers méditerranéens, n° 6, 1959.

22 Huec (tròç deu «*Dançar deu Huec*», introduccion). *Oc*, n° 218, Octobre-desembre de 1960, p. 35.

23 Quand j'étais verbe. *La Tour de feu*, n° 80, intitulé "La Grammaire de Jarnac", décembre 1963, p. 63.

24 Lo gojat de novémer. *Oc*, n° 232, Abrilh-junh de 1964, pp. 1-67. La composition typographique de la revue a été reprise pour l'impression du volume : Lo gojat de novémer, roman. [Toulouse], Institut d'Estudis Occitans (Apt, Reboulin impr.), 1964. 84 p. + un livret de 8 p. intitulé «Per ajudar la lectura». (Coll. «Prosa»).

25 Compressor. Libos, Alain Sanchez impr., 1968. 20 p., 23 cm.

26 Dauna nostra. Sonnet à la Vierge qui a obtenu le lys d'argent. *Recueil de l'Académie des Jeux Floraux,* Toulouse, 1968, pp. 39-40.

27 Les Landais de la Grande-Lande. *Revue de psychologie des peuples*, tome 25, n° 2, 1970, pp. 159-173.

28 XXVIII Sonets. *Oc*, n° 234, Prima 1970, pp. 34-48.

29 Lo Gran Enterrament a Sabres [tròces]. *Oc*, n° 233, Ivèrn 1969-1970, pp. 3-15.

30 Canta deu rey. Chant royal qui a obtenu le narcisse d'argent (prix du Conseil Municipal). *Recueil de l'Académie des Jeux Floraux*, Toulouse, 1970, pp. 32-35.

31 Punt de mar [et] Lo cant de l'an mil. Textes mis en musique et interprétés par Pèire-Andrieu Delbeau *in* «Los cavalèirs», 45 tours 17 cm, éd. Disc'oc, 1971, réf. DSC 303.

32 Odas. [textes occitans seuls :] Oda à Nòsta Dauna de la paur. Oda au James Dean. Oda a la colona de còth-tòrcer. Oda angelica. Oda verticala. Oda au taüc. pp. 2-14 *in* Prèmi Pau Froment, Pena d'Agenés 1972 [recueil des textes primés lors du premier palmarès, en 1972]. Villeneuve-sur-Lot, impr. Pénillou & Guilbaud, [1972]. 66 p.

33 Gesta, poèmes. Introduccion de Christian Rapin. Toulouse, Conseil de redaccion de la revista «Oc» (difusion : Agen, edicions occitanas Cap e Cap) (Nîmes, Barnier impr), 1972. 47 p. (Coll. «Lo Temps clar», 1).

34 La(s) Ustrias (roman per pareisher). *Oc*, n° 239, Auton 1972, pp. 23-27 (note p. 23 : «aqueth roman psicologic, escriut en 1965...»).

35 Laus de l'arròsa. *Oc*, n° 241, Prima 1973, p. 31.

36 Dauna Clara. Chanson mise en musique et interprétée par Peire-Andrieu Delbeau *in* Camas de bòi, 33 tours 30 cm., éd. Le Chant du monde, coll. «Le Nouveau Chansonnier», 1973, réf. LDX 74.529.

37 Cantas deu rei [texte occitan suivi d'une «adaptation française»]. [Bonaguil], La Barbacane (Libos, Alain Sanchez impr.), 1975. 35 p. (Los Quaserns de la Barbacana - Cahiers de la Barbacane, 7. Collection dirigée par Max Pons). Tiré à 63 exemplaires.

38 Elena (tirat d'*Elena*, roman per paréisher). *Oc*, n° 249, Prima de 1975, pp. 14-23 et 35.

39 Oda a la medusa. *Oc*, n° 251, Auton de 1975, pp. 3-4.

40 Sonets. Imatgeat de J.-P. Latappy. Labouheyre, Jean-Louis Andrès, 1976. 20 p., en 5 cahiers non brochés de 15 x 8 cm, imprimé à 104 exemplaires.

41 La pluja e lo camin de terra. Orthez, Per Noste (Pau, impr. Marrimpouey jeune), 1976. 191 p. (Coll. «Pròsa gascona», 3).

42 Prova. Libos, Alain Sanchez impr., janvier 1978. 23 p.; 33 cm. Tiré à 54 exemplaires. Texte occitan et traduction française : «Poussière». Une encre de B. Manciet en page 8.

43 A ua hemna. Labouheyre, Jean-Louis Andrès impr., 1978. 168 p.; 21 cm. Imprimé à 80 exemplaires hors commerce.

44 Compressor (1-21, 24-33) / Compresseur (1-21, 24-33). *L'Ether vague*, Toulouse, n° 4, 1978, pp. [31-47]. Ce poème, incomplet des strophes 22 et 23, a fait l'objet d'un tirage-à-la-suite complet des deux strophes en question, à partir de la composition typographique réalisée pour la revue (voir notice suivante).

45 Compressor. Libos, Alain Sanchez impr., juillet 1978. 13 feuillets non chiffrés. Texte occitan suivi de sa traduction française : Compresseur. Imprimé à 54 exemplaires.

46 L'imper [nouvelle]. Traduction de Bernard Marcadé. *Le Monde-Dimanche*, 9 décembre 1979.

47 Fragments de *Bossuet ou l'éloquence baroque* (à paraître). *A Rebours*, Paris, II, 1980, pp. 22-30 (suivi de : Extrait de la propriété socialiste, *idem*, pp. 34-35).

48 Jornau de las Flandas. *Oc*, An 57, n. t., n° 6, Mai de 1980, pp. 18-19.

49 Laus de l'arròsa. *Oc*, An 57, n. t., n° 8, Novembre de 1980, pp. 17-25.

50 Le triangle des Landes. Paris, Arthaud, 1981. 219 p.; 16 pl. (Coll. «Pays»).

51 Diana / Diane [texte occitan et traduction française]. Per D. de B. *L'Ether vague*, n° 8, 1981, pp. [30-35].

52 Oda au naviu / Ode au navire. pp. 86-89 *in* Poètes de langue d'oc. Anthologie réunie par Frédéric-Jacques Temple. *Vagabondages*, revue de poésie, Paris, n° 32-33, septembre-octobre 1981.

53 Dialogues de Lucian (entre Menelàs e Proteu) [traduction de B. Manciet]. *Oc*, An 58, n. t., n° 10, mai de 1981, pp. 18-19.

54 27 sonets. *Oc*, An 59, n. t., n° 13, Març de 1982, pp. 7-27.

55 Waterloo-Express (tirat de *Fileas Fog*, de pareisser). *Oc*, An 59, n. t., n° 14, Junh de 1982, pp. 36-41.

56 Lo pan (tirat de *La Tentacion de St Antòni*, 1962). *Oc*, An 59, n. t., n° 16, Decembre 1982, p. 97.

57 Oda au navieu / Ode au navire (Livre V, Ode V). *L'Ether vague*, n°9, 1982, pp. [4-9].

58 [chronique «Pouèmis»:] Oda de la mar. *Reclams*, 88au annada, n° 3-4, Abrìu 1984, pp. 50-51. (tirat de *Odas*, a paréisher aqueste mes a las edicions Tribu, Tolosa).

59 Odas. Toulouse, Tribu - Centre d'édition et d'action poétique, 1984. 132 p.; 28 x 10 cm. (texte occitan et traduction française). Contient : 1 : *Odas redimadas*. 2 : *Odas de la passion* (Oda de las quate bèstias / Ode au tétramorphe. Oda deu maseth / Ode à l'abattoir. Oda deu divès / Ode du vendredi). 3 : *Odas deus sorelhs* (Oda de l'apric / Ode au couvercle. Oda de l'arròda d'aubas / Ode à la roue à aubes. Oda de la marmolha / Ode à la méduse. Oda deu craquemaut / Ode pour une vesse de loup. Oda deu só / Ode au soleil. Oda a la Santa Cara / Ode à la Sainte Face). 4 : *Odas deus sants* : Oda a N. D. de la Paur / Ode à N. D. de la Peur. Oda au motur / Ode au moteur. Oda a James Dean / Ode à James Dean. Oda a Luis Miguel Dominguin / Ode à Luis Miguel Dominguin. Oda a St Sebastian-Secari / Ode à la sécheresse de Saint-Sébastien. Oda a St-Miquèu / Ode à Saint-Michel. Oda au Taüc / Ode au catafalque. 5 : *Odas deus airencs* (Oda a la colona / Ode à la colonne. Oda angelica / Ode angélique. Oda a Cornalis / Ode à Cornalis. Oda a l'envota / Ode à la voûte. Oda au naviu / Ode au navire). 6 : *Oda au viu / Ode au vivant*.

60 La gara [extrait de *La gara*]. *Oc*, An 62, n. t., n° 23, Setembre 1984, pp. 76-78.

61 Lo violon mòrt. *Reclams*, 89au annada, n° 11-12, noveme-deceme 1985, pp. 164-165. (Ndlr [des *Reclams*] : Lo violon mòrt qu'ei tirat deu navèth recuelh *Los marmús dau Mau* qui ei la seguida deu *Casau perdut*. Princi Negre que n'assegura la publicacion [non paru]).

62 Pasifaè. La Revolucion (tirat de *Fileàs Fòg*, de pareisher). *Oc*, An 63, nòva tiera, n° 24-25, Déc. 84 - Mars 85, pp. 27-35.

63 Especi. Bordeaux. Ed. William Blake and C°, 1986. Edition calligraphiée à 3 exemplaires.

64 Casau perdut. Pessac-Pau, Princi Negre ed.-Escole Gastou Febus, 1986. 71 p. (Coll. «Au viu leopard», 4).

65 Le Golfe de Gascogne. Paris, Arthaud, 1987. 252 p., 25 ill. (Coll. «Pays»).

66 Préface, intitulée «Lettres à mon gendre», pp. 5-14 *in* Le Cuisinier landais. Suivi de : Les bons domestiques. Garein, éd. Ultreïa, 1987. 176 p.

67 Le jeune homme de novembre. La pluie. Le chemin de terre. Traduction [française] de l'occitan par Alem Surre-Garcia avec la collaboration de Françoise Meyruels. Paris, éd. Le Chemin Vert, 1987. 252 p. (Coll. «Commune présence»)

68 Quatre dessins ou «encres» de Bernard Manciet *in* Laborde (Christian). Congo, poèmes gascons-français. Couverture de Claude Nougaro. Bats en Tursan - Geaune, éd. Utovie, 1987. 88 p.

69 André Du Pré. Sonnets gascons [tirés des *Fueilles Sibyllines*, Lectoure, 1620] traduits en langue française par Bernard Manciet. Bordeaux, Barnabooth & L'Horizon Chimérique éd., 1988. 41 p.

70 Sonnets triestins (extraits) [texte français seul] VIII, XI et XXI (poèmes traduits du gascon par l'auteur). *Polyphonies*, revue trimestrielle de poésie, Paris, n° 9, Eté 1989, n° «Musique et voix», pp. 107-109.

71 Meste Verdié. Farces bordelaises, traduites du gascon par Bernard Manciet, préfacées par Albert Rèche. Bordeaux, L'Horizon chimérique éd., 1989. 133 p.

72 Landes en feu. Bordeaux, éd. Sud-Ouest, 1989, 92 p., photos. (Coll. «Mémoire du quotidien»).

73 L'Enterrament a Sabres. L'Enterrement à Sabres. Poème gascon et traduction française de l'auteur. Garein (Landes), éd. Ultreïa (Cognac, Presses du Temps qu'il fait), 1989. 437 p. Poème en 16 «chants» dont des extraits ont été publiés, en 1983-84, 1986 et 1987, dans *La Barbacane*, annales de poésie contemporaine, publiées à Bonaguil par Max Pons. Cet ouvrage a obtenu le Prix littéraire Antigone de la Ville de Montpellier en 1990.

74 La Révolution. Spectacle "La Révolution en dansant", spectacle représenté le 20 juin 1989, Place Saint-Michel à Bordeaux, création de la Compagnie Lubat avec texte et lecture de B. Manciet.

75 Un Hiver / Un ivèrn. Texte français suivi du texte original occitan. Garein, éditions Ultreïa, novembre 1990. 66 p. Création, sur une mise en scène de Gilbert Tiberghien et Jean-Claude Audouin, au Théâtre Jean Vilar - Centre Culturel d'Eysines (Gironde) les 13 et 14 avril 1990.

76 Salluste du Bartas : L'amour cavalier. *Sud-Ouest Dimanche*, Bordeaux, Dimanche 1° avril 1990, pp. 10-11.

77 Eloge de Clémence Isaure, lu en séance publique le 3 mai 1991 par Bernard Manciet, Maître ès Jeux Floraux. Laus d'Isaura [texte occitan et traduction française]. *Recueil de l'Académie des Jeux Floraux*, Toulouse, 1991, pp. 129-132.

78 Palombes. Photographies d'Eric Audinet. Bordeaux, éd. Sud-Ouest, 1991. 144 p.

79 Montaigne et la religion : La chrestienne intelligence. pp. 12-14. Montaigne gascon : "La barbarie de mon cru". pp. 34-36. *Sud-Ouest*, dossiers du quotidien "Montaigne : 400 ans et pas une ride", mai 1992.

80 Per el Yiyo [texte occitan et traduction française]. *Cahiers du Théâtre du Port de la Lune*, Bordeaux, n° 3, 1992, pp. 13-21. Ce poème a été créé en 1987 au 6e Festival occitan d'Eysines, mise en scène de Gilbert Tiberghien, musique de Bernard Lubat.

81 Panegiric de Miqueu l'Arcange / Panégyrique de Michel l'Archange. *Cahiers du Théâtre du Port de la Lune*, Bordeaux, n° 3, 1992, pp. 23-40.

82 Escasenças / Passages. Vanilha / Vanille. Laurèra / Laure. Trocha / Truite. Dune / Dune. Luèira / Lunaire. Embrada / Pluviôse. Sancalina / Lézard. *Cahiers du Théâtre du Port de la Lune*, Bordeaux, n° 3, 1992, pp. 41-54.

83 Elena / Hélène. [texte original gascon suivi de la traduction française par Guy Latry]. Eglise Neuve d'Issac - Montpeyroux, Federòc - Jorn (Nîmes, impr. Barnier), 1992. 120 p. (Ce roman était annoncé comme achevé depuis 1970).

84 Heidelberg [poème de] Hölderlin. Revirada de Bernat Manciet. *Oc*, n° CCCVI, n° 26, Genier de 1993.

85 Trene / Thrène (fragment) [texte occitan et traduction française]. *La Barbacane*, 30° année, 1993, n° 53-55.

86 Thrène. *Oc*, n° CCCVIII, XIIIa Tièira, n° 28, Julhet de 1993, pp. 14-18.

87 Poète et "pèc". pp. 31 - 46 *in* Félix Arnaudin, imagier de la Grande Lande. [Bordeaux], Centre Régional des Lettres d'Aquitaine - L'Horizon chimérique - Ultreïa - Parc Naturel Régional des Landes de Gascogne, 1993. 159 p., ill.

88 Estuari / Estuaire. Longages, Editions Multiples, 1993. 97 p. (Collection "Fondamente", 7).

89 Cantas deu Rei, suivi de : Mistèri de glòri. Chants royaux, suivi de : Mystère glorieux. Edition bilingue Gascon-Français. Bonaguil, Editions La Barbacane (Cognac, impr. Le Temps qu'il fait), 1993. 53 p. Tiré à 350 exemplaires.

90 Avant-propos, pp. 11-29, intitulé : L'été gascon, à : Valat (Jacques) [photographe]. Pour la beauté du geste : la course landaise. Toulouse, Loubatières, 1993. 89 p.

91 Auròst / Thrène. Traduit de l'occitan par l'auteur. Auch, L'Arrière-Pays (Bassac, impr. Plein Chant), 1993. 24 p.

92 Entre Gascogne & Provence. Itinéraire en lettres d'oc. Entretiens avec les poètes Serge Bec et Bernard Manciet, par Jean-Luc Pouliquen. Aix-en-Provence, Edisud, 1994. 160 p.

93 La façade des quais. Texte de Bernard Manciet. Photographes de Vincent Monthiers. Accompagné de quelques éléments d'une enquête, réunis par Eric Audinet. Bordeaux, Editions Confluences, avril 1994. 40 p. (Coll. "La forme d'une ville - La forme de Bordeaux").

94 Les draps de l'été, nouvelle, illustrée par Christian Dujols [prise de vue photographique], Jacques Baris [tirage, coloriage et montage photographique] et [16 dessins de] Marcel Saint-Martin. [Biarritz], Abacus édition, 1994. [68] p. Tiré à 120 ex.

95 Lo díder de Guernica. *Oc*, n° CCCXIII, XIIIa tièira, n° 33, Octòbre de 1994, pp. 33-35.

96 Balade landaise. Photographies de Jean-Louis Duzert. Contées par Bernard Manciet. S.l., Association pour la promotion du Parc Naturel Régional des Landes de Gascogne, novembre 1994. Non paginé.

97 Le premier voyage en chemin de fer du Pierrillot de Mousteuy [du Chanoine Coureau], traduit en vers [français] par Bernard Manciet. Petite comédie landaise. Sabres, Foyer Rural d'Education Populaire, 1994. 57 p.

98 Los despatriats / Les émigrés. *Terres du Sud*, cahiers de littérature géopoétique à parution irrégulière, n° 2 "Le Vert sacré", octobre 1994, pp. 10-14.

99 [Discours d'] Ouverture, pp. 13-16; La gasconnité de Montaigne, pp. 79-83. *in* Lire Montaigne aujourd'hui. Actes du colloque organisé par le Lycée Michel Montaigne, Bordeaux. *Les Cahiers du Tournefeuille*, n° XII, 89 p.

100 [Cinq sonnets :] Com l'aur atau de lugranosa higa / Ainsi naît et mûrit de figue constellée. Sitz, Senhor, mercejat per m'aver hèit mortiu / Merci, Seigneur, merci de m'avoir fait mortel. Trida es ma pèth e mon amna torrada / Grives, ma peau. Mais une âme de gel. Mes que la prima la heurèira / Plus que le printemps, février. Doman serèi doman ombra ton ombra / Demain, je serai l'ombre, demain, de ton ombre. pp. 244-248 *in* Pierre Bec. Pour un autre soleil... Le sonnet occitan des origines à nos jours. Une anthologie. Préface de Jacques Roubaud. Orléans, Ed. Paradigme, 1994. XIX-351 p.

101 Aratea (Lo peu de Bereniça / La chevelure de Bérénice. Los sertes / Les couronnes) [texte occitan et version française de l'auteur]. *Levant, cahiers de l'espace méditerranéen*, n° 7, 1994-1995, pp. 72-75.

102 Strophes pour Feurer. Bordeaux, L'Escampette éditions, octobre 1995. [75] p., 4 photographies coul. hors-texte des polyptiques du peintre René Feurer réalisées en la Collégiale d'Uzeste par Patrick Roy.

103 Les draps de l'été. Nouvelle illustrée par Marcel Saint-Martin. Suivi de la traduction de l'auteur en langue gascone : Los Linçòus de l'Estiu. [Meilhan (Landes)], Abacus Edition, 1995. [68] p., 1 photogr. [de Christian Dujols] et seize dessins (Coll. «Un temps d'arrêt», 1). Tiré à 550 ex.

104 Lo gojat de noveme. Le jeune homme de novembre. Traduction française de Guy Latry. Pau, Escòla Gaston Febus - Reclams (Pau, Impr. deus Païs de l'Ador), 1995. 160 p. C. r. par Philippe Gardy, "Bernard Manciet : la parole et ses doubles". *La Lettre d'Atlantiques*, n° 4, janvier 1996, pp. 14-16.

105 Véniels. Escasenças. Avec dessins de l'auteur. Poèmes traduits du gascon par l'auteur. Bordeaux, L'Escampette, 1996. 53 p. (Contient : Vanille / Vanilha, Laure / Laurèra, Truite / Trocha, Dune / Duna, Lunaire / Luèira, Pluviôse / Embrada, Lézard / Sancalina. Poèmes initialement publiés en 1992 dans les *Cahiers du Théâtre du Port de la Lune*).

106 Per el Yiyo. Traduit de l'occitan & illustré par l'auteur. Bordeaux, L'Escampette (Cognac, impr. Le temps qu'il fait), 1996. 96 p. Couverture et 4 ill. coul. in texte.

107 L'Enterrament a Sabres. Seconde édition établie par Guy Latry. Bordeaux, Editions Mollat, 1996. 405 p.

108 Tròbas entà Feurer. *Oc*, n° CCCXVIII, XIIIa tièira, n° 38, Genièr de 1996, pp. 7-10.

109 Sonets. Sonnets. [texte original occitan et] version française de l'auteur. Montpeyroux (Hérault), Ed. Jorn (Périgueux, Impr. Fanlac), 1996. 239 p.

110 Les âmes immobiles. pp. 7-8. Préface à : Gabriel Okoundji. Cycle d'un ciel bleu. Paris, Editions L'Harmattan, 1996. (Coll. "Poètes des cinq continents").

111 Les pedres que parlen amb la lluna (traducció de l'occità de Jordi Puntí, del recull *Roncesvals*). pp. 59-65 *in* 13è festival internacional de pœsia de Barcelona, Palau de la Música Catalana, 15 de maig de 1997 [brochure-programme]. Barcelona, Barcelona Pœsia, 1997. 110 p.

112 Roncesvals / Roncevaux. Pau, Editions Covedi - Laboratoire de Recherche en Langues et Littératures Romanes de l'Université de Pau et des Pays de l'Adour, 1997. Avec dessins de l'auteur.

INDEX DES GENRES

LES ÉTUDES CONSACRÉES À BERNARD MANCIET ET À SON ŒUVRE

(classées par ordre chronologique de publication)

• **LARZAC (Jean).** Trois poètes et la conscience occitane. *Esprit*, n° 306, nlle série, n° 5, mai 1962, pp. 756-767 (article consacré à René Nelli, Denis Saurat et Bernard Manciet).

• **KIRSCH (Fritz Peter).** Studien zur Languedokischen und Gascognischen Literatur der Gegenwart. Wien - Stuttgart, Wilhelm Braumüller, 1965. 174 p. § "Die Rebellion des Bernard Manciet" : pp. 138-146.

• **ESPIEUT (Enric).** Que legissa Bernat Manciet, [poème]. *Letras d'Oc*, n° 9, 1° semestre 1967, pp. 30-31.

• **GARAVINI (Fausta).** L'Empèri dóu soulèu. La ragione dialettale nella Francia d'oc. Milano-Napoli, Riccardo Ricciardi, 1967. VIII-379 p. § B. Manciet, pp. 276-280.

• **LAFONT (Robert) et ANATOLE (Christian).** Nouvelle histoire de la littérature occitane. Paris, Presses Universitaires de France, 1970. § B. Manciet : tome 2, pp. 791-793.

• **GARAVINI (Fausta).** La Letteratura occitanica moderna. Firenze-Milano, G. C. Sansoni - Edizioni Accademia, 1970. (Coll. «La Letterature del mondo», 50) § B. Manciet : pp. 196-198 et 259.

• **KIRSCH (Fritz Peter).** Lectura de Manciet. *Oc*, n° 257, Prima de 1977, pp. 59-66.

• **DELCOMMINETTE (Bernadette).** Bernard Manciet, modernité gasconne. Mémoire de licence en philologie romane, 1976-1977, Université de Liège, Faculté de Philosophie et Lettres, sous la direction de Madame le Professeur Rita Lejeune. 195 p.

• **LABORDE (Christian).** *Lo Gojat de novémer*, de Bernard Manciet. [traduction française, avec introduction, notes, lexique, entretien avec l'auteur et bibliographie]. Mémoire de maîtrise, sous la direction de Jacques Allières, Université de Toulouse-Le-Mirail, année universitaire 1977-1978. 77 p.

• **KIRSCH (Fritz Peter).** Okzitanische Erzahler des 20. Jahrhunderts. Tübingen, Gunter Narr Verlag, 1980. § B. Manciet [étude suivie de :] *Lo gojat de novémer* [extrait en occitan face à sa traduction allemande :] Der Novemberjunge. pp. 77-86.

• **GARDY (Philippe).** Espace de la littérature gasconne. pp. 108-110 *in* La Gascogne : pays, nation, région ?, sous la direction de Robert Escarpit. Paris, Editions Entente, 1982. (Coll. «Minorités»).

• **ICARD (Muriel).** L'œuvre poétique de Bernard Manciet : d'une occitanité vers d'autres cultures. Mémoire pour l'obtention du Diplôme d'Etudes Approfondies en Littérature française et comparée, sous la direction de Mademoiselle Bétérous, année 1983-1984, Bordeaux III - Université de Gascogne. 58 p., dactyl.

• **ICARD (Muriel).** Bernard Manciet : d'une occitanité vers d'autres cultures... *Garona*, cahier n° 1 du Centre d'Etudes des Cultures d'Aquitaine et d'Europe du Sud (C. E. C. A. E. S.), Université de Bordeaux III, Juin 1985, pp. 65-79.

• **Bernard Manciet ou le pathos de la distance.** Séminaire du 24 avril 1985. *Aréthuse*, Cahiers du Centre de Recherches sur la poésie contemporaine, Université de Pau, n° 1, 36 p. Contient : Biographie de B. Manciet. Bibliographie. Sonnets (avec traduction française de Jacqueline Nalis). Etude des sonnets, par J. Nalis. Interventions de B. Manciet pendant l'exposé. Lueurs sur le premier Chant Royal, par Yves-Alain Favre. Un fascicule intitulé *Aréthuse-bis* n° 1 (qui connait une diffusion parallèle à celle réalisée par le C. R. P. C. pour le fascicule *Aréthuse*) contient, en fin de brochure, un supplément de 12 pages donnant la transcription de la discussion entre B. Manciet et les membres du séminaire.

• **Eisinas 85.** Bernard Lubat, Bernard Manciet, Pierre Venzac. Trois artistes se rencontrent... Bordeaux, Princi Negre editor, 1986. 78 p. Contient : Muriel Icard : Du livre vivant... Bernard Lubat : «Manciet, c'est comme une réalité incontournable». Pour en savoir plus sur Bernard Lubat. Pierre Venzac : L'odas d'1 roc(k). Bernard Manciet : Après la cérémonie. Bernard Traimond : B. Manciet. Une civilisation.

• **Calligraphies de sable.** Œuvres sur papier de Bernard Manciet. Catalogue de l'exposition, février 1989. Paris, Chez Jean-Claude Marcadé, 1989. [21] p. Contient des textes de B. Manciet, Jean-Claude Marcadé et Bernard Molinié, une bibliographie sommaire et la liste des œuvres exposées.

• **GARDY (Philippe).** Manciet, Mauriac : l'écriture au miroir des langues. *Littérature,* revue trimestrielle, Paris, éd. Larousse, n° 76, intitulé "Le partage culturel inégal et son texte", décembre 1989, pp. 24-36.

• **GARDY (Philippe).** [une page consacrée à B. M. *in*] Fragments d'un "livre de lecture(s)"... *Amiras*, n° 19, intitulé "Dotze novèlas", 1989, pp. 103-106.

• **LATRY (Guy).** Bernard Manciet, de B à M. pp. 102-107 *in* Vingt ans de littérature d'expression occitane 1968-1988. Actes du colloque international (Château de Castries, 25-26-27 et 28 octobre 1988) réunis par Philippe Gardy et François Pic. Montpellier, Section Française de l'Association Internationale d'Etudes Occitanes, 1990. 123 p.; XXI pl. de portr. Le portrait photographique de B. Manciet , pl. XIII, est l'œuvre de Jean-Luc Chapin.

• **DAGUERRE (B.).** Un homme de parole : Bernard Manciet. [suivi de :] Jean-Michel Michelena : Une lettre inédite à Bernard Manciet. *Gironde Magazine*, n° 22, octobre-décembre 1990, pp. 14-15.

• **LOUBERE (Isabelle).** Image de la femme gasconne dans la lande au début du XX° siècle. Travail d'Etudes et de Recherches en vue de la maîtrise de Lettres Modernes, sous la direction de Madame le Professeur Notz. Université de Bordeaux III, UER de Lettres et Arts, Octobre 1990. 129 p.

• **KIRSCH (Fritz-Peter).** Bernard Manciet. *in* Kindlers Neues Literatur Lexikon. Tome XI. München, Kindler Verlag, 1990. pp. 6-7.

• **LATRY (Guy).** Impossible Manciet. *Le Festin.* Lettres, lieux, vues, Revue d'art en Aquitaine, n° 6, printemps 1991, pp. 34-35.

• **AUZIAS (Jean-Marie).** Lo plaser de la lectura : (...) Bernat Manciet, l'inoblidable. pp. 147-156 *in* Actes de l'Université Occitane d'Eté 1990. Nîmes, Marpoc - I. E. O. Gard, 1991. 190 p.

• **La comédienne et le gascon [Bernadette Lafont et**

Bernard Manciet]. Propos recueillis par Fara C.[Couderc]. *Humanité-Dimanche*, n° 80, 26. 9 - 2. 10. 1991, pp. 62-63.

• **GARDY (Felip).** Cinquanta anys de poesia occitana (1940-1990). *Reduccions*, revista de poesia, Vic (Barcelona), n° 50-51, Octubre de 1991 [paru en février 1992], pp. 115-169.

• **GARDY (Philippe).** Une écriture en archipel. Cinquante ans de poésie occitane (1940-1990). Eglise-Neuve-d'Issac, Fédérop, 1992. 160 p. Voir § "Sur les marges : quelques œuvres majeures", pp. 101-109 et 153-154.

• ***Cahiers du Théâtre du Port de la Lune,*** n° 3, 1996, Numéro spécial Bernard Manciet, 65 p. Contient des articles de Guy Latry, Jean-Michel Michelena, François Pic, Pierre Veilletet.

• **GARDY (Philippe).** Los païsatges mitologics dins lo roman occitan (1950-1986). Assag d'aproximacion preliminària. pp. 441-454 *in* Atti del Secondo Congresso Internazionale della "Association Internationale d'Etudes Occitanes", Torino, 31 agosto - 5 settembre 1987, a cura di Giuliano Gasca Queirazza. Volume I. Torino, Università di Torino - Dipartimento di Scienze Letterarie e Filologiche, 1993. Publié également dans : *La Revista occitana*, Montpellier, n° 1, octobre 1993, pp. 115-128.

• **LAFONT (Robert).** Posandiers [à propos de *Pouèmo 5* de M.-F. Delavouët, de *L'Enterrament a Sabres* de B. Manciet, et du n° 3 des *Cahiers du Théâtre du port de la lune* consacré à B. Manciet]. *La Revista Occitana*, Montpelhièr, n° 1, 1993, pp. 125-130.

• **GARDY (Philippe).** Ruralité et modernité dans la littérature occitane contemporaine. L'exemple du roman entre 1950 et 1990. pp. 92-101 *in* Langues, dialectes et écriture (les langues romanes de France). Actes du Colloque de Nanterre des 16, 17 et 18 avril 1992, sous la direction de Hervé Guillorel et Jean Sibille. Paris, Institut d'Etudes Occitanes & Institut de Politique Internationale et Européenne de l'Université de Paris X - Nanterre, 1993. 320 p.

• **CIPRÉS PALACÍN (Maria Angeles).** Quelques remarques sur la poésie contemporaine en langue pyrénéenne Haut-Aragon et en langue occitane. pp. 429-456 *in* Actes du IV° Congrès international de l'Association Internationale d'Etudes Occitanes, Vitoria-Gasteiz, 22-28 août 1993. Vitoria, 1993, tome II.

• **GARDY (Philippe).** La constellation Manciet. *Levant, cahiers de l'espace méditerranéen*, n° 7, 1994-1995, pp. 76-78.

• **Bernard Manciet : Le feu est dans la langue.** Actes du colloque de Bordeaux, 20 et 21 novembre 1992, rassemblés et préfacés par Guy Latry. Bordes - Bordeaux, Centre d'Etude de la Littérature Occitane - William Blake & Co édit., 1996. 243 p. Contient des communications de Jean Arrouye, Jean-Marie Auzias, William Calin, Jean-Yves Casanova, Béatrice Collard, Christian Coulon, Florence Delay & Jacques Roubaud, Philippe Gardy, Georg Kremnitz, Q. I. M. Mok, François Pic, Jean Salles-Loustau, Pascal Sarpoulet, Alain Surre-Garcia, Jean-Pierre Tardif, Claire Torreilles, Bernard Traimond, Alain Viaut, Anne Viguier.

• **GARDY (Philippe).** L'écriture occitane contemporaine : Une quête des mots. Paris, L'Harmattan, 1996. 290 p. (Coll. "Sociolinguistique". Le chapitre III, pp. 197-266, intitulé "La spirale et l'espace : Manciet, Lafont ..." se subdivise en cinq parties dont les trois premières sont : 1 : La constellation Manciet. 2 : Mauriac, Manciet : le miroir des langues. 3 : Bernat / Bernard : l'épreuve du souffle. "En guise de conclusion", l'ouvrage s'achève, pp. 267-288, par : Les écrivains d'expression occitane de la seconde moitié du XXe siècle écrivent-ils en occitan ? L'exemple de Bernard Manciet.

• **GARDY (Philippe).** L'écriture poétique occitane actuelle, en ce lieu où la langue "se dérobe" et "se tord" ou "se brise"... Lectures de Max Rouquette et de Bernard Manciet. Communication au colloque '"Pays de la langue, pays de la poésie", Université de Pau, 28, 29 et 30 novembre 1996. Actes à paraître.

• **LESFARGUES (Bernard).** M IV ou Bernard Manciet. *La Licorne*, Poitiers, n° 1996, "A quoi bon ? Bon à quoi ? - Ecrivains présents", pp. 73-77.

À PARAÎTRE

• **Bernard Manciet. Lo poèta ditz lo mai bèl de sas òbras** (pròsa, poèsia, inedit). (Collection Témoignage « Trésors d'Occitanie »). 1 CD audio + 1 livret de 96 p. avec traduction française, Montpellier, Aura Production, 1997.

Photo Revue Tsigane. D.R.

Théâtre d'ailleurs

Langues " minoritaires "

ALAIN VIAUT. (C.N.R.S)

Le simple fait de poser la question des langues minoritaires de France, ou même de celles qui ne relèvent pas de ce pays, impose généralement de se prémunir de certaines précautions sous peine de passer pour passéiste, ethniste, voire séparatiste. Une sorte de langage commun du haut en bas de l'échelle sociale et des instances structurant ce pays, se justifie par la valorisation de l'un et de l'universel dont la France a sans doute le mieux compris les incontestables vertus. C'est oublier que d'autres pays, plutôt perçus à travers une vision faisant la part belle à la culture et au sang, ont eu, ainsi que le rappelle M. Cahen (cf. CAHEN, M. *Ethnicité politique : pour une lecture réaliste de l'identité.* Paris l'Harmattan, 1994, p. 117-121), des penseurs universalistes pour le moins connus. 1789 et Renan d'un côté, Fichte de l'autre. Pourtant l'idée fédérale a été en débat en France, et Marx et Rosa Luxembourg étaient de culture allemande.

Il faut pourtant se rendre à l'évidence, de part et d'autre, globalement deux tendances différentes dans la représentation l'ont emporté, pour s'en tenir à cette seule mise en parallèle. Elles soulignent, entre autres choses, des nuances d'appréciation dans l'appréhension du concept de nation et dans ses conséquences pour les mentalités politiques. Le débat sur la notion de peuple corse il y a quelques années doit être situé dans ce cadre. La multiple adéquation française de l'Etat, de la nation, de la République et du peuple est régulièrement rappelée. La langue y a récemment été ajoutée de façon officielle grâce à la loi constitutionnelle du 25 juin 1992 selon laquelle «la langue de la République est le français». Seuls autres exemples de ce type dans l'Europe au sens large : la Bulgarie et la Roumanie. Lorsqu'une mise en concurrence point à l'horizon, de l'extérieur comme de l'intérieur de l'Hexagone, les lois fondamentales en la matière, la Constitution, peuvent ainsi être objectées. Aussi bien en matière de langue par conséquent. Un nouvel article 2 de la constitution de la Ve République, désormais muni de cette précision d'ordre linguistique, s'il cèle un état de fait depuis longtemps identifié, consacre par la force du droit la langue unique au niveau des piliers dogmatiques, sacrés par conséquent, du pays. D'une part, cela fut fait peu avant le référendum du 20 septembre de la même année posant la question de l'adhésion de la France au traité de Maastricht et visait à affirmer au plus haut point une position protectionniste en faveur du français. D'autre part, deux ans plus tard, la loi du 4 août 1994 relative à l'emploi de la langue française ne put que confirmer cette assertion en indiquant que : «langue de la République en vertu de la constitution, la langue française est un élément fondamental de la personnalité et du patrimoine de la France». Une hiérarchie fut ainsi consacrée dans les composantes culturelles qui caractérisent la France. Le rappel des évidences, produits d'une histoire et d'un développement culturel reconnus et largement admis, devait aboutir à une reconnaissance minimale, condescendante, des langues minoritaires de France à implantation territoriale qui font l'objet de notre propos ici. L'article 21 de ce même texte accorde que : « les dispositions de la présente loi s'appliquent sans préjudice de la législation et de la réglementation relative aux langues régionales de France et ne s'opposent pas à leur usage». Si d'autres pays d'Europe sont plus positifs à l'égard de leurs langues minoritaires, parfois même ouvertement protecteurs et promoteurs de ces dernières, la France, audelà de ces déclarations de principe dont le caractère hautement symbolique ne peut échapper, fournit pourtant un cadre minimal censé prendre en compte les langues dites «régionales» au regard de la législation française depuis 1966 (cf. la circulaire n'66-361 du 24/10/1966 portant création de commissions académiques d'études régionales : «La loi du 11 février 1951 a prévu que l'enseignement des langues régionales pourrait être assuré dans les établissements scolaires et dans les universités»). Les données de ce cadre sont connues. Elles concernent uniquement l'enseignement avec, en particulier, la loi Deixonne de 1951 et les circulaires Savary, de 1982, et Bayrou de 1995. Les principales caractéristiques sont actuellement les suivantes : initiation possible dans le primaire et le secondaire, accès optionnel ou facultatif à la langue régionale comme matière dans les filières publique ou privée du secondaire, scolarité bilingue du primaire au secondaire inclus, conventionnement des centres scolaires privés du type bressola catalane, calandreta occitane, diwan bretonne, ikastola basque, ou s'inspirant des méthodes d'immersion et de la pédagogie Freinet, un CAPES mixte de langue régionale depuis 1991-92. La resocialisation diffuse de ces langues régionales à des niveaux d'usage non seulement courant mais aussi public, repose, en dehors de cela, sur le secteur associatif et, dans quelques cas, sur les collectivités territoriales (participation à l'enseignement, signalisation routière bilingue...), départements et régions surtout, l'Etat y participant parfois aussi à travers les contrats de plan ou plus ponctuellement. Or Les cadres territoriaux ne correspondent pas à des vécus historiques mais à des créations essentiellement technocratiques. Malgré cela, certains d'entre eux ont engagé depuis plusieurs années des actions de promotion en faveur de ces langues prouvant ainsi que leurs représentants se sentent concernés.

Quant aux effets de ces quelques mesures, force est de constater, à travers les résultats des premières enquêtes sociolinguistiques dont nous disposons depuis quelques années (Bretagne, Alsace, Languedoc-Roussillon pour l'occitan et le catalan, Pyrénées-Atlantiques, Hautes-Pyrénées, Pays basque) que la pratique des langues régionales n'en finit pas de reculer. La locution effective, plus ou moins régulière, se situe généralement en deçà de 10% des communautés concernées avec de rares exceptions (basque). A l'inverse de ce qui se passe par exemple en Espagne ou en Grande-Bretagne pour le gallois, les courbes de connaissance et de pratique sont régulièrement descendantes, des tranches les plus âgées jusqu'aux plus jeunes où elles s'approchent de zéro. Dans ces autres pays où des politiques linguistiques volontaristes ont été mises en application en faveur de langues minoritaires, on constate généralement une remontée de cette courbe pour les générations les plus jeunes, fruit d'un développement plus déterminé dans l'enseignement, d'une offre publique globale plus importante aussi, surtout sur les médias modernes. Sur ce dernier point, l'offre télévisuelle en langue régionale reste dérisoire en France et le prestige que procure généralement une reconnaissance quant à la nature légale de telle ou telle langue minoritaire ou régionale, officielle, nationale ou propre, ne peut y être recherché de ce côté, à la différence de ce qui se passe à l'intérieur de plus en plus d'autres pays européens.

Face à cela, l'argument de la faible demande ou de sa structuration déficiente est souvent avancé. Il est vrai que les années passant, le lien concret avec ces langues s'estompe et il n'est pas sûr que les variétés normées qu'il faut bien mettre au point et diffuser en vue de tenter des adaptations modernes de ces codes de communication en soient les seules représentations efficaces. A ce stade de minorisation, alors que ces langues ne sont même pas républicaines, la relation avec les variétés héritées, locales ou dialectales, de ces dernières fait partie des rares légitimations de l'appropriation linguistique.

Il faudrait aussi évoquer le manque d'information minimale - entre autres sur la géographie linguistique de la France sans que des esprits épris d'amalgames faciles aillent imaginer derrière des cartes ethniques sur les caractéristiques de base de ces langues, leur vitalité actuelle et les créations dont elles ont été et sont porteuses.

Or la reconnaissance régionale et, de plus en plus nationale et au-delà, de la création en langue régionale est une évidence, certes dans des pays comme l'Espagne (cf. Atxaga ou Pàmies), mais aussi en Belgique (très grande vitalité du théâtre populaire en wallon en train de conquérir en outre les registres de la modernité) et bien sûr en France (chant corse, création musicale et en basque autour et dans l'esprit d'un Beñat Achiary par exemple, renouveau de la culture germanique en Alsace, festivals bretons, écrivains occitans tels que B. Manciet ou M. Rouquette), pour s'en tenir à ces seules allusions. Laisser entendre que cette création et ce qui doit, ou devrait, l'accompagner, à savoir un soutien à ces langues démocratiquement admis et débattu ainsi que techniquement valide, pourrait relever d'une tendance communautariste est non seulement rapide mais faux. Le souci, non par prudence mais par besoin, d'ouverture à toutes les cultures, de France, territoriales ou d'immigration, et d'ailleurs, préside à ce que nous venons d'évoquer. Il était déjà résolument présent dans le manifeste dit de Nérac (1 5 novembre 1956) signé de F. Castan et B. Manciet : « [...] par une interrogation constante des littératures française et étrangères, sans distinction de siècle ni de situation, et par l'interprétation des créations littéraires d'avant-garde, les écrivains d'Oc espèrent trouver en toutes circonstances une solution au renouveau de leurs traditions et un mode d'expression de valeur universelle ».

La défense de ces langues et des apports actuels et à venir dont elles sont et peuvent être à l'origine ne peut faire l'économie du politique et, si elles représentent effectivement une réalité sociologique, force est de constater que cette question reste encore posée en France. Inutile de revenir sur les deux pôles largement rejetés par les premiers intéressés, le communautarisme (cf. supra) et l'assimilationnisme cher à certains ultra-jacobins. En attendant une régionalisation plus effective techniquement ainsi que dans les mentalités, nous oserons rappeler la nécessité de confronter les opinions franco-parisiennes sur l'ethinicité, les régions, la «province», à ce qu'il en est autour de l'Hexagone, nous rappellerons que, pas plus que la liberté, la démocratie ne se divise pas et qu'elle concerne aussi la culture et les langues. Conscient que, dans ce dernier domaine, un modèle politique - fédéral si l'on veut n'est pas forcément une panacée pour une politique linguistique jouant la carte de la diversité et que , sous réserve d'un fonctionnement reconnu démocratique, des cadres et des traditions politiques même unitaristes peuvent développer une gestion multiculturaliste au sens où l'entend M. Wieviorka (cf. *Une société fragmentée? Le multiculturalisme en débat*, sous la dir. de M. Wieviorka. Paris. La Découverte, 1996), on saura que la voie reste ouverte à un débat fructueux à condition qu'il débouche sur des propositions concrètes. Mais jusqu'à quand les personnes conscientes de cette question ou concernées par elle en resteront-elles réduites à constater les petits acquis et à expliquer que la voie demeure ouverte aux solutions ?

Le théâtre tsigane rrom

ou la naissance d'une littérature.

MARIE-HÉLÈNE BONAFÉ

Le théâtre tsigane, la culture tsigane en général, couvre une réalité complexe : la communauté est installée dans plusieurs pays d'Europe et les tsiganes ont souvent adopté la langue du pays où ils se trouvent. Depuis les années 60, une littérature « nationale » en langue rrom a commencé à s'écrire. L'écriture théâtrale rromani se développe donc au fur et à mesure que se produit ce que l'on qualifie aujourd'hui de : « naissance d'une nation »... Une naissance avec tout ce que cela comporte de douloureux : le poids terrible de l'holocauste dans les mémoires et les consciences, les conditions de survie terribles d'une communauté plus touchée encore qu'une autre par la misère et son cortège de drogue chômage et délinquance, mais aussi avec tout ce que ce mot contient d'espoir, fût-il symbolique, sans lequel aucun homme ni aucun peuple ne peut vivre.

Rahim Burham

Si de grands dramaturges tels que Lorca, Shakespeare, Sophocle, ont été traduits et portés à la scène en rrom, par le théâtre Phralipe en particulier, compagnie professionnelle résidant au T.A.R, théâtre de Mülheim en Allemagne, il n'existe que très peu de textes écrits directement dans la langue. Les expériences théâtrales en rrom sont nombreuses, mais les textes demeurent difficilement accessibles. Le théâtre tsigane rrom en est donc à ses prémices. Les sujets en sont pour une part, simples, éducatifs, redresseurs des mauvaises images dont souffre la communauté. La graphie commune de la langue rromani n'a été que récemment établie. Cette langue doit constituer la colonne vertébrale, autour de laquelle la culture tsigane, éparse dans de nombreux pays d'Europe et dans autant de langues, doit construire son identité, ou au moins servir de dénominateur commun entre ressortissants de tous les territoires. Cette démarche fait partie d'un incontestable renouveau culturel et artistique. Nombre de militants fondent de grands espoirs sur la pratique théâtrale qui, à leurs yeux, peut porter le rrom et la conscience identitaire de la communauté tsigane bien au-delà de ce que peuvent le faire la musique ou le cinéma, qui véhiculent, à leur avis, trop de clichés.

Rendre compte du « théâtre tsigane », ne peut se limiter aux seules expériences en langue rrom et on ne peut témoigner de cette réalité complexe en quelques pages. Un numéro de la revue y sera donc consacré. En avant goût, nous proposons de découvrir un témoignage de Rahim Burhan, metteur en scène et fondateur du théâtre Phralipe et une nouvelle au titre emblématique : Notre langue n'est pas fourchue, de Ali Krasnić, écrite en langue rrom et traduite en occitan puis en français.

M. H. B.

« A l'époque, en 68 au moment où l'art du théâtre faisait un bond formidable, les dernières fois que Dieu en Europe est descendu sur terre, j'ai moi aussi été effleuré par ce vent nouveau. Cette nouvelle pensée européenne nous a atteint nous aussi. J'ai compris pourquoi la langue rrom tsigane s'est conservée pendant tant de temps pour une seule raison. Parce que partout en Europe et pendant très longtemps les Tsiganes ont été parqués à l'extérieur des villes, dans des ghettos. Nous n'avons pas de langue écrite, pas de traduction, rien. Lorsque nous avons compris cela nous avons commencé un travail de pionniers. Nous nous sommes mis à traduire le plus de littérature possible en langue tsigane. Nos ancêtres ont fait l'effort de conserver notre langue pendant des siècles. Elle est restée vivante. Nous faisons parler Shakespeare, Sophocle, Lorca dans notre langue. Ils auraient tout aussi bien pu parle tsigane, c'est merveilleux à imaginer. La motivation de mon travail repose sur la conscience que j'ai d'être tsigane, que cette culture tsigane est condamnée à mourir et que d'ailleurs elle meurt. Le théâtre tsigane authentique est mort. Nous essayons de le ressusciter. Vingt ans de travail et plus de trente traductions. Je ne sais toujours pas si nous avons réussi... Nous sommes depuis 10 siècles les seuls véritables étrangers en Europe, nous sommes capables d'éprouver les mêmes sentiments que les sintis en Allemagne, les gitans en France et les gitanos en Espagne ont pu éprouver dans leur patrie respectives. Ma patrie est la Macédoine, mais je me sens toujours un étranger, aussi bien là-bas qu'ici en Allemagne.

Rahim Burhan, metteur en scène et fondateur du théâtre Phralipe, actuellement résident au T. A. R. théâtre de Mulheïm. Extrait de l'émission d'Arte consacrée à la compagnie. 1994.

Nouvelle

ALI KRASNIĆ (KOSÒVIA, JUGOSLAVIA)

KEREN BARIPEN E DAQE ĆHIBAÇA/ NÒSTRA LENGA ES PAS FORCUDA/NOTRE LANGUE N'EST PAS FOURCHUE.
Manuscrit primé au concours AMICORROM (Italie, 1997).
Inédit.
Versions rromani, occitane et française.

Ali Krasnić, 50 ans ou presque, est Rrom balkanique de la tribu Gurbet. Bachelier de l'enseignement secondaire, il est le seul auteur rrom vraiment marquant d'après guerre en prose rromani avec deux volumes qui font date : *Ćergarenqe jaga* « Feux de nomades » (1981) et *Iripen and-o ʒivipen* « Retour à la vie » (1986) — sans parler de ses autres nouvelles en rromani, albanais ou serbe éparpillées dans les publications des éditions Jedinstvo du Prishtina. Il est l'auteur de plusieurs pièces de théâtre en rromani, dont la plus célèbre restera sans doute *Ratvalo rromano biav* « Noces tsiganes sanglantes ». il a été primé à diverses reprises en Yougoslavie à l'époque de Tito, mais aussi plus récemment au Concours européen de création en rromani « Amico rrom » organisé à Lanciano (Italie) soit pour ses nouvelles, soit pour ses poèmes. Les conditions politiques de son pays ne lui permettent plus de publier ses créations.

Keren Baripen e daqe chibaça

Version rrom, d'origine

Barvalipen manqe si kana san biando and-e rromani mahlàva, gothe kaj detharinaça aśundon e baśaldaqe krlura, gothe kaj e deja rovimaça vàzden pire maj kamle ciknorren, gothe kaj meken thuv e ćhordarde kherorra, so lenqe barranga si makhle dudale ranglença, gadala ranglençar, save si o dud ta o ʒivdipen. Kate, vi te ćhordol e asvin, ʒanglŏl pes sosqe thaj kasqe.
Barvalipen si vi goda kana e rromane, nange, punrange ćhavorre khelen pire maj bengale khelimàta p-e dromorra, katar

Nòstra lenga es pas forcuda

*Version occitane traduite du rrom par Marcel Courthiade. **

Per ieu, la riquesa es d'èstre nascut dins un barri caraco, que tre las albetas s'i ausís de ressons de musica, que las maires a pro pena i abelisson sos nenons tant aimats, e que lo fum s'enauça drech d'ostalons mai petaçats que non pas bastits, pintrats de colors de lum e de vida, d'aqueste lum qu'es la vida.

Aqui, s'una lagrema raja, se sap per qué e per qual.

La riquesa es atanben de veire los pichòts caracos, desnuses e des-

Notre langue n'est pas fourchue

Version française traduite de l'occitan par Marie-Hélène Bonafé.

Pour moi, la richesse, c'est d'être né dans un quartier gitan où l'on entend, dès le petit matin résonner de la musique, où les mères élèvent péniblement leurs enfants adorés, où la fumée sort, droite , de maisonnettes plutôt de bric et de broc que vraiment construites, peintes de couleurs de lumière et de vie, peintes de cette lumière qu'est la vie.

Là, quand une larme coule, on sait pourquoi et pour qui.

La richesse c'est aussi de voir les petits gitans dépenaillés et pieds

save uśtel o pràxo thaj e sani balval ćatrel les pe lenqe kalorre ćhama. Napal sa godole serimaça keren baripen, ta jàʒe maj but e vakărde rromane laveça. E màmi durmut garavda les, an piro brekh, napal lungărda le pire ćhejaqe, savi—bibaxtaqe—ćhinada le.

cauces, far als jòcs mai destimborlats pels caminòts, d'onte s'aleva una posca teuna que lo ventolet lor pega sus las gautas. Totes aqueles remembres fan puèi lor fiertat, e mai que mai la parladura, aquesta parladura que la mameta bel temps a escondiguèt dins son sen, avant de la passar a sa filha, la maire d'uèi que - per malastre - l'a copada.

nus jouer comme des fous sur des sentiers d'où s'échappe une poussière légère qu'un souffle de vent leur colle sur les joues... Tous ces souvenirs font ensuite leur fierté. Et surtout, le parler, ce parler que la mémé a caché dans son sein pour le transmettre à sa fille, mère d'aujourd'hui, qui - par malheur - l'a brisé.

Sosqe thaj sar ?
Baro bibaxtalipen !

Perqué e consí ?
Quin malastre !

Pourquoi et comment ?
Quel malheur !

Laqi ćhej barardi sas an jekh phagli balaj dèna la kùna thaj gilabèna laqe rromane gilă sovlărimasqe. Nivar ni ovèla te ćhinavdol. E ćhinade lavesqe, ruja vi o sap tel-o barr.

Turquiana, es dins un barquet copat qu'a creissut, que foguèt breçada ; es dins aqueste barquet que li cantavan de breçairòlas caracas. Çò qu'auriá pas jamai degut se perdre. Per cada paraula perduda, la quita sèrp ne plorava jos sa pèira.

C'est dans un petit baquet brisé que Turquiane a grandi, qu'elle a été bercée. Dans ce petit baquet, on lui a chanté des berceuses gitanes. Ce qui n'aurait jamais dû se perdre. A chaque parole perdue, le serpent lui-même en pleurait sous la pierre.

Bistardili e ćhib rromani. Pharipen e bianditrenqo, save ćhinen averenqe i ćhib. Arman bari e paponenθar thaj e mamienθar. Godi ćororri, barardi maśkar-e śtar barranga e śaj nabut ćhordarde khero rresqe, paś-e lej, and-o maśkaripen e peresqo, bi te śaj siklŏl jekh lav rromano.

Lenga que s'es doblidada.
Caborditge d'unas gents, que talhan la lenga als autres.
Malediccion dels aujòls e de las aujòlas.

La paureta Turquiana, crescuda entre las quatre parets d'un ostal caraco, benlèu un bricon mai adobat que los autres, al ran del riu, al còr del barri, sens poder aprendre una paraula caraca.

Langue qu'on a oubliée.
Folie de certains qui coupent la langue aux autres.
Malédiction des aïeux et des aïeules.

Pauvre Turquiane, grandie entre les quatre murs d'une maison gitane, un peu mieux peut-être arrangée que les autres, près d'un ruisseau, au coeur d'un quartier, sans pouvoir apprendre un mot de gitan !

E ćirikli p-o kràngo ruja.
E khamesqe strafina ni tatarde.
Asvin phari p-e phuv kali.

L'aucèl ne plorava sus sa branca.
Sens se poder assolelhar.
Lagremas pesugas sus la terra negra.

L'oiseau en pleurait sur sa branche.
Sans pouvoir s'ensoleiller.
Lourdes larmes sur la terre noire.

Bari bianditrenqi dośś.

Fauta dels parents.

Faute des parents.

Sar siklile aver ćhiba ? Thaj amari, so kerde laça ?

Consí an aprés d'autras lengas ?!
E la nòstra, de qué n'an fach ?

- Comment ont-ils appris d'autres langues ? ! Et la nôtre qu'en ont-ils fait ?

And-o khelipen, anda laqo trujalipen, kana xutel jekhe prneça ja garavel pes, kana asal e averençar, kana sa e avera keren pherǎs p-e durmutani ćhib, sar te na xaćarel pes ćororri, sarkaj te phenes kaj anda laje naj pić rat rromano, sar te khoslǒna laqe kalorre ćhamorra parnipen ? Sarkaj naj vi von kalorre, hamisarde, lolarde rangaça, sarśarelesqi phabaj, barardi and-e mamiaqi avli, andi andar-e tràsta...

E quand jòga amb las autras, quand s'espacèja o fa a pè-ranquet, o encara que s'amaga o que ritz, e que los autres farcejan dins la lenga aujolenca, consí se sentiriá pas paura, coma s'aviá pas un glop de sang caraca, coma se sas gautas negrosas foguèsson estadas passadas per fòrça al blanc ? Coma s'èran pas buròtas, cambiadissas, coma pomas de reiretemps, crescudas dins l'òrt de la mameta e aportadas dins sa saca...

Quand elle s'amuse avec les autres, quand elle court ou joue à clochepied, quand elle se cache et rit, quand les autres plaisantent dans la langue ancestrale, comment ne se sentirait-elle pas pauvre ? C'est comme si elle n'avait pas une seule goutte de sang gitan, comme si ses joues noiraudes avaient été passées au blanc, de force, et qu'elles n'étaient pas brunes, changeantes comme des pommes d'arrière saison, mûries dans le jardin de la mémé et apportées dans son sac !

Andar godi mahlàva ʒan but ćhavorra an-e sikavni. Vi e Turkiàna, rromani ćhej, maśkar lenθe. Aj, bibaxtaqe, laqe e rromani deikani ćhib sa bipinʒarutni. Kamel te lel pes kan pire amalinença, a naśti. Anda laθe, savorre dikhèna e ćhorra sar bare-godǎqi. Vakǎrel aver ćhib, a pira rromanǎθar laʒal —phenen !
Sar ta sosθar ?!

Aj bare-godǎqi naj amari ćhej, mamujal sar purano ćhuridipen xal la gaja bokh pal-e dejaqi ćhib.
Godo milajesqo dǐves, rovindoj prasla andre, perel and-e dejaqi angali thaj anglal pire bianditre khosèla pire asva, tate, sar e pića brśndesqe and-o avgùsto. Naśti xaćarèla piri doś, godlesqe kaj voj naj sa dośali.

Prones enfants del barri van a l'escoleta. Turquiana, la pichòta bomiana i va tanben. E çò que li es de fèr, es que sa lenga mairala, la coneis pas cap. Dins aquesta lenga, aimariá tant se comprendre amb sas amigas, mas pòt pas. E totas la creson ufanosa. Parla la lenga dels autres, e la sieuna li fa vergonha - çò dison !

Consí e perqué ?

Ça que la es pas confleta, la pichòta, al contràri, aquesta fam de lenga mairala la tafura coma una malor vielha.
Fa qu'aqueste vespre d'estiu dintra a l'ostal en corrent, s'escampa dins la fauda de sa maire e devant sas gents eissuga de lagremas, conflas e caudas coma glops de pluèja en agost. Que pòt pas comprendre sa fauta, pr'amor qu'a pas fach cap de fauta.

Beaucoup d'enfants du quartier vont à la petite école. Turquiane, la petite boumiane y va aussi. Ce qui lui fait mal, c'est qu'elle ne connaît pas du tout sa langue maternelle. Elle aimerait tant se faire comprendre dans cette langue par ses amies... mais elle ne peut pas. Toutes la croient orgueilleuse. Elle parle la langue des autres et la sienne lui fait honte, disent-elles.
Pourquoi et comment ?

Pourtant elle ne fait pas la fière la petite, au contraire. Cette faim de langue maternelle la travaille comme une vieille douleur.
Ce soir d'été là, elle rentre en courant à la maison et s'enfouit dans le giron de sa mère. Devant ses parents elle essuie des larmes grosses et chaudes comme des gouttes de pluie au mois d'août. Elle ne peut pas comprendre sa faute puisqu'elle n'en a commise aucune.

- Munre bianditra!len... so ker-

- Mas gents... de qué m'arriba ?

- Mon père, ma mère... qu'est-ce

dol mança? Sosqe munre amalina ni mangen te khelen mança ? Duron thaj ćhuden manqe verver kanre:
"Katar san tu rromani ćhej, kana ni kames te keres làfi rramano ?", kaj sem bare-godăqi thaj ni mangav te vakărav sar lenθe. Dej!one, me naj sem rromani ćhej ?— rovèla e Turkiàna, tasavdi an e asva, sar te na lel kan kòrkorri pesqe.

Perdequé mas amigas vòlon pas mai jogar amb ieu ? An pres ara la tissa de me tener luènh e de me cridar: « D'onte siás bomiana, que vòs pas parlar la lenga nòstra ? » Puèi me dison de confleta e que vòli pas parler coma elas. Mamà, soi pas, ieu tanben, una pichòta rromní ? - çò ditz Turquiana, qu'estofa los plors dins son piech.

qu'il m'arrive ? Pourquoi mes amies ne veulent pas jouer avec moi ? Elles ont la manie maintenant, de me tenir éloignée et de me jeter à la figure : « Quelle boumiane es-tu, pour refuser de parler notre langue ? » Puis elles me traitent de vaniteuse et disent que je ne veux pas parler comme elles. Dis, maman, je ne suis pas moi aussi une petite Rromani ? dit Turquiane qui étouffe ses pleurs dans sa poitrine.

E bianditre sar te aćhèna bi lavenqo. Dośale si. Va. Sikavde la averesqi ćhib, savi laqe sa' durutni, bipinʒarutni e ilesqe, a so naśti te phenes laqe "daqi ćhib'. Katar-o ciknipen ni godărde pe goda Mangle laθar te keren vareso so naj sa'. Thaj dikh akana o kerko ćaćipen: biandi thaj barardi and-e rromani mahlàva, a ni ʒanel rromanes. An pesqi morthi si voj avraluni, thaj e avera dikhen la sar avraluni.

De que pòdon respondre sas gents ? Es lor fauta. Òi-da. Li an parlat la lenga de l'autre, una lenga luènhta del còr, una lenga desconeguda a l'arma, una lenga que se pòt pas dire 'mairala'. Dempuèi lo brèç i avián pas jamai soscat. Volián far d'ela ço qu'èra pas. E vaquí la vertat amarganta : nascuda e crescuda dins lo barri caraco, la drolleta sap pas lo parlar de l'endrech. Dins sa quita rauba de pèl, es estrangièra, e los autres la veson estrangièra.

Que peuvent répondre ses parents ? C'est de leur faute. Mais oui, bien sûr ! Ils lui ont parlé la langue de l'autre, une langue loin du cœur, inconnue à l'âme, une langue qu'on ne peut dire « maternelle ». Depuis le berceau, ils n'y avaient jamais pensé. Ils voulaient faire d'elle ce qu'elle n'était pas. Et voilà l'amère vérité : née et grandie dans le quartier gitan, la petite fille n'en connaît pas le parler. Elle est étrangère à l'intérieur de sa propre peau et c'est une étrangère que les autres voient.

—Tu san dośali—lia te del vika o Nevzàto p-e Zarifa. Paśilo laθe thaj so ni ćalavda la

- Siás tu, es de ta fauta - se met a cridar Nevzat a Zarifa. Se sarra d'ela e manca de la trucar.

- C'est toi. C'est de ta faute, se met à crier Nevzat à Zarifa. Il s'approche d'elle et manque de la frapper.

Tu manglan, gäja khànći te keres laθar. Sikadan la katar-e kùna aver ćhib. Manglan te ulaves la katar-e aver rromane ćhavorre. Akana, savo iripen te das la?—vakărel i rromni, phage-ogesqi.

- Siás tu qu'as volgut, per far quicòm d'ela. Dempuèi lo brèç li as parlat una autra lenga. La voliás desseparar de l'enfantum bomian. E as capitat. Alara, de que li podèm respondre ? - çò fa sa femna, lo còr pesuc.

- C'est toi qui l'as voulu, pour qu'elle devienne « quelqu'un ». Depuis le berceau tu lui as parlé une autre langue. Tu voulais la mettre à part des autres enfants gitans et tu as réussi. Alors que peut-on lui répondre ?.. fait sa femme le cœur lourd.

Marda les o pharo pućhipen. Niekh ni maj vakarel. Paśe, khànći ni phenel i màmi.

La question a gisclat. Degun mai parla. La mameta a costat se cala.

La question a jailli. Plus personne ne parle. La mémé se tait.

—Anda laθe si rat rromano - phenel o dad jekhal... Ni dian tut godĭ kaj tehàra ka barol thaj savorre andar-e mahlàva ka naśen laθar ? And-o amalipen ni ka mangel la khoni ? A bibaxtaqe, pire mosqi rang nisar naśti ka khosel. Kathe and-e rromani mahlàva sartena naj sa' te avel la than—pale lungărda piro vakaripen o Nevzàto.

- Mas empacha pas que sa sang es sang bomiana - çò ditz lo paire tot d'una... As pas jamai pensat qu'un jorn grandiriá e que totes dins lo barri la defugirián ? Degun la vodriá per amiga ? E qu'en mai d'aquò pòt pas cambiar la color de sa cara ? E que plan solide auriá pas mai sa plaça aquí dins lo barri ? ço contunha Nevzat.

- Mais ça n'empêche pas que son sang est un sang gitan, dit le père brutalement. Tu n'as jamais pensé qu'un jour elle grandirait et que tout le monde l'éviterait ? Que personne n'en voudrait comme amie ? Et qu'en plus, elle ne peut pas changer la couleur de son visage, et que bien sûr, elle n'aurait pas sa place, ici, au quartier ? continue Nevzat.

—Sosqe keres munri doś ? Manglam sol duj ʒene te sikavas la averesqi ćhib, nùma godlesqe kaj godărdam te ʒal and-e uprutne sikavna. Te ʒanel maj laćhe gaja ćhib, kerdilo bi te ćhinas godĭ, sar te avilo kòrkorro, ama vi tu sana'jekhe-godăqo mançar, kaj nivar ni phendan laqe jekh làfi rromano—lia te phenel laqi dej e Zarìfa

—Kava so kerdam naj laćhe, kana e averenqe si sar gudli deikani ćhib. Von godlaça keren baripen, thaj vi amen zàla.. sar te phenes... ama avere rigaθe sar te ovel bari manuśni sar rrornni aj te arakhel butĭ laćhi—mangla te del iripen e Zarifa thaj te ćaćavel goda so kerde.

- Perdequé te sabes mal d'ieu ?! Totes dos avèm volgut, ensemble, li parlar la lenga dels autres, sonque pr'amor que pensàvem la mandar a las escòlas. Que la parlèsse milhor, aquela lenga, aquò es vengut sens i pensar, s'es fach tot sol, mas ères plan d'acòrdi, que tanpauc li as pas jamai dich un mot en rromaní - çò ditz Zarifa.

Es pas plan, çò qu'avèm fach ; lo rromaní, 'quò's es la lenga mai gostosa per totes los nòstres. Es atanben lor fiertat e mai un pauc la nòstra... consí dire... mas d'autra part, consí podriá venir una femna de consequéncia coma bomiana, coma caraca, e trapar un trabalh coma cal - çò ajusta Zarifa pensativa, coma qual essaja de se justificar.

- Qu'est-ce que tu as contre moi ? Nous avons voulu tous les deux lui parler la langue des autres, simplement parce que nous pensions l'envoyer aux Ecoles, pour qu'elle la parle mieux cette langue. C'est venu sans y penser, ça s'est fait tout seul... Mais tu étais bien d'accord, puisque tu ne lui a jamais dit un mot de rromani, dit Zarifa.

- C'est mal ce que nous avons fait. Le Rromani, c'est bien la langue la plus savoureuse, pour tous les nôtres... C'est aussi leur fierté et même un peu la nôtre... comment dire.... mais d'autre part, comment Turquiane pourrait-elle devenir une femme importante et trouver un travail comme il faut, en restant une bohémienne, une caraque... ajoute Zarifa pensive, comme quelqu'un qui essaye de se justifier.

[-]

[...]

[...]

Laćhe si goda, kaj k-e Rroma si vareso so naśti khosen pesθar berśença, śeliberśençar. Va, amari ćhib thaj e rromane mujesqi rang. Sar phenel pes: kana e Rroma gele tar andar-o Baro Than piro, lie peça nùmaj j ekh lil—ta godova lil sa' i ćhib rroma-

I a doás causas que, nautres Rròms, nos podèm pas quitar, e mai passèssen d'annadas, de sègles : òi-da, nòstra lenga e la color rromaní de la cara. N'i a un que disiá: quand los Rròms partiguèron del Pais Bèl, prenguèron pas amb eles qu'un libre - aqueste libre èra la lenga

S'il y a vraiment deux choses que nous les Rroms, nous ne pouvons pas abandonner même s'il se passe des années et des années, des siècles et des siècles, c'est bien notre langue rromani et la couleur rromani de notre visage. On dit que lorsque les Rroms sont partis du Grand Pays, ils

ni. Ta e purane garade la thaj ikărde la, ta vi śukar brakhle la.

rromani. E los aujòls l'an amagada e l'an servada, e l'an plan defenduda.

n'ont emporté qu'un livre : ce livre était la langue rrom. Les aïeux l'ont engrangée, conservée et bien défendue.

ʒi amenθe.
Baxtaqe.

Fins a nautres.
Per astre.

Jusqu'à nous.
Par bonheur.

A akana pal-e milă berś, arakhadon gasave, sar kaj si e Zanfa thaj o Nevzàto, te bistren piri deikani ćhib, gadaja ćhib savi nakhla i història, e phuva ta e vaxta. Jekhe laćhe butăqe an suno pala biś-trianda berś, mangen te meken la, te irinen laqe e zeja. Sar kaj te irinen e zeja e gudle daqe.

E ara, al cap de milierats d'annadas, se trapa de monde coma Zarifa e Nevzat, que son per delembrar la lenga mairala, qu'a passat l'istòria, l'espaci e lo temps. Per un trace de trabalh coma cal, somiat al cap de vint o trenta ans, la vòlon abandonar, li virar las esquinas. Coma qual vira las espatlas a sa maire.

Et maintenant au bout de tant de milliers d'années, il y a des gens comme Zarifa et Nezvat, prêts à oublier cette langue mère qui a traversé l'histoire, l'espace et le temps. Ils veulent l'abandonner pour un pauvre travail « comme il faut », rêvé tout juste depuis vingt ou trente ans. Ils veulent lui tourner le dos, comme quelqu'un qui tournerait le dos à sa mère.

Bibaxtaqe.

Per malastre.

Par malheur.

Savorre, len misal nùmaj e cikne Turkianaθar, kaj laqe manuśa xasarde laqi daqi ćhib, kana trebaja katar-o biandipen, te sikaven la gode anglune rromane avginale lavorra.

Totes, vos cal prendre exemple de la pichòta Turquiana, que sas gents li an perduda la lenga mairala, mentre qu'auriá calgut li dire, tre la naissença, sos primièrs mots de rromani.

Vous tous, vous devriez tirer la leçon de l'histoire de la petite Turquiane, privée de langue maternelle par ses parents, alors que dès sa naissance il aurait fallu lui dire ses premiers mots de rromani.

Amari ćhib naj duje-ćhurença. Oj naj sapesqi, naj bengesqi, si e devlesθar ta e phuvaθar, oj si gilenqi ta avginesqi, sa amare ogesqi. Avdĭves te kerèla baripen laça.

Nòstra lenga es pas forcuda. Es pas de sèrp ni de diables, es del Cèl e de la tèrra, es de cants e de mèl, de tota nòstra arma. Uèi seriá estada sa fiertat.

Notre langue n'est pas fourchue, ce n'est ni une langue de serpent, ni une langue de diable. Elle est du ciel et de la terre. Elle est de chant et de miel, de toute notre âme. Aujourd'hui elle aurait été sa fierté.

« L'occitan, c'était la langue du commerce, pour flatter les paysans, dire que les enfants étaient beaux, pour vendre l'or, les montres... Avant d'être commerçant, mon père a été musicien, organiste. Il était passionné par les études, et c'est lui qui m'a poussé dans cette voie. J'ai passé mon doctorat à la Sorbonne sur le thème rromani, sur le diasystème ; c'est à dire sur tout ce qui est commun aux dialectes rromani. La graphie normalisée de l'occitan m'a beaucoup aidé dans l'élaboration d'une graphie pour le rromani. Cette idée de mise au point de la langue rromani avait été lancée au 19e siècle par un Polonais, puis reprise en Union Soviétique, sous Staline, selon la phonologie russe. Ce fut un échec. Le projet fut relancé en 1971 au premier congrès mondial rrom, à Londres, qui a donné quelques principes. Plus de quarante graphies, dont celles de l'occitan et du berbère ont été étudiées à cette occasion. (...)

Les puristes, les vernacularistes, ne veulent pas emprunter des mots à d'autres langues ; ils momifient le rromani. C'est une autre façon de tuer la langue, de la tirer vers le passé. Moi je continue à avoir cette naïveté de croire que la vérité et les idées justes finisssent toujours par aboutir... L'important c'est de faire des textes, des travaux, d'écrire des livres et des poèmes... »

Marcel Cortiade

Marcel Cortiade

Marcel Cortiade, 45 ans ou presque, linguiste, chercheur (et trouveur), pratiquant à peu près toutes les langues des Balkans en plus du français et de la langue d'òc, est enseignant responsable de langue et civilisation rromani à l'Institut des Langues Orientales à Paris. Il est aussi secrétaire de l'Union Rromani Internationale. Son père, gitan d'origine grecque, était avant tout musicien. Sa famille, venue par la Catalogne, s'était fixée en Haute Garonne, exerçant plusieurs métiers, notamment la contrebande. Orphelin à 10 ans et élevé en internat, il s'est reconverti après la guerre dans la vente de machines à coudre au porte à porte. Il était naturel pour cette famille de pratiquer l'occitan dans ses contacts commerciaux avec les paysans du midi. Le petit Marcel se trouve donc au carrefour du français régional de la famille de sa mère, de l'oc des aïeux paternels et du rromani en toile de fond — mais aussi du grec et même du latin ...

Sur le thème du reniement de sa langue...

« Joyce n'a pas pu faire l'économie d'une utilisation de l'anglais pour exprimer son attachement à la culture irlandaise alors même qu'on peut interpréter son entreprise littéraire comme un acte de vengeance contre la langue anglaise. En créant en gaélique il se serait condamné à vivre sa culture « comme tradition », il se serait enfermé dans un provincialisme qui aurait mis son génie en péril. Il met dans la bouche de son double, Stephen Dedalus, ce mot terrible » : « Mes ancêtres ont renié leur langue et en ont adopté une autre. Ils se sont laissé subjuguer par une poignée d'étrangers. Te figures-tu que je vais payer de ma propre vie, de ma propre personne, les dettes qu'ils ont contractées ? » (Joyce 1916, p. 296).
Henri Giordan, directeur de recherche au C.N.R.S. Extrait d'une conférence donnée à Trieste en 1997 sur le thème : Les minorités, entre la nostalgie et l'universel.

A PARAITRE

Numéros sur les auteurs contemporains suivants :

André Benedetto, Jan dau Melhau, Robert Lafont,
Claude Alranq, Charles Galtier, Yves Rouquette
(Liste non exhaustive)

Numéros thématiques :
LE THÉÂTRE TSIGANE
LE THÉÂTRE D'OC À TRAVERS SES REPRÉSENTATIONS REMARQUABLES
CONTES D'OC

Déjà paru :
MAX ROUQUETTE OU LA TENTATION THÉÂTRALE

Achevé d'imprimer par Mame Imprimeurs - Tours
Dépôt légal N° 97112060